トップリーグ

相場英雄

TOP LEAGUE

HIDEO AIBA

角川春樹事務所

目次

装画　龍神貴之
装幀　高柳雅人

トップリーグ

『どんな政党であれ、一党独裁が続けば必ず腐敗するし、政権が交代しさえすれば良いというものでもない。民主主義の中でメディアの大切な役目は、与野党とも平等に監視し、不正があれば追及することだ。英国のメディアは、政府高官や有力政治家などに対しても直接的に、時には無礼なほどの質問をする。そうして国民に対し、選挙のための判断材料を提供している』

ウィリアム・ホースレー　英国放送協会（ＢＢＣ）元記者

プロローグ

一九七三年七月上旬

土砂降りの雨の中、私は必死にブルーバードバンのハンドルを握った。ワイパーを最速にしてもフロントガラスに叩《たた》きつける雨粒を拭《ぬぐ》いきれない。なんども泥濘《ぬかるみ》にタイヤを取られそうになったが、なんとか目的地に到着した。

「おい、新入り。誰かいないか調べてくれ」

助手席で先輩の幸田《こうだ》が声をあげた。

「わかりました」

私は雨合羽のフードを目深に被《かぶ》り、懐中電灯を手に車外に出た。その途端、大粒の雨が顔に降りかかる。手の甲で目元を拭うと、私は懐中電灯で周囲を慎重に照らした。

埋立地のそこかしこから、鼻を突く異臭が湧《わ》きたつ。テレビや週刊誌の特集で騒いでいたメタンガスの類《たぐ》いだろう。大量のゴミを持ちこんだ港湾部の埋立地、しかも大雨の夜に好き好んでこんな場所にくる者は誰一人いない。もう一度懐中電灯を振り向けるが、人影はおろか、野犬の姿さえない。

「大丈夫か?」

助手席から降りたった幸田が言った。その額には、登山用の小さなライトが灯《とも》っている。

「誰もいません」

私が答えると、幸田は素早くバンの後部に回り、重いドアを開けた。

「それじゃあ、適当な場所に穴を掘れ」

横殴りの雨を遮るように、幸田が怒鳴った。

「穴ですか？」

四時間ほど前、元赤坂の事務所で新聞の切り抜きをしていると、いきなり幸田に呼び出された。行き先も目的も聞かされず、バンの運転を命じられた。事務所では、先輩の幸田の命令が絶対だ。私は指示通りに行動した。

〈余計なことは訊《き》くな。仕事は盗んで覚えろ〉

尋《たず》ねる勇気はなかったが、真夜中の埋立地で穴を掘れと言われ、次第に恐ろしくなった。

「アレを埋める」

ぶっきらぼうに幸田が言い、ブルーバードの荷台を指した。筵《むしろ》の下になにがあるのか。私がバンに乗ったとき、すでに荷台にはなにかが積みこまれていた。

「粗大ゴミでしょうか？」

「……いいから、やれ」

それきり、幸田は口を閉ざした。言われるまま、私は幸田とともに穴を掘った。スコップを土に突きたてるたび、アンモニアや硫黄《いおう》に似た不快な臭《にお》いが鼻の奥を刺激する。大量の雨水でスコップを握る手が滑る。

「もっと大きく、深く掘れ」

幸田が不機嫌な声で指示を飛ばす。

「痛っ」

雨で持ち手が滑り、スコップが手から地面に落ちた。慌《あわ》てて拾い上げようとしたとき、今度は泥濘に足を取られ、右手がスコップの刃に当たった。幸い顔や首には当たらなかったが、右の親指の付け根に鋭い切り傷ができた。軍手にじわりと血が滲《にじ》んでいくのがわかる。

「どうした？」

「なんでもありません」

かすり傷だ。これしきで弱音を吐くわけにはいかない。私はスコップを握り直した。

大雨は止《や》む気配がない。雨合羽の内側では、体中から汗が吹きだし始めた。以前、幸田に連れて行かれたサウナのような熱気と湿気が、容赦なく体力を奪いはじめた。かたわらを見ると、幸田は黙々とスコップを土に突きたてている。

〈余計なことは訊くな〉

両腕が怠《だる》くなるにつれ、頭のなかで幸田の言葉が呪文《じゆもん》のようにこだまする。

黙々と穴を掘り続け、四、五〇分経《た》ったころだった。

「もういいだろう」

穴の底で幸田が言った。私はスコップを地表に突きたて、穴を凝視した。縦横一メートル半、深さ二メートル前後の小さな風呂桶《ふろおけ》のような穴ができ上がった。

「荷台からアレを下ろせ」

幸田は小走りでブルーバードに向かった。私も慌てて後を追う。

「重いぞ、落とすな」

荷台に着くと、幸田の声が響いた。

「筵を外しますよ」

私は薄汚れた筵をはぐった。すると、目の前に黒光りする物体が現れた。わざわざ深夜の東京湾縁《べり》の埋立地に来るからには、世間に知られてはならない帳簿の類いか、あるいは親父《おやじ》の愛人に関係するものではないかと想像していたが、眼前の黒い物体は私の予想を超えるものだった。

「いいから埋めろ」

大きな金庫を目の当たりにして硬直する私に、幸田が思い切り低い声で告げた。

「落としたら怪我《けが》するからな」

古い型の大きな金庫はかなり重そうだ。幸田が荷台の奥に手を伸ばし、ずるずると金庫を引きずりだした。それを私が両手で受け止める。

昭和の初め、いや、もしかすると大正の代物かもしれない。古い映画で見た強欲な金貸しが好むような形の金庫だ。
七、八〇キロ前後はあるだろう。金庫は見かけ以上にずしりとして重い。
雨合羽の内部で流れ落ちる汗、そして横殴りの雨を受けて手がなんども滑る。幸田とともに無言で金庫を運び、掘ったばかりの穴の前に着く。顎《あご》をしゃくった幸田とともに、金庫をゆっくりと穴に落とし込む。

「これでオーケーだ。あとは筵をかけろ」

私はブルーバードの荷台に駆《か》けより、先ほどの薄汚い筵を携えて戻ってきた。そして金庫を覆《おお》うよう筵を被せた。

「まさか中にお金でも？」

そう告げると、幸田にいきなり肩をつかまれた。汗と雨で濡《ぬ》れた幸田の眉間《みけん》には、深い皺《しわ》が刻まれ、生臭い息が顔にかかった。

「今日のことは絶対誰にも言うな。墓場まで持っていけ」

「はい」

「この商売で成り上がりたければ、綺麗《きれい》ごとだけじゃすまない」

幸田は穴の傍《そば》に置いたスコップを取り上げ、周囲の土をかき集めた。金かという質問は冗談のつもりだったが、幸田は答えなかった。墓場まで持っていけと言うからには、中身は本当に金なのだ。

「早くしろ」

幸田は黙々と土を穴に投げ入れる。私は弾《はじ》かれたようにスコップを取りあげ、同じように懸命に土をすくい続けた。

第一章　平場

一

「市況の本記と解説は校了されたか？」

松岡直樹《まつおかなおき》が三人の後輩記者たちに訊《き》くと、全員が頷《うなず》いた。

「下げが大きかったから、経済面の扱いはでかくなる。本記差し替えの指示がくるかもしれないから、準備しておけ」

松岡は本社経済部デスクから送られてきた送稿表に目をやり、言った。本記とは、事件・事故、記者会見などの簡潔な事実関係を伝えるものだ。

〈七月二一日朝刊用　経済面……〉

中堅在京紙の大和《やまと》新聞は、発行部数四〇〇万部で大手に分類されるメディアだ。松岡は入社一五年目となり、東京証券取引所三階にある兜《かぶと》記者倶楽部《クラブ》でサブキャップを任され、二年が経《た》った。記者クラブの取りまとめ役で原稿に全責任を負うキャップの次のポジションに当たり、自分の取材だけでなく、後輩の指導役も任されている。

松岡は送稿表を凝視した。無機質な一覧表は、明日の朝刊の大まかな予定を示している。

一面はスクープ記事や大事件・大事故の類《たぐ》いが載り、次の総合面にはその日のニュースバリューによって社内の政治、国際、経済、社会、文化などの各出稿部からの原稿が載る。松岡は机の上のペンを取り上げると、一覧表の中、兜の担当分を指した。

〈株式市場の動き、本記三五行、解説四〇行〉

松岡は本記を書き上げた若手記者に顔を向けた。

「『緩和政策は完全手詰まり　反動で株価急落、日銀の責任論浮上』で行くか」

効きもしない金融政策に嫌気がさし、大きく値を下げた株価の方がニュースバリューはずっと大きい。松岡がそう軽口を叩《たた》いたときだった。

「松岡さん、ご相談です」

「なんでしょうか？」

東証のベテラン女性社員で、記者クラブの受付事務を長年担当してきた須波《すなみ》が近づいてきて声を潜《ひそ》めた。

「三田《みた》電機が緊急会見やりたいって内々に問い合わせしてきているの」

「なかみは？」

須波が眉根《まゆね》を寄せ、言った。

「どうやらトップ交代らしいわ」

大和新聞は今月、在京紙や通信社のほか、テレビや地方紙、業界紙など加盟三三社を束ねる記者クラブの幹事を務めている。自分たちの取材のほか、幹事はクラブ全体の運営を任されている。数カ月に一回、大手メディアが持ち回りで厄介な仕事をひき受けるのが記者クラブの特徴のひとつだ。

三田電機は過去七年間で一五〇〇億円の粉飾《ふんしょく》決算が発覚して以降、経営のゴタゴタが収まらない。四半期決算や株主総会の開催を延期するなど日本有数の巨大電機企業の行く末に内外の関心が高まっていた。そのトップ人事は三田電機の今後を占う重要なポイントとなる。

「わかりました。私に電話するよう先方に伝えてください」

「ありがとう」

須波が頭を下げ、大和新聞のブースを後にした直後だった。松岡の目の前にある固定電話の着信ランプが点《とも》り、けたたましい呼び出し音が周囲に響いた。

「はい、大和新聞の松岡です」


夕方五時半から会見がセッティングされたと兜倶楽部の受付で発表すると、松岡やほかの記者の目の前にある電話が鳴り始めた。

三田電機を担当する各社の記者はもとより、会見場の広さや参加できるカメラマンの数を訊いてくるテレビ局のディレクターなど、松岡たちは小一時間対応に忙殺された。

「三田の本社でやればいいじゃないか……」

受話器を叩きつけるように置いた後輩記者の正木《まさき》が言った。

「兜でやることが重要なんだ。内外の投資家に〝株価を意識しています〟って無言のメッセージになるからな」

「こんな事務員みたいなことやっていたら、取材に出られないですよ」

正木が本音を吐いたときだった。再び鳴り始めた固定電話の受話器を取り上げた別の若手記者が松岡の名を呼んだ。

「どうした？」

「週刊誌の記者が会見に出たいと……」

「いいよ。ただし、オブザーバー資格だと伝えておけ。ちなみにどこの誰《だれ》だ？」

「週刊新時代のサカイさんという方です」

若手記者の声を聞いた途端、松岡は唾《つば》を飲みこんだ。

「電話、かわれ」

松岡は手元の固定電話を睨《にら》んだ。外線五番のランプが点滅している。

「もしもし、松岡だ」

受話器に向け、声を出す。

〈久しぶりだな〉

電話口に懐《なつ》かしい掠《かす》れ声が響いた。紛れもなく酒井祐治《さかいゆうじ》だ。

「三田の会見だよな」

〈トップ交代だって言うから、新社長の面《つら》を拝んでやろうと思ってな〉

「質問や発言なしのオブザーバー資格ならＯＫだ」

〈それで構わない。近所で取材していたんだ。すぐ行くよ〉

「会見前に大和のブースに顔を出して、名刺を置いていってくれ。クラブのルールだ」

〈了解した〉

酒井は短く答え、電話を切った。松岡はため息を吐《つ》き、受話器を置いた。

「新時代のサカイさんって、まさか……」

やりとりを聞いていた正木が口を開いた。

「俺の同期だった酒井だ」

今から一四年前、就職氷河期の高い壁をなんとか乗りこえ、松岡や酒井はほかの一五人の新人とともに記者の世界に飛び込んだ。記者として残ったのは松岡ら七人だが、酒井は少し事情が違った。

「たしか、政治部で将来のエースと呼ばれていたそうですね」

正木が小声で言った。

「同期で一番優秀だったのは間違いない」

配属された札幌《さっぽろ》支局で酒井は道警や地元経済界のネタを数多く書き、東京に戻る際は政治部が一本釣りのような形でスカウトしたのだと聞かされた。

「なぜ退社されたのですか？」

正木が小首を傾《かし》げていた。そのとき、ブースの一番奥、冷蔵庫の上に置いた小さな液晶テレビからダミ声が聞こえた。反射的に松岡は声の方向に顔を向けた。

「またこの人か」

テレビ画面には、夕方の民放情報番組が映っていた。女性キャスターの横で、白髪《しらが》頭で銀縁メガネをかけた男が鷹揚《おうよう》な笑みを浮かべている。

「ウチの田所《たどころ》さんですね」

田所悟郎《ごろう》、大和新聞の政治部長を経て、紙面全体の責任を負う編集局長、難解な政局を平易に書き直して読者に提供する解説委員、社説の執筆をになう論説委員を務めたあと、定年を迎えた往年の政治記者だ。

現在は会社と雇用延長契約を結び、特別コラムニストの肩書きで月に一、二度政治がらみの話題を紙面に提供している。このほか、民放の情報番組で永田町の裏表を面白おかしく解説するコメンテーターとして、ほぼ毎日テレビに出演している。

「酒井はこの人にいじめられたらしい」

「どういうことですか？」

正木が口を尖《とが》らせ、言った。

「詳しい話を聞く前に、大和から消えた。その後は一度も会っていない」

画面の中で、芦原恒三《あしはらこうぞう》首相の発言要旨のフリップを掲げ、女性キャスターに永田町の裏話を教える田所の顔を見ながら、松岡は首を傾げた。

画面に映る田所は目尻《めじり》を下げ、笑みを絶やさない。ソフトな語り口はお茶の間の主婦層に人気だという。地方で開かれる講演会はいつも満員になる。

「メガネの奥、両目は笑っていないぜ」

松岡は席にあった朝刊を手にとった。一面をめくり、真裏にある政治面を指す。

「官房長官会見やら幹事長会見の記事は各社横並びがほとんどだ。読者が知りたい裏事情やら政治家の本音は一行も載っていない。オフレコの世界だからな」

オフレコ……オフ・ザ・レコードの略で、相手から絶対に記事にするなという条件を出され、これを受けいれて取材することだ。政治家や要人を数人で囲む。あるいは一対一《サシ》で時の権力者と会い、本音や、政局の深層を知る。

「政治家の連中、会見では肝心なことはいっさい喋《しゃべ》らんから、必然的に取材はオフばかりだ。メモを起こしてキャップやデスクに送るだけで手いっぱいになる。メモ作りが仕事だと勘違いする輩《やから》も出てくるらしい」

「田所さん、随分評判悪いですね」

いつの間にか、正木がノートパソコンにインターネット画面を表示させていた。松岡が覗《のぞ》きこむと、ネットのニュース専門サイトだ。

〈官房機密費で豪遊、ダメ政治記者、マスゴミの元凶たち〉

刺激的な見出しの横に、田所をはじめ、大手メディアの有名政治記者の顔写真が並んでいた。与党民政党の芦原政権が長期化するとともに、ネット民の間で政治報道に対する厳しい見方が急増していた。

特に芦原の場合、自分に好意的な記者や論説委員を選《よ》り好みし、しばしば高級レストランやバーで会食する。支払いは税金である官房機密費を使う。批判するのが仕事のメディアなのに、担当記者が政権の奢《おご》りで飲み食いしているのは、職責を果たしていないというのが最近のネット民の論調だ。

「ところで三田電機の会見、ウチの担当は手配したのか？」

松岡が尋ねると、正木が頷いた。

「例の粉飾をずっと追いかけている担当記者が来ます。俺も一問一答を手伝います」

「それならいい」

松岡が頷いたときだった。

「あの、失礼します」

松岡の背後から掠れ声が聞こえた。振り返ると、白いポロシャツ、チノパン姿で、ショルダーバッグをたすき掛けにした背の高い男が立っていた。

「酒井、久しぶりだな」

松岡が立ち上がると、酒井はバッグから名刺を取り出した。

〈(株)言論構想社　週刊新時代　編集部　記者　酒井祐治〉

「新時代はフリーの記者を傭兵《ようへい》みたいにこき使うらしいけど、おまえは？」

「八年前に正社員にしてもらった。これで定年までひたすらゴミ箱漁《あさ》りの生活が続くよ」

酒井は自嘲《じちょう》気味に言った。今は芸能人やスポーツ選手、そして政治家のスキャンダルやゴシップを追うかつての同期は、淡々と言葉を継いだ。

「まさか、鉄砲玉の松岡がサブキャップとはな」

「少しは成長したよ」

松岡が言うと、酒井は曖昧《あいまい》な笑みを浮かべた。

「それじゃ、俺は会見を覗かせてもらう」

酒井は隣の正木にも会釈すると、大和新聞のブースを後にした。

〈それでは、たった今入ったニュースです。警視庁記者クラブの税所《さいしょ》記者、お願いします〉

つけっぱなしにしている液晶テレビから、女性キャスターの慌てた声が響いた。反射的に松岡は振り返り、画面に目をやった。

〈警視庁によりますと、今日の午後三時過ぎ、東京オリンピックの関連施設の建設が進んでいる港区臨海地区の埋立地で、現金一億五〇〇〇万円が入った金庫が工事関係者によって発見されました〉

「社会部の仕事だな。俺が持ち主だって有象無象《うぞうむぞう》が続々と湧《わ》いてくるぞ」

松岡が言うと、正木がため息を吐いた。

「……なんか肩透かしですね」

酒井が去った方向を見ながら、正木が言った。

「どういう意味だ?」

「週刊誌の人って、ガツガツした人が多いじゃないですか」

「そうだな」

犯罪者を探し出し、取調べで虚実を見極める捜査員たちが、常時人を疑ってかかることから、いつしか「刑事眼」と呼ばれる醒《さ》めた目付きとなるように、週刊誌の記者も独特の雰囲気を周囲に放つと松岡は感じていた。

一〇年以上会っていなかった酒井は、ほかの週刊誌記者たちとは様子が違った。入社直後の研修のときから酒井は冷静な男だったが、目の奥には獲物を狙《ねら》う肉食獣のようなギラついた光があった。だが、現在の酒井はどこか達観したような雰囲気さえある。ポロシャツにチノパンというラフな恰好《かっこう》は、駅前ビルに入居するスポーツクラブのスタッフにさえ見えた。

「あいつも色々あったんだろう……噂《うわさ》では離婚したって聞いたしな」

松岡が言うと、正木が頷いた。

「芸能人のゴシップから政治家の愛人ネタまで追っかけていたら、なにかと生活に歪《ゆが》みがきそうですもんね」

なぜ酒井は変わってしまったのか。そんな考えが浮かんだとき、記者クラブ中にアナウンスが響いた。

〈三田電機です。三番会見室でこれから社長交代の……〉

スピーカー越しの声を聞き、松岡は反射的に立ちあがった。

2

東京証券取引所から三〇〇メートルほど離れた川沿いにある古い喫茶店のカウンター席で、酒井はスマホを取り出し通話ボタンをタップした。

周囲にほかの客はいない。コーヒーをドリップする老主人は、こちらを見ようともしない。いつもの習性で、酒井は掌《てのひら》でスマホを覆い、小声で話し始めた。

「三田電機新社長の発言要旨、加工しやすいようにいくつか抜き取ってまとめておきました。いかがですか?」

〈いいだろう。担当アンカーに渡しておく。写真も受け取った。ご苦労さん〉

電話口で、週刊新時代の筆頭デスクの茂森隆三《しげもりりゅうぞう》がぶっきらぼうな口調で言った。

突発的な事件・事故の類いは、手の空いている記者やライターが現場に急行し、取材する。集めたネタや証言をまとめ、編集部に常駐するアンカーと呼ばれるベテランの契約ライターに送り、記事にまとめるのだ。

「すみません、ちょっとだけいいですか?」

〈なんだ?〉

「夕方のニュースで、一億五〇〇〇万円入りの金庫が発見されたと聞きました。もう誰か取材していますか？」

〈村田《むらた》に行かせた。駆け出しの修業用にちょうどいいからな〉

「ちなみに所轄署はどちらですか？」

〈湾岸署だ〉

「ありがとうございます」

酒井が礼を言っている途中で茂森は電話を切った。酒井がスマホをカウンターに置いたとき、老主人がブレンドを目の前に置いた。

老主人は無言でカウンターの奥に向かい、つまらなそうに夕刊紙をめくり始めた。奥のスペースには、今日発売の週刊新時代があった。新時代の発売日は毎週木曜で、今日は午前一〇時半から定例の企画会議が開かれた。

発行部数五五万部、新時代は言論構想社の稼ぎ頭であり、大手週刊誌の中で最大の発行部数を誇る。編集長は代々、言論構想社の社長に出世する生え抜きのエリート編集者が就き、その下に約六〇人のスタッフがいる大所帯だ。

このうち二〇人がグラビアや連載小説、コラムを担当する企画班で、酒井ら残り四〇人は特集班に所属する。四〇人のうち三〇人がフリーのライターや記者だ。

企画会議には、張り番や出張中の記者以外、全員参加が求められる。毎週、編集長を取り囲む大きな会議机に座り、手持ちの独自ネタ五、六本をノルマとして会議にかけなければならない。芸能人やスポーツ選手のゴシップ、政治家の身の下話や、めったにメディアに露出しない著名人の独占インタビューなど、酒井がさわるテーマは多種多様だ。

特集班は一本のスクープにしのぎを削《けず》るフリー組が大半を占めている。互いにどんな取材をしているのか、同じ編集部でも情報交換を一切しないのが古くからのしきたりで、これが他誌との競争に勝ち抜いてきたエネルギーの源泉だ。

酒井はバッグから取材ノートを取り出し、ページをめくった。

一時間前の会見メモに目をやったとき、懐かしい顔が浮かんだ。同期入社だった松岡だ。

鼻っ柱が強く、ときに強引な取材方法で石川県警と揉《も》めたという鉄砲玉は、若手に指示や確認をするベテランになっていた。

あのとき退職願ではなく、政治部長に他の出稿部への異動を申し出ていたらどうなっていただろう。

久々に松岡に接したあとで、ふと一〇年以上前の記憶が胸の中に蘇《よみがえ》った。酒井が札幌、松岡が金沢に修業に出される直前のことだ。警察取材のノウハウを得るため、地方に出る若手記者全員が一カ月間本社の社会部に研修に出された。

酒井と松岡は警視庁の一〇ある方面本部のうち、四谷や新宿などを管轄する第四方面のカバーを受け持った。事件・事故が起こるたび、二人で二三区の西部地域を駆け回った。

実地研修が最終盤にさしかかったある日、トラブルが起こった。中野駅近くにある野方《のがた》署管内で交通事故が発生、老婆《ろうば》が四トントラックにはねられた。ちょうど新宿署の記者クラブに詰めていた松岡とともに酒井は現場に直行し、老婆が運ばれた病院まで行った。

老婆の容体は一進一退していたが、夜になって急変。午後一一時半に亡くなった。故郷の祖母を思い出したという松岡は、老婆の死を悼《いた》み、短い記事にまとめた。病院のロビーで短い原稿をデスクに送ろうとした際、たまたまその場にいた野方署の交通課長と一悶着《ひともんちゃく》あったのだ。

騒動の原因は、この日が春の交通安全運動期間の最終日に当たっていたことだ。ありふれた事件だからと他社は事故を追わなかったが、松岡は違った。死亡事故ゼロだった野方署は、老婆の死をあと三〇分後、すなわち翌日として発表するよう松岡に懇願した。同運動期間中に死亡者ゼロが達成できれば、署長の格が上がる。署長は将来警視庁の上層部にいく人材だと、交通課長は執拗《しつよう》に食い下がったのだ。

〈警察の都合で、亡くなった婆《ばあ》ちゃんの尊厳を傷つけるわけにはいかない〉

松岡は絶対に譲らなかった。警視庁に貸しを作れば、社会部の顔も立つ。突っ張らなくてもよいのではないか。なんどか自分の口からそんな言葉が溢《あふ》れそうになった。しかし、こめかみに青筋を立てて抗弁する松岡には言えなかった。綺麗《きれい》ごとのようだが、松岡の言っていることは正しかった。貸し借りで記事をどうこうするなど言語道断なのだということを、不器用な同期に思い知らされた瞬間だった。

兜倶楽部の後輩の前で、サブキャップ然としていた松岡はあの頃のままなのか。ふとそんな考えが浮かんだが、酒井は強く頭を振った。

もう一度、酒井はノートに目を向けた。たった今、自分で書いた文字が浮き上がる。

〈湾岸署〉

酒井は、スマホのメモリを繰った。次々と画面をタップし、警察関係者のデータをめくり続ける。一つひとつ潰《つぶ》していく。スクープには近道も特別なやり方もない。自分のアンテナに引っかかった疑問を丹念に取材するだけだ。

週刊誌の記者に転じてから、一〇年以上が経過した。この間、警察関係者だけで三〇〇人以上と会い、未《いま》だにつき合いのある人物は五、六〇名いる。

素早く人差し指を液晶画面に当てる。警察庁出身のキャリア、多摩地区の交番勤務から捜査一課の管理官にまで上り詰めた叩き上げの刑事……画面の中にはそれぞれの名前や自宅住所、携帯電話の番号、個人のメールアドレスなどがぎっしり詰まっている。

この他、各関係者の異動履歴も加えている。時間を見つけては官報や警察関係の資料を当たり、取材に活《い》かせる人脈のデータベースを作ってきたつつましい努力の成果の一つだ。

一分ほど画面をスクロールしたところで、〈湾岸署〉のキーワードにヒットする人物の名が現れた。

〈湾岸署刑事課長〉

酒井は携帯番号のリストをたどり、通話ボタンをタップした。警視庁機動捜査隊をへて捜査一課に異動し、強盗傷害や殺人を長らく担当し、所轄署の中枢ポストに異動した叩き上げの警部だ。データ備考欄には、〈本部一課に復帰後は、管理官昇進の可能性大〉と自分で打ち込んだメモがある。

「ご無沙汰《ぶさた》しております。九段下の酒井です」

社名を名乗らず、言論構想社の本社がある地名を告げる。すると、電話口にくぐもった声が響いた。

〈久しぶりだな〉

「すこしお時間よろしいですか？　例の金庫の件なのですが」

酒井が訊くと、電話口でガタガタと椅子《いす》の音が響き、次いで乾いた靴音が聞こえた。刑事課長は席を立ち、廊下にでも出たのだろう。

〈地域課の扱いだから詳しくないぞ〉

「なにか課長が気になられた点はありませんか？」

〈そうだな……実は俺も実物を見てきた〉

「ほう、そうですか」

酒井は努めて平静を装い、訊いた。

「古い金庫だと第一報で聞いたのですが、どんな感じでしたか？」

〈相当に古いぞ。昭和初頭か大正《たいしょう》を再現した映画かドラマで出てくるような感じだった〉

「なるほど。昭和初頭、大正ですね。大きさは結構あったんですか？」

〈デカかった。金貸しが神棚《かみだな》の下に置くような、ドアが分厚い黒くてごつい代物だった〉

酒井は刑事課長の言葉を漏《も》れなくノートに刻んだ。

「中身は地域課の方が確認されたんですか?」

〈錠前が錆《さ》びていて苦労したらしいが、鑑識係がなんとか開けた。すると……〉

「一億五〇〇〇万円入っていた、ということですよね。古い金庫から大量の福沢諭吉《ふくざわゆきち》が出てきたらびっくりしますよね。これから『俺が落とした』『私が探していた』って、訳のわからない連中がいっぱい出てきますね」

〈ちょっと待て〉

酒井の言葉を遮るように、刑事課長が声のトーンを落とした。

「どうしました?」

〈これは記者向けに発表していないから、絶対書くな。諭吉じゃない〉

刑事課長の言葉に、酒井はペンを止めた。

一万円札の福沢諭吉でなければ、五千円の樋口一葉《ひぐちいちよう》、それとも千円札の野口英世《のぐちひでよ》か。いや、大きな金庫といえど、千円札で一億五〇〇〇万円分は収まりきらないのではないか。

「聖徳太子《しょうとくたいし》ですか?」

〈久々にお目にかかったよ〉

「紙幣は使い古しですか、それとも……」

〈全部、帯封《おびふう》付きのピン札だった〉

帯封付きという言葉で、酒井は我に返った。慌ててペンをノートに走らす。

「帯封はどこの銀行でしたか?」

〈本当に書かないだろうな?〉

「参考までにお聞かせください」

〈有象無象が持ち主だって名乗り出てきたとき、聖徳太子や帯封は重大な手がかりになる〉

刑事課長の声がいちだんと低くなる。

「ちなみに、帯封は日銀でしたか？」

酒井は思い切って切り出した。

〈薄茶色で無地の帯封と薄黄色の帯封だった。鑑識係によれば、無地は日銀の帯らしい〉

「もう一方の帯封はどこの銀行のものでしたか？」

〈何だったかな。もうなくなってしまった大手銀行だ〉

電話口で刑事課長が言った。

「都銀ですか？」

〈違う〉

都銀でないとすれば、信託銀行か長期信用銀行か。現在、長期信用銀行は存在せず、古くからの信託銀行は全《すべ》てメガバンク系列になっている。電話口では刑事課長が考え込んでいる。

「本店の場所は覚えていますか？」

〈それなら覚えている。一《ひと》ツ橋《ばし》だ。一課の特殊犯捜査係《SIT》にいたころ、企業恐喝《きょうかつ》の事件で本店総務部に行ったんだ。いかん、名前が出てこないな〉

酒井は記憶をたどった。千代田区のど真ん中、皇居にほど近い一等地、首都高速脇にはたしかに銀行が本店を構えていた。大企業に長期の資金を専門に貸し付ける特殊な長期信用銀行だ。

「一ツ橋に本店があったのは、日本不動産信用銀行です」

〈それだ〉

酒井はノートに日本不動産信用銀行の略称、日不銀と書き込んだ。

〈そろそろ会議の時間だ。くれぐれも書くなよ〉

「ありがとうございます。近いうちに焼き鳥でも行きましょう」

〈そうだな〉

「あの、あと一つだけお願いがあるのですが……」

〈なんだ？〉

「携帯かスマホのカメラで、こっそり札束を写していただくわけにはいきませんか？」

〈おまえなぁ〉

「焼き鳥のあとは例の店、どうですか？」

酒井は西麻布《にしあざぶ》にある会員制の店の名を告げた。風営法の規制を逃れるように出店した美女揃《ぞろ》いの会員制のバーだ。一年ほど前、刑事課長を連れていったことがある。

〈転んでもただでは起きない奴だな〉

「卑しい週刊誌記者ですから」

〈すぐにってわけにはいかんぞ〉

「助かります」

〈それじゃあ〉

刑事課長が電話を切った。酒井はスマホをカウンターに置くと、奥にいた老主人にブレンドのお代わりを頼み、取材ノートを見つめた。

〈日不銀〉

今はなき大手銀行の名前が、自分の右肩上がりの文字で記されていた。

当時、長期信用銀行は三つ存在した。

日本産業銀行がトップの位置づけで、現在はメガバンク最大手のいなほ銀行グループの一員となった。二番手の日本振興資金銀行は経営破綻《はたん》したのち外資系の投資ファンドに買収され、現在はネット業務に注力する体制に生まれ変わった。

日本不動産信用銀行も破綻処理され、複数の投資ファンドによって買い取られ、現在はごく普通の銀行業務に注力している。

ここまでは、就職活動でゼミ同期から授かった知識だったが、日不銀には別の顔があったはずだ。ゼミの同期もこの銀行だけは敬遠していた。カウンターに置いたスマホを取り上げると、酒井は検索サイトを立ち上げた。

〈日本不動産信用銀行〉と打ち込み、検索をかけると様々な情報が小さな液晶画面に現れた。かつて一ツ橋にあったモダンな本店ビルの外観写真、長期信用銀行だけに認められた特殊な債券の写真……画面を素早くスクロールしていくと、気になる文字が並んでいた。数年前に癌《がん》で亡くなった硬派なルポライターのブログの見出しだった。

〈日不銀のもう一つの顔〉

酒井の両目は、表題下に付けられたサブ見出しに釘付《くぎづ》けとなった。

3

「市況の本記差し替えや三田電機の一問一答など、関係する原稿は全部校了されました」

大手各社の夕刊に目を通しているキャップの宮本《みやもと》に向け、松岡は言った。兜倶楽部から発せられた記事は、経済部デスクのチェックをへて整理部に送られる。全ての部から原稿が集まる整理部では、文字や表記の間違いを探す校正担当、事実関係を慎重にチェックする校閲担当がなかみを吟味する。晴れて紙面に反映される状態を校了と呼ぶ。

テレビニュースの字幕に映る時刻は午後七時一五分、他社の記者たちもあらかた原稿を書き上げたようで、そこかしこでビール缶のプルトップを開ける音が響きはじめた。

「ところで、おまえの異動なんだが」

宮本が声のトーンを落として言った。

「希望は変わっていません」

「財研《ざいけん》だよな。俺からも部長には進言してある」

松岡が兜倶楽部に着任して二年が経過した。専門性が問われる日本実業新聞や国内の二大通信社では当たり前の勤務年数だが、大手一般紙では異例の長さになっていた。

宮本の前任キャップが病に倒れたという突発的な事象があったほか、地方から戻ってきた若手が二名、記者の適性がないと人事部に判断され、営業や経理など内勤に異動したことで人繰りがつかなくなったことが響いた。

「今朝、キャップ会のあとでそれとなく秋の人事のなかみを聞いたんだ」

「どうでした?」

「あちこちの出稿部で人繰りがおかしくなっていて、もう少し待てと言われた」

松岡は金沢支局での修業を終えて東京に戻ったとき、日銀記者クラブを振り出しに兜倶楽部に来た。日銀では、金融政策を決める幹部ら中枢の動向をウオッチしたほか、民間銀行を担当した。また、外為や債券市場の仕組みも学び、数々の記事を書いてきた。経済部で次に興味があるのは、日本という国の財布を握る財務省、そして同省に取材拠点を置く財政研究会、通称・財研だった。

「財研は経済部管轄だが、半分は政治部の仕事だぞ」

「どういう意味でしょうか?」

「年末の予算編成の時期になると、政治家や各種の圧力団体が一斉に財務省へ圧力をかける。予算の分捕りあいだからな」

「しかし、政治部との連携があっても所属はあくまで経済部ですよね」

「そうだ。さて、オッサん組はチビチビやるか」

宮本が口の前で猪口《ちょこ》を空ける仕草を始めた。

「すみません、先約があるんです。郷里の先輩主催の勉強会兼飲み会でして」

「なんだ、俺は独りぼっちか」

そう言うと、宮本は背後にある大和専用の冷蔵庫を開け、缶ビールに手を伸ばした。

松岡はデスクに置いた薄型のノートパソコンを鞄《かばん》に放《ほう》り込むと、椅子の背にかけていた夏物のジャケットを手にとった。

「それでは、お先です」

宮本に一礼し、松岡は大和のシマを後にした。今晩は、故郷・盛岡の高校の先輩主催の懇話会が西麻布のレストランで開かれる。

各社のシマを仕切るパーテーションを通り抜け、松岡が薄暗くなったエレベーターホールに着いたときだった。鞄の中のスマホが着信を知らせた。手にとってみると、妻・藍子《あいこ》の名がモニターに浮かびあがっていた。三階ロビーに着いたエレベーターを見送り、通話ボタンを押した。

「どうした?」

〈今日、早めに帰ってもらうのは可能かな。沙希《さき》が保育園から帰った途端、熱を出しちゃったの……〉

電話口で、藍子が深いため息を吐いたのが聞こえた。

「そうか……」

〈今日、勉強会あることは知っているんだけど〉

「原稿あるの?」

〈今日のお昼にインタビューしたんだけど、どうしても明日朝までに仕上げて欲しいって編集長に言

われたから〉

「わかった。すぐ戻る。沙希の様子は？」

〈今は頓服薬《とんぷくやく》でぐっすりだけど、また夜中にでも……〉

「大丈夫、すぐに帰る。なにかお惣菜《そうざい》でも買っていく」

〈ありがとう〉

藍子の安堵《あんど》の声を聞き、松岡は電話を切った。

妻は大学の同級生で、同じくマスコミ志望だった。大手出版社のファッション誌と旅行誌の編集者を務め、今から五年前に松岡と結婚した。

一人娘の沙希を授かったと同時に藍子はフリーの編集者兼ライターに転身した。新聞記者の仕事に邁進《まいしん》する松岡を気遣い、育児を優先する生活を選んでくれた。

今朝、社宅を出る際、藍子は重要なインタビューがあると意気込んでいた。どこの雑誌の仕事かは聞いていないが、電話の声は上ずっていた。

沙希は二歳で、ようやく区立の認可保育園に入ることができた。

「パパ、すき」

くりくりした両目を動かしながら、沙希はいつも甘えてくる。可愛《かわい》いさかりという言葉を聞いたことがあるが、今がまさしくそのタイミングにある。

ただ、可愛いというだけで育児は済まない。度々風邪を引き、高熱を発する。今までは藍子がアポや取材日程をキャンセルして対応してきたが、今日のように急ぎの仕事を抱えていると、ぐずる娘との板挟みで身動きが取れなくなってしまう。

エレベーターホールの床に鞄を置き、松岡は懇話会の幹事である郷里の先輩に詫《わ》びの連絡を入れた。

その後、ようやくエレベーターのボタンを押したとき、ふたたびスマホが着信音を鳴らした。

沙希の容体が悪化したのか。慌ててスマホを取り出すと、画面には妻とは別の名前が浮かんでいた。即座に通話ボタンを押す。

〈俺だ〉

電話の主は、経済部長の西岡信彦《にしおかのぶひこ》だった。

〈酒でも飲みながら、一対一《サシ》で話がしたくてさ〉

電話口で快活な声が響いたが、松岡は強く首を振った。

「申し訳ありません。娘が高熱を出してしまいまして、妻も仕事が詰まっているタイミングなものですから」

〈それだったら早く帰ってあげるといい〉

「申し訳ありません」

〈仕事なんかより家族だ。それでな、もし明日の朝、娘さんの体調が良くなっていたら改めて連絡をくれないか〉

「そうさせていただきます」

〈ちゃんと看病しろよ〉

そう言って西岡は電話を切った。松岡は安堵《あんど》の息を吐き、ちょうど扉が開いたエレベーターに飛び乗った。

4

週刊新時代編集部横にある仮眠室でわずかな睡眠をとったあと、酒井はタクシーでＪＲ神田駅の西口に着いた。

安物の腕時計に目をやると、午前七時二〇分だった。約束の時間にはまだ間がある。改札口から吐き出されるサラリーマン集団をかわしながら、酒井は目的のコーヒーショップへと歩を進めた。

店に入ると、酒井はブレンドをオーダーした。レジには酒臭いサラリーマンやＯＬが並ぶ。濃い目に注文した一杯を受け取ると、酒井は喫煙席に向かった。

ＯＬたちの脇をすり抜け、他の客席とガラスで隔離された喫煙ブースに入る。眉間《みけん》に皺《しわ》を寄せ、親の仇《かたき》のように煙草《タバコ》をふかす中年サラリーマンの横の二人席にトレーを置く。酒井もマールボロのパッケージを切り、百円ライターで火を点《とも》した。こめかみの辺りがじんじんと痛む。肩凝りが原因のいつもの頭痛だった。

煙を天井に向け吐き出したあと、ブレンドを喉《のど》に流し込む。気休めでしかないが、カフェインが縮んだ血管を押し広げてくれるような錯覚を覚える。もう一服煙を吐いたあと、酒井はスマホを取り出し、写真ファイルを開いた。

〈間違っても誌面に載せるなよ〉

昨夜、午後一一時半過ぎだった。編集部で突然スマホが震えた。電話口に湾岸署刑事課長の低い声が響いたあと、メールが着信した。慌ててチェックすると写真が添付されていた。黒光りする金庫、そして聖徳太子の札束を撮影した写真が計三枚だ。

酒井はメールをノートパソコンに転送し、写真を拡大表示させた。スマホかガラ携で撮ったらしい写真は画像が粗い。目を凝らすと、無地の帯封に青いスタンプが押されているのが見えた。その下に、細かい数字が印字されている。

酒井はカメラマンを手伝っていた入社三年目の女性編集者に声をかけ、画像の解析を依頼した。髪をポニーテールに結った編集者は、酒井の依頼に快く応じ、三〇インチの大型スクリーンを使って一時間近く作業に没頭した。ＩＴに強い編集者は刑事課長が送ってくれた写真を引き伸ばしてくれた。

酒井がスマホの画像を見ながらコーヒーをもう一口啜《すす》ったときだった。

「相変わらずヘビースモーカーだね」

背後から通りの良い声が響いた。慌ててマールボロを灰皿に押し付け、酒井は振り返った。

「おはようございます、橋田《はしだ》さん」

椅子から立ち上がり、酒井は頭を下げた。

「出勤途中だから気にしないで」

朗らかな笑みを浮かべると、橋田光一《こういち》はマグカップをのせたトレーをテーブルに置いた。

「通勤電車のあとは、いつもここでニコチン補給だ」

そう言うと、橋田は夏物の背広からハイライトを取り出し、いたずらっ子のように笑った。橋田が煙草をくわえると、酒井は百円ライターを差し出した。

「ふう、うまい」

橋田が煙を天井に向けて吹いた。

「煙害だ、副流煙がどうだと言われますが、そのうち煙草の害をすっきり消し去る特効薬が開発されますよ」

おどけた調子で酒井が言うと、橋田は笑った。

「その前に、俺みたいな年寄りは死んじゃうだろうけどね」

「そんなことはないですよ。様々な分野で新薬が出ていますから」

鞄から週刊新時代を取り出し、酒井は裏表紙を橋田に向けた。国内の大手製薬会社を買収した外資系の巨大企業がガン撲滅に向けて出稿した新薬に関するイメージ広告だった。

「最新号は読んでないな。もらってもいいかな。〝都庁の闇《やみ》〟の企画が好きでね」

「お時間は大丈夫でしょうか？」

「平気だよ。どうせ暇なお飾りの顧問だから」

橋田が新時代を受け取り、自嘲《じちょう》気味に笑った。

橋田は一〇年ほど前、日銀を退職した。局長ポストまでは順調に出世街道を進んだが、その上の理事に就くことはかなわず、銀行業界の関連団体に天下った。その後は関西地方に本店を構える地銀の東京事務所顧問という役職にある。

橋田とは六年ほど前、当時の日銀総裁人事の取材で出会った。大手銀行にいるネタ元の紹介で酒席を共にするうち、互いの母親の出身地が一緒だという縁がわかり、定期的に会ってきた。

「今日はどんな御用なの？　次期総裁レースは全くの未知数だよ」

ハイライトの灰を落としながら、橋田が言った。酒井は左右に首を振った。

「この画像を見ていただきたいのです」

酒井はスマホの画像を親指と人差し指を使って拡大した。

「懐《なつ》かしいね、うちの会社の帯封だ」

無地の帯封とブルーの日銀のスタンプを見た瞬間、橋田が言った。警察や主要官庁に勤める人の大半が、勤務先を他人に悟られぬため曖昧《あいまい》に言うように、橋田も古巣のことを〝会社〟と言った。

「橋田さんが営業局にいらっしゃったことを思い出したのです。肝心なのはここです」

酒井はさらに画面を拡大してみせた。青いインクの下に、一二桁《けた》の数字が印字してある。背広から老眼鏡を取り出すと、橋田が画面に目を凝らした。

かつて橋田に営業局の業務内容を教えてもらったことが、酒井の記憶にあった。

日銀は銀行の銀行、すなわち中央銀行という唯一無二の仕事を担っている。現在のように、超低金利政策の名の下に民間銀行へ無尽蔵に資金を供給している時代とは違い、橋田が現役のころは、経済という体にカネという血液を循環させる重要な役割を担っていた。

営業局は、民間銀行の資金繰りを日々監視すると同時に、どの程度のカネを市中に供給するか、あるいは引き揚げるかを決めていた。つまり、水道の蛇口のような任務を果たしたと橋田が教えてくれた。当然、日銀に当座預金を持っている個別銀行の内情にも詳しい。

「随分古い通し番号だね」

橋田はそう言うと、顔を上げた。眉間に深い皺が現れている。

「酒井さん、もしやこれは……」

昨日の今日の出来事だ。橋田はテレビか新聞のニュースに接していたのだろう。銀座の街頭や川崎の竹やぶから多額の現金が見つかるたび、メディアは面白おかしくその内情を伝える。今回の件にしても、一般紙や民放の情報番組がその出所を勝手に想像し、読者や視聴者を煽《あお》るようなトーンで報じた。

「オリンピックの関連施設建設地から掘り出された金庫とその中身です」

周囲を見回して酒井が告げると、橋田が鞄から朝刊を取り出し、勢い良く紙面をめくり始めた。

「社会面には、こんな詳しい情報は載っていなかったよ」

「我々は週刊誌です。新聞やテレビの記者がするような取材はしません」

酒井は努めて平静に言った。

「聖徳太子なんて久々に対面したよ。もしや警察から情報を入手したの？」

橋田の問いかけに、酒井は曖昧な笑みを返した。

「金庫と大金が発見されたとしか警察は発表していません。持ち主が現れた際、その人物が本物かどうか見極めるために、あえて情報を伏せているのです」

「なるほど」

感心したように言うと、橋田が再びスマホを凝視した。

「日銀の帯封はわかりました。私が注目しているのは、こちらの番号です」

酒井はスマホの画面をスクロールすると、引き伸ばした札束、そして帯封の横にある一二桁の印字された数字とアルファベットを指した。

「ほお、懐かしい銀行じゃないか」

画面を見たまま、橋田が言った。

「日本不動産信用銀行に間違いありませんか？」

「ああ」

橋田は拡大表示された帯封を睨んでいる。そして人差し指で画面の数字をなぞった。

「日銀を出て、日不銀に送られた束に間違いないよ」

「時期はわかりますか？」

「一九七三年、昭和四八年だね」

アルファベットと数字が並ぶ中、橋田は七と三の文字を指した。

「このアルファベットと数字の組み合わせが当時の長期信用銀行を指すコードで、この番号は日不銀に割り当てられたものだ。俺が現役の頃はもっと簡単にプリントされていたが、当時は一つひとつ担当者がタイプしていたようだ」

酒井は橋田が発した七三年、昭和四八年という言葉を急ぎ取材ノートに書き取った。

「なぜ、日銀の帯封が付いたままの札束、そして日不銀のものが金庫に入っていたのでしょうか？この写真から、なにか不審な点を感じたりしませんか？」

酒井が訊《き》くと、橋田が強く首を振った。

「帯封の番号はわかったけど、市中に流れたあとは管轄外だからね」

橋田が肩をすくめてみせた。反応はほぼ予想通りだった。日銀マンが金融市場の番人だったとしても、睨みがきくのは民間銀行までだ。その先にある顧客企業や団体、個人がどうやって現金を保管していたかまでは知るはずもない。

酒井はノートから目を上げ、橋田の顔を見た。昨夜、一番心のなかに引っかかったことを訊く。帯封の番号というディテールに関する疑問は潰した。一番肝心なことだ。

「私のような若い世代は、金融の奥深さ、いや、どす黒い話は書籍で読むか先輩方からお訊きするしかありません」

酒井が言葉を区切ると、橋田が眉根《まゆね》を寄せた。

「どういう意味だい？」

「日不銀は政治家の財布だった、そんな話を聞きました」

酒井は、昨夜調べたルポライターの名前と著作を橋田に告げた。

「随分と古い話を持ち出すね」

「この古くて大きな金庫と真《ま》っ新《さら》な現金ですが、昔の政治家絡み、あるいは暴力団《マルボウ》関係ということはありませんか？」

「週刊誌の記者らしい見立てだね。折り目正しく、紳士ばかりだった日本産業銀行ならいざ知らず、日不銀だからな」

「橋田さんのご認識は？」

「日不銀は相当に深いよ」

「深い、とは？」

「色々と事情を抱えた金融機関だったという意味だ」

橋田の言葉を聞き、酒井は取材ノートのページをめくった。昨夜、編集部とは別のフロアにある資料室に行き、データベースから引っ張り出した週刊新時代のバックナンバーや、関連書籍からメモしたものだ。右肩上がりの自分の文字を、酒井は改めて凝視した。

日本不動産信用銀行の前身は、戦前の政府の思惑と歩調を合わせるものであり、中国大陸や朝鮮半島を占領した当時の日本は、現地に日銀と同様の中央銀行の仕組みを作った。旧政府は大陸半島銀行を設立し、日系企業や軍部の資金需要に応《こた》えていたのだ。敗戦後、大陸半島銀行は解体され、戦後復興の資金需要を賄うべく、新たに日本不動産信用銀行が作られた経緯がある。

日不銀が世間を騒がせたのは、バブル経済が弾けた直後、一九九〇年代の前半だった。

一九九三年三月、与党民政党の当時副総裁だった金田陽《かねだよう》と金庫番だった私設秘書の二名が脱税容疑で東京地検特捜部に逮捕された。

金田は政商と呼ばれた大手運送業者や旅客業者などから裏で政治献金を受け、これを日不銀の持つ特殊な仕組みを悪用して隠していた、というのが地検特捜部の見立てだった。

特殊な仕組みとは、日不銀のような長期信用銀行が発行する独自の債券だ。日本の戦後復興を支える目的で、産業界に長期の資金を貸し付けていた。このため、独自に割引金融債という商品を販売し、投資家に売ることで資金調達してきた。

「日不銀と言えば、金田事件のときにメディアの人がいて大騒ぎになったじゃないか……そうだ、酒井さんのかつての先輩だったよね？」

橋田が突然先輩という言葉を持ち出し、酒井は面食らった。

「そうでしたね」

酒井は思わず下を向いた。日不銀を調べることに集中していただけに、かつての先輩という言葉に一瞬たじろいでしまった。

「金田議員が率いていた当時の民政党最大派閥だった恒星会《こうせいかい》に特捜部の強制捜査があったときも番記者や、他の記者が議員と麻雀《マージャン》を打っていたと週刊誌で読んだことがある」

酒井の頭の奥に、笑わない目をした白髪の男の顔が浮かんだ。

「大和新聞の田所をはじめとする記者らは、それぞれの社の社会部記者から強制捜査の情報を得ていたのに、のうのうと麻雀に興じていました。メディアの恥部に他なりません」

途切れそうになる言葉を、酒井はなんとか絞り出した。

「その先輩記者とはなにか因縁でもあったの？」

「なんでもありません」

咳払《せきばら》いして、酒井はさらに尋ねた。

「当時の営業局の関係者をご存知ありませんか？」

「四〇年以上前だから、亡くなった人もいるだろうし、連絡の取れない人も多いよ」

「そこをなんとか」

酒井は膝《ひざ》に両手を置き、頭を下げた。

「あまり期待はしないでほしいな。日不銀関係を浚《さら》った方がいいんじゃない？」

「もちろん、そちらも調べます」

酒井が顔を上げると、橋田は煙草を灰皿に押し付けていた。

「日不銀関係は慎重に調べたほうがいい。陰謀めいた話がつきまとう亡霊みたいな銀行だから」

「肝に銘じます」

酒井が答えると、橋田は満足げな顔でコーヒーを口に運んだ。

亡霊などこの世には存在しない。世間に晒《さら》されていない事実を、申し開きのできない証拠を突きつけてつまびらかにするのが週刊誌記者の役目だ。

酒井がノートに刻んだ文字を見つめていると、橋田がカップをトレーに置いた。

「これはあくまで素人《しろうと》考えなんだが」

「なんでしょう？」

「一九七〇年代といえば、あの大疑獄があったころだ。酒井さんは若いから知らんだろうけど、当時俺は大学生でね。日本中、いやアメリカも巻き込んで大騒ぎになった」

橋田はその後、酒井が週刊新時代やテレビの特集でしか知らない、昭和史に残る一大疑獄の名を口にした。反射的に取材ノートにペンを走らせると、橋田が苦笑いしている。

「政治家の財布なんて言い出すから、不意に思い出した。冗談だよ、忘れてくれ」

沈んだ場の空気を和ませようと、橋田が笑みを浮かべた。

「今まで思いつかなかった話です。あり得ないという確証が得られるまで調べますよ」

酒井は作り笑いを返した。だが、手元のノートに書き取った文字に、胸の奥に引っかかるような感覚をおぼえた。

5

まるで巨大な蟻《あり》の巣だ……。

東京メトロ大手町駅の改札を出た途端、松岡はそう感じた。

自動改札を通った乗客たちは、チューブから押し出された歯磨き粉のように数珠つなぎとなり、狭い階段をぞろぞろと無言で上がっていく。

大手町駅は東西線や千代田線、丸ノ内線、半蔵門線のメトロ路線のほか、都営三田線も乗り入れるビジネス街の一大地下ターミナルだ。

東京駅にほど近い商業地区には、地下を縦横無尽に貫く道が幾重もあり、隣接する商業ビルに続くエスカレーターや階段がいくつも連なり、巨大なビジネス街を形成している。その様子を、地上から透明なアクリル板を通して見たら、夏休みの宿題で観察した蟻の巣に似ているはずだ。

松岡は腕時計に目をやった。時刻は午前八時一五分、四五分後の始業に向けて東洋一のビジネス街には勤め人が溢《あふ》れかえっている。松岡は周囲の人間を垣間見《かいまみ》た。

右斜め前を歩く女性は、高価そうなスーツを纏《まと》っている。年の頃は三〇代半ばくらいか。キャリアウーマン然とした佇《たたず》まいだが、セミロングの髪は艶《つや》がなく、毛先が乱れている。革のバッグの隣には、猫の刺繍《ししゅう》がついたキルティングのバッグがある。保育園に子供を送ったあと、戦場に赴くのだ。疲れた後ろ姿を見ながら、松岡は考えた。自分の背中も彼女と同様に疲労の色が隠せないのではないか。

昨夜、妻の藍子から娘の沙希が発熱したと連絡が入り、松岡は曙橋《あけぼのばし》にある社宅に帰った。都営新宿線の駅近くにあるスーパーで惣菜を二品ほど買い、社宅のドアを開けると、額に解熱用の冷却シートを貼《は》った沙希が藍子の背中でぐずっていた。バッグと惣菜をリビングのテーブルに置くと、松岡はすぐに沙希を抱きかかえた。

大きなため息を吐《つ》いたあと、藍子はすぐにリビング横の小さな書斎にこもり、パソコンのキーボードを猛烈な勢いで叩き始めた。

ぐずる沙希を胸に抱きながら、松岡は小一時間かけてなんとか寝かしつけた。その後、惣菜と残り物を小皿に取り分け、作ったばかりの握り飯とともに書斎に運んだ。松岡自身は同じものをつまみに缶ビールを飲み、民放のテレビニュースに見入った。

缶が空きかけた頃、ベッドに寝かしつけた沙希が再び泣き出した。駆けつけて額に手を当てると先ほどよりも明らかに熱が上がっていた。

藍子が取材出張に出かけ、松岡が市況当番になっていたときも、過去に三、四度保育園から呼び出しがあった。その度に、後輩の正木やキャップの宮本に交代してもらい、保育園に駆けつけた。

育児は綺麗《きれい》ごとではない。ぐずる娘に舌打ちしたことはなんどもある。朝から疲れた顔をした一団の中に、自分もいる。右斜め前を歩いていた女性は、いつの間にか姿を消していた。松岡は強く頭を振ると、ベルトコンベアのように流れる人混みに身を任せた。

午後一〇時過ぎから、沙希はなんども目を覚まし、その度に激しく泣いた。近所の小児科医から処方された頓服薬《とんぷくやく》を飲ませ、冷却用のシートを貼り替え、寝汗で湿ったパジャマと下着を着替えさせた。気がつけば、沙希の子供用ベッドの傍でワイシャツを着たままうたた寝し、朝を迎えた。

幸い、夜が明けると沙希の高熱は嘘《うそ》のようにひき、今朝は藍子とともに食事をとり、保育園に行った。


駅の改札から吐きだされ、規則正しくメーンストリート沿いのオフィスビルに吸い込まれていく人間の何人が育児と仕事を両立させているのだろう……漠然とそんなことを考えながら本社に向かった。

五階でエレベーターを降り、大きなガラス戸で仕切られた編集局の前に立つ。ＩＤカードでドアを開け、松岡は久しぶりに編集局の大部屋に足を踏み入れた。

目の前に小さな体育館ほどのスペースが広がる。同時に、あちこちから怒鳴り声が響き、若いインターンや新入社員がゲラや書類を持って小走りで行き交うのが見える。

入り口近くには、二四時間ニュースを配信するインターネット編集部のシマが低いパーテーションで仕切られ、大きなモニターをいくつも並べて若手の編集担当者がニュースを加工している。

その隣は国際部だ。日本が夜の間、海外で起きたニュースを取りまとめる。夕刊に載せるため、デスクや若手記者は海外通信社のモニターや海外支局から送られてきた原稿のチェックに余念がない。

国際部の奥にあるのが社会部で、Ｔシャツやポロシャツといったラフな格好のデスクが二、三人、耳に赤鉛筆を挟んで他紙の朝刊をチェックしていた。おそらく、昨夜は泊まり勤務で、夕刊用の取りまとめを終えれば晴れて帰宅できる組に違いない。

「おーい！」

社会部の奥、ちょうどフロアの角で手を上げる男の姿が見えた。経済部長の西岡だ。ブルーのストライプシャツにブラウンのサスペンダーが目立つ、かつてのロンドン特派員は、この日も隙《すき》のない英国スタイルだ。

「おはようございます」

早足で経済部のシマに入ると、原稿を処理していた三、四人のデスクたちが好奇の目で松岡を見た。それぞれに会釈し、西岡のもとに向かう。現場の担当者の多くは所属の記者クラブに通勤するため、滅多《めった》に本社に顔を出さない。

日々、原稿のやりとりで電話を通じ丁々発止《ちょうちょうはっし》とやり合うデスクもいるだけに、現場記者にとって本社は居づらい。すると、西岡が椅子《いす》にかけていた背広を取り上げた。

「ここじゃなんだから、テラスに行こう」

西岡は一一階にある喫茶店の名を告げ、松岡と肩を並べた。

「編集局のコーヒーはまずいからな。奢《おご》るから付き合え」

西岡はデスクたちに声をかけ、ずんずんと先を行く。夕刊用の原稿をチェックするデスクたちに一礼し、松岡は西岡のあとを追った。

6

「特選ブレンドを二つ。松岡、サンドイッチでも食うか?」

「ブレンドだけで結構です」

松岡が答えると、ウエイトレスが作り笑いを浮かべ、カウンターの方向に向かった。

「沙希ちゃんの具合はどうだ?」

「朝一でメールした通り、すっかり熱も下がりました」

松岡は昨夜の誘いを断ったことも詫《わ》びた。

「誰だって子育ては大変だ。今は保育園問題がシビアだからな。俺のところみたいに専業主婦でも一苦労だったのに、奥さんが働いているとなればなおさらだ」

西岡が鷹揚《おうよう》に笑った。

藍子は出産を経てから沙希を保育園に預け、週に三、四日は取材や打ち合わせに出かけていた。出張や夜間に急な仕事が入ったときは、ベビーシッターを呼ぶときもあれば、三鷹《みたか》の実家にいる母を頼ることもあった。

「奥さん大事にしろよ。ヤクザな稼業に理解があるのは珍しいからな」

先ほどのウエイトレスがコーヒーカップを静かに目の前に置いた。

「今年の党税調はどうなりますかね？　引き続き配偶者控除が肝になると思いますが」

松岡は仕事絡みの話を持ち出した。今日呼び出されたのは、絶対に異動の内示だ。それもキャップの宮本が推してくれている財務省の記者クラブ、財政研究会への異動を告げられると松岡は確信していた。

「その辺はまだ煮詰まっていないだろうな」

話に乗ってくると思っていたが、目の前の部長は気の無い返事をした。

「今から準備しないと、追いつけません」

「落ち着けよ。それより、今日来てもらったのはちゃんとした理由があるからだ」

カップをソーサーに置き、西岡が切り出した。

今は七月下旬だ。税制改正の議論は来月中旬、お盆休み以降に始まる。その前に財務省の記者クラブ、財研に異動せよと西岡は内示するはずだ。

「ところで、昨晩みたいなことがあったら、今後はどうする？」

西岡の言葉は、またも想像とは違った。

「娘の発熱ですか？」

「発熱のほかに、遊んでいて怪我《けが》をすることもあるだろう。おまえが仕事で持ち場を離れることができず、藍子ちゃんが出張中だったらどうする？」

西岡の顔はいたって真面目《まじめ》だ。

「三鷹に妻の両親がいます。いざというときは義母《はは》が急行してくれる手筈《てはず》になっています」

藍子の母は、還暦をわずかに過ぎたばかりだ。藍子が嫁ぎ、一〇歳下の弟が大手銀行に就職したことで、子育てから完全に解放された。今は女子大時代の仲間とともに、テニスや山歩きのサークルに参加し、第二の人生を謳歌《おうか》している。義父は中堅の建築資材の会社を経営しており、今も元気に、そして忙しく働いている。そう告げると、西岡が頷いた。

「それなら大丈夫だな。今日来てもらったのは、異動の話をするためだ」

ようやく肝心の話が聞ける。松岡は姿勢を正した。

「結論から言うぞ。中途半端な時期で悪いが、来週から政治部に行ってもらう」

「はい？」

松岡は思わず訊き返した。第一希望である財研ではないのか。宮本を通じて、第二希望は東京商工会議所のクラブと伝えていた。流通業など幅広い企業、そして財界活動の一端を担当する部署だ。

「無論、片道切符じゃない」

西岡がもう一口、コーヒーを飲んだ。西岡はたしかに政治部と告げた。

「なぜ俺が政治部なんですか？」

「あの噂《うわさ》聞いてなかったのか？」

西岡が眉根を寄せた。あの噂と言われても、思い当たるふしはない。

「合同新聞《ごうどう》の中途採用だよ」

西岡がライバル紙の名を口にした。

合同新聞は発行部数五〇〇万部、本社を赤坂に構える老舗《しにせ》メディアの一つだ。大和の編集方針が政治的に中道路線なのに対し、合同はやや左寄りで、野党の国民労働党との関係が深い。

「二、三カ月前に中途採用の広告が載っていましたね……」

兜倶楽部で合同新聞をチェックしていたとき、社告で五段のスペースが割かれていた。

「奴ら、自分の都合が悪くなったから、他所《よそ》の家に手を突っ込んだ」

「どういうことですか?」

「団塊世代の大量離脱だよ。早期退職を募集したら、思いの外、手を挙げた奴らが多かったという理屈だ」

マスコミ界だけでなく、全産業的に問題となっていた事柄だ。

戦後に生まれた団塊世代は六〇歳、あるいは六五歳を迎えてすでに会社から去った。戦後のベビーブームの頃に生まれ育った世代だけに、労働人口の中でも団塊組は高い割合を占めていた。

「合同が早期退職を募集したら、全国で五〇歳以上の一五〇人が応募し、結局、全員が辞めたそうだ」

合同は大和よりも規模が大きい会社だが、一五〇人といえば全社員の一割近い数に当たる。新聞は明らかに斜陽産業だ。合同新聞や最大の発行部数を誇る中央新報、そして大和新聞もここ一〇年で一割近く購読者が減っている。読者の減少は売り上げに直結する。そうなれば、年功序列で賃金が割高のベテランを減らしてしまえ、という理屈につながる。

「早期退職に応じれば、今後一〇年間は年間五〇〇万円が支給される。うちで同じことをやったら、俺もぐらつく」

西岡が言った。団塊世代の大量退職に加え、五〇代が抜けてしまえば、順送りで人繰りをする新聞社のシステムは大きな軋《きし》みを生む。新人が地方を回り、四、五年で東京に戻る。花形の記者クラブで一五年程度勤めれば、今度はデスクに上がる。

デスクのうち、ほんの数人が部長や編集局次長へと出世し、残りは地方の編集部長や支社長となる。合同新聞は、デスクよりも上の世代がごっそりと抜けてしまったというわけだ。抜けた分は中堅が繰り上がらざるを得ない。そうなれば現場の取材態勢に支障が出てしまう。そこで他社から即戦力となる中堅を大量に引き抜いたというわけだ。

「合同新聞は誰を引き抜いたのですか？」

松岡が訊くと、西岡が苦々しい顔で答えた。

「与党クラブのサブキャップ大池《おおいけ》、その下にいた竹内《たけうち》、官邸クラブのサブだった松本《まつもと》だ」

「俺のほかにも誰かが政治部へ？」

「社会部から新井《あらい》、国際部からは川俣《かわまた》が出ることになっている」

忌々《いまいま》しそうに西岡が言った。

新井も川俣も後輩だが、やはり記者になって一二、三年を経た中堅記者だ。一緒に仕事をしたことはないが、彼らの署名記事からは、やり手だということがわかる。

経済部にいる他の同期が財研に滑り込み、自分よりも早く主要なポストを経験する間、自分は畑違いの取材現場で時間を浪費するだけではないのか。

「絶対に経済部へ戻す。二年、いや一年限定だ。その間、辛抱《しんぼう》してくれないか。政治部長には釘《くぎ》を刺しておく」

「わかりました」

ようやく松岡が答えると、西岡が安堵《あんど》の息を吐いた。

「一年で経済部に戻ったら、希望通り財研のサブキャップに据える」

「ありがとうございます」

なんとか声を絞り出すと、松岡は目の前にあったコーヒーを一口、喉に流し込んだ。香り高いブレンドはすっかり冷め、苦味だけが舌の上に残った。

「来週からだ。一、二日はデスク周りで仕事の流れを覚えてほしい」

額に脂汗を浮かべていた西岡が、明るい声で言った。三六歳にもなってデスクの補助か……喉元まで出かかった言葉をなんとか飲み込んだときだった。背後からかつかつと乾いた革靴の音が近づいてきた。

一一階のテラスカフェは、社の幹部たちが好《や》んで集う場所だ。大方、広告や事業局の偉いさんが現れたのだろう。だが、足音は松岡の真後ろで止んだ。その途端、対面にいる西岡がいきなり立ち上がった。

「おはようございます」

「堅苦しいあいさつは抜きにしよう」

頭上から聞き覚えのある声が響いた。振り返って顔を上げると、白髪で銀縁メガネをかけた男が笑みを浮かべていた。

「経済部にも大変な迷惑をかけてしまったようだね」

「とんでもありません」

直立不動の姿勢で西岡が言った。松岡も腰を上げ、西岡の傍に立った。社内でなんどかすれ違ったことがある。最近は記者クラブの液晶テレビを通して見る機会が増えた顔だ。

「君が松岡君だね」

目の前にいるダークスーツの男、特別コラムニストの田所悟郎が言った。田所は六〇歳を過ぎた大ベテランだが、意外と背が高い。新聞記者には猫背のベテランが多いが、田所は姿勢も良い。その分だけ、他の幹部よりも若く見える。

「まあ、ひとまずお茶を飲もうじゃないか」

田所は鷹揚に席を勧め、同時にブレンドを人数分追加オーダーした。西岡が席に着いたあと、松岡も隣に座った。

「政治部長に嫌味を言っておいた。自分の足元もわからず、よく記者に政局の取材なんかさせていたなってね」

運ばれてきたコーヒーを一口飲み、田所が言った。政治部長と西岡は同期だ。田所とは一二、三期違うはずで、雲の上の大先輩に当たる。嫌味を言われた政治部長は震え上がったに違いない。

「政治取材の経験はゼロです。色々と教えてください」

松岡は膝に手を添え、もう一度頭を下げた。

「頭を下げてきてもらう立場だ。脂の乗った記者に雑巾がけをやらせるわけにはいかんよ」

「雑巾がけとは？」

「経済部で言えば市況記事ばかり書かせるとか、株価や為替の数字を拾うデータ処理だけとか、そういった類いの手間仕事だよ」

「なるほど」

「政治部特有の仕事の流れだけは、覚えてもらうことになるだろう。夜回りメモの扱い方とか、総理番などの仕事だ」

田所が淡々と言った。

「総理番を終えたら、どこかのクラブに配属されるのでしょうか？」

「それは政治部長の専管事項だから、再雇用されている身分の僕にはなんとも言えない。ただ、経済部のエースを貸してもらう以上、日陰の仕事ということにはならんと思うよ」

田所の言葉を聞き、松岡の隣にいた西岡が小さく安堵の息を吐いたのがわかった。そのとき、対面で携帯電話の着信音が響いた。

「おっと、失礼」

田所が内ポケットから細身のガラ携を取り出し、席を立った。

「今日の昼ですか。ええ、丸の内のスタジオには十分余裕をもって着けると思います……ええ、それでは後ほど」

田所はせわしなくガラ携をポケットに入れると、テーブルに置かれた伝票を取り上げた。

「急なテレビ出演の要請があってね。僕はこれで失礼するよ」

「田所さん、伝票は私に」

西岡が懇願口調で言った。

「これくらいロートルに払わせてよ」

笑みを浮かべ、田所が言った。

「それでは、ご馳走《ちそう》になります」

椅子から立ち上がった西岡が頭を下げた。

「ごちそうさまでした。今後ともお願いします」

西岡に倣《なら》い、松岡も頭を下げた。

「一つだけ、老婆心《ろうばしん》ながら助言しておこう」

田所が足を止め、振り返った。

「なんでしょうか？」

松岡は田所の顔を凝視した。今まで笑っていた口が、真一文字に結ばれていた。口元の表情が一変すると、メガネの奥の両目が据わっていた。

「一日も早くトップリーグに上り詰めなさい。今までの記者生活で経験したことのない、全く別の景色が見えるようになる」

田所の声は思い切り低く、下腹に響くような重みがあった。

「トップリーグ、ですか？」

「君にはその素質がある」

それだけ言うと、田所は足早にレジに消えた。遠ざかる超ベテラン記者の背中を目で追ったあと、松岡は西岡に顔を向けた。

「トップリーグってなんですか？」

「わからん。政治部は特有の符牒《ふちよう》が多いからな」

西岡が首を傾げた。松岡の頭の中で〝トップリーグ〟という言葉がなんども反響した。

7

七月二四日、異動の命を受けた松岡は、大和新聞本社ビル五階にある政治部に午前八時に出勤した。異動が決まった日の夜、政治部へ移ることを明かすと妻の藍子はしばらく口を閉ざした。経済部よりもはるかに拘束時間が長い職場だということは、藍子も承知していた。松岡が不在となる時間が多くなるため、必然的に育児の負担が急増することを危惧《きぐ》したのだ。社命を覆すことはできないと説くと、藍子はなんとか受け入れてくれた。あの晩以降、藍子の口数が極端に減ったことが気がかりだった。

大手町の本社ビルは街の中心部に位置する。古巣の経済部は皇居方向を見渡せる日当たりの良い角にあるが、政治部は編集局の一番奥まった場所にシマを構える。社会部や国際部、文化部など主要部とは離れた場所にあり、局内で他部との交流はほとんどない。

政治部のシマは局内の事務作業を一手に引き受ける編集総務部、局の幹部たちが二四時間のシフト勤務で詰める編集局長、次長席と隣り合う。

部の入り口近くには、畳三畳分ほどの大きな机がある。社内で番台と呼ばれる会議スペースだ。松岡が入社するはるか以前、剛腕と呼ばれた編集局長が机の上に椅子を置き、局内を一望しながら原稿を急《せ》かしたという逸話《いつわ》がある。銭湯の番台に座る主人のようだったといい、いつしかこの名前が定着したのだと先輩から教えてもらった。

まるで銀行の支店だ……政治部に足を踏み入れたとき、松岡はそう感じた。早番のデスクが二人出社しているほか、アルバイトが三人も顔を出しているが、政治部のシマでは無駄口を叩く者が一人もおらず、静まりかえっていた。

古巣の経済部は、口の悪い部長の西岡を筆頭に、デスクでも常に軽口を言う人間が二、三人はいる。新人記者の稚拙な原稿に苦笑いし、他紙のスクープに地団駄を踏み、ときに現場の記者とデスクが原稿の扱いを巡って電話で怒鳴りあう。

経済部よりもっと賑《にぎ》やかなのが社会部だ。警察や検察での事件取材の経験が豊富な記者が出世するだけに、メンバーの大半は押しが強い。当然、地声も大きく、社外の一般人がみたら、とてもまともな組織だと思わないだろう。最近こそ少なくなったが、デスク同士、あるいはデスクと記者の間で殴り合いが起こるのは決まって社会部だ。

今、松岡が漫然と作業を見守っている政治部は一八〇度雰囲気が違う。出勤したデスク二人は手分けして他紙の政治面をチェックし、アルバイトは各記者クラブからメールで集まった夜回りメモを淡々と整理している。

自由闊達《じゆうかったつ》、肩肘《かたひじ》張らないのが大和新聞の社風だが、ここだけは空気が違う。愛想笑いを忘れた銀行員が、伝票や顧客企業の出納をチェックするような乾いた、ひんやりとした雰囲気がある。

他紙の朝刊チェックを終えたデスク二人が席を立ったが、その真剣な表情に声をかけるのもためらわれる。二人は大量のファイルが詰まったスチール製の書架の前に移動し、周囲に聞こえぬよう声を潜めて話し始めた。所在無く周囲を観察していると、松岡のすぐ近くにいた男が声をあげた。

「総理番からメモ入りました」

記者志望で二年間政治部のアルバイトを務めている藪下敏夫《やぶしたとしお》という二一歳の男子学生だった。藪下の目の前には大きな液晶モニターとキーボードがある。

「わかった。定型にはめて」

白いワイシャツ、青いストライプのネクタイを締めたデスクが応じる。松岡が様子をうかがっていると、男子学生は手慣れた様子で社の記事フォーマットにメモをペーストした。

〈午前八時四五分、芦原首相官邸入り　同五五分から秘書官と定例打ち合わせ開始……〉

政治面の下に毎日掲載される「総理の一日」に反映されるデータだ。

デスクが三人詰める事務スペースの後方で、松岡は仕事の流れを見守るよう当番デスクの佐野正太郎《さのしょうたろう》に指示された。佐野は入社二五年の四七歳、昨年外務省の霞《かすみ》クラブのキャップを経て、内勤になったと松岡が出社した直後に明かしてくれた。

記事ペーストを終えた藪下が内容を読み上げると、合同新聞を手に真剣な面持ちでもう一人のデスクと話していた佐野が声をあげた。

「いいよ、整理部に送って」

佐野の許可を得ると、藪下はタンタンとリズムをつけるようにキーボードを叩き、またたく間に原稿を整理部へ送った。大きなモニター上には、社内の原稿管理システムのウィンドウに紙飛行機のイラストが現れ、ゆっくりと消えていった。

「ちょっといいかな」

作業を終えた藪下に松岡は声をかけた。

「佐野さんたち、なにを話しているのかな」

「この件だと思います」

藪下がキーボードを叩くと、今日の朝刊政治面に載っていた記事がモニターに現れた。

〈川谷《かわたに》幹事長、依然公の場に姿見せず〉

一カ月前、趣味のバスケットボールで怪我《けが》をした与党民政党の川谷浩一《こういち》幹事長を巡る動静記事だ。

川谷は巨大与党民政党の実務を一手に引き受ける幹事長職にある。大学の体育会系バスケット部にいた川谷は、議員になってからも激しいスポーツに興じてきた。

だが、先月、都内の体育館で母校の大学生とともに練習試合をしたとき、転倒して足首を複雑骨折。その後は入院生活が続いていた。

「合同はなにか書いたの？」

松岡が訊くと、藪下がモニターの表示を切り替えた。すると、合同新聞の一面、そして政治面をスキャンしたデータが画面いっぱいに表示された。

〈芦原首相、川谷幹事長を継続起用へ＝幹事長、一週間後めどに公務復帰へ〉

川谷は、民政党幹事長を二期務めた。大和の政治面によれば、自身が束ねる派閥・寛川会《かんせんかい》の実務に専念するため、三期目の続投は固辞したという。それだけに、長期の入院が原因となり、続投か退任かで憶測が飛び交っていたのだ。

松岡はスチール書架の前で声を潜める二人のデスクに目をやった。佐野は眉間に皺を寄せ、もう一人はしきりに後ろ頭を掻《か》いていた。

「こんなとき、後追いはどうするの？」

松岡は声のトーンを落とし、藪下に訊いた。

「合同のネタが正しいという意味ですか？」

藪下は首を傾げている。新しい要素を盛り込んだ記事を他社が先に紙面に反映させれば、抜かれた社は全力で後追いする。合同の朝刊に川谷幹事長を巡る目新しいニュースが載った以上、大和は最低限夕刊までに取材を済ませ、記事を載せなければならない。

「おはようございます！」

佐野が声を張り上げた。松岡が顔を上げると、シマの入り口にグレーのスーツを着た細身の男が立っていた。げっそりと痩《こ》けた頰《ほお》、高い鼻。窪《くぼ》んだ両目が鈍く光っている。古い映画に出てくる総会屋か、暴力団に雇われたヒットマンのような風貌《ふうぼう》だ。

「おはよう」

細身の男は短く言った。通路を進みながら、男は松岡を一瞥《いちべつ》したあと、書架の前の通路から一番奥の席に向かった。

「部長です」

藪下が松岡に耳打ちした。松岡は昨夜、社員名簿で政治部のメンバーをざっとチェックした。一番上に書かれていたのが、阿久津康夫《あくつやすお》だ。三〇年前に入社したあと、大阪総局を経て政治部に入った男だ。外務省や与党クラブ、官邸クラブのキャップを歴任し、政治部筆頭デスクを務めたあと、一年半前に部長に昇格した。

「阿久津さん、合同の件ですが」

デスクの佐野が阿久津に言った。阿久津は携えていた鞄から手帳と小さな筆入れを出し、机に広げている。

「家で読んだ」

阿久津がぶっきらぼうに答えた。

「うちの記事は昨日チェックしていただいた通りなのですが」

佐野がか細い声で告げると、阿久津が顔をあげた。

「それで？」

「夕刊はどのようにしたらよろしいでしょうか？」

「担当たちから連絡は？」

「一応メモは上がってきています」

佐野が弾《はじ》かれたように自席に戻り、二、三枚の紙をつかんで再度阿久津のもとに駆け戻った。

「内緒ですよ」

松岡が阿久津と佐野の動きを注視していると、横で薮下が小声で言った。彼が指す液晶モニターにはいつの間にかメールソフトが起動していた。

薮下がキーボードを叩くと、テキストが画面に現れた。松岡は突然表示された「Q」と「A」がたくさん盛り込まれた文言を見た。Qは記者側の問い、Aは取材対象者の答えだ。この形式は経済部と一緒だ。だが、その量の多さに松岡は目を見張った。

「どのくらい分量がある？」

「四〇〇字詰め原稿用紙で七、八枚くらいですね」

オフレコメモの作成ならば松岡も経験がある。ほんの二、三〇分でも、相手と一対一《サシ》で会えばメモの長さは二、三枚に達する。だが、今まで松岡が扱ったメモの中身は相手の発言要旨であり、一字一句を正確に起こしたものではない。もちろん、肝心な事柄は正確に思い出して書くが、目の前の政治部メモは、相手の表情や話す速度、手振りなども事細かに記されていた。

〈官邸クラブ　佐藤《さとう》　対象者：今田《いまだ》秘書官　サシ：一五分間、官邸会議室（午後一一時）〉

ほんの一〇メートルほど先では、佐野が阿久津にメモを差し出している。佐野があれこれと説明を加えているが、阿久津は一言も発しない。

「まだありますよ」

薮下がいたずらっぽい笑みを浮かべ、画面をスクロールした。官邸クラブの佐藤という記者が今田という秘書官に尋ねているのは、大まかに三つのテーマだった。

一つ目は、芦原首相がライフワークとしている憲法改正について。この点について、今田という秘書官は言質《げんち》を取られぬよう、当たり障りのない建前論を展開していた。二つ目は、対中国の安全保障政策だ。今田は、首相が防衛省の幹部と近く懇談することを明かしていた。三つ目に、今朝一番のテーマについて記してあった。川谷幹事長のことだ。

〈Q．川谷幹事長には面会されましたか？〉

〈A．僕は残念ながら会っていないけど、官邸の女性秘書官補たちが連日お見舞いに行っている。報告によれば、ギプスが取れる日も近いようだ〉

〈Q．それでは、幹事長の公務復帰も近いのでは？　ギプスが取れれば、松葉杖《まつばづえ》か車椅子を使えば仕事できますよね（注：わざと笑いながら質問）〉

〈A．時期はまだ未定と聞いている。（秘書官、ここで声潜める）僕らはよくわからないが、政治家は面子《メンツ》を重んじる。怪我が公になっているから、少しでもイメージを大切にしたいと、完治してからというのが、幹事長の強い希望のようだ〉

〈Q．完治ということは、総理はそれまで待たれるということですか？〉

〈A．（秘書官、なんども頷く）時期は未定だが、幹事長は川谷さん以外にないというのが総理の強い意向だ。ただ、怪我の具合は川谷さん本人と担当医師にしかわからない。だから、まだ僕にも詳しいことは伝わっていない〉

〈（佐藤の感触）→川谷氏の続投はほぼ確定的。ただ、時期を明示して打つのは時期尚早。もっと引きつけることが可能〉

松岡が画面にあったメモを読み終えたときだった。今まで黙っていた部長の阿久津が口を開いた。

「こっちと随分トーンが違うじゃないか」

密《ひそ》かに松岡が目を向けると、阿久津は二枚のメモを見比べていた。

「これです」

隣の薮下が小声で告げた。と同時に、画面にもう一つのメモが現れた。

〈民政クラブ　高倉《たかくら》　対象者：川谷元美《もとみ》秘書　サシ：二分間　個人事務所前、廊下〉

〈Q．幹事長のお加減は？〉

〈A．ギプスがもうすぐ取れるかも〉

〈Q．それではそろそろ公務に復帰される？〉

〈A．まだわからない。ここだけの話ですけど、怪我を契機に全身の精密検査をやったの。これは絶対に書かないでね。そうしたら、肝臓の数値がね、そう、飲みすぎだから、少し高いの。この数値が落ち着くまではちょっと難しいかも〉

〈Q．どの程度ですか。一週間、それともあと一カ月くらいですか？〉

〈A．その中間くらいかもね。でも、主治医の判断が出るまでは、いくら私が妹だからって、軽々しいことは言えないし、わからないわ〉

〈（高倉の感触）→肝臓の件は、大酒呑《の》みの幹事長からして信憑性《しんぴょうせい》高し。日々連絡を取り、数値の具合を探り出す〉

文面を読み、松岡は薮下に目をやった。薮下は素知らぬ顔で画面を記事の入力フォーマットに切り替えた。

阿久津の方向に目をやると、二枚のメモを机に置き、腕組みしていた。

「それで、昨夜の遅番デスクはあの中途半端な記事にオーケーだしたわけだな」

感情のこもらない声だった。傍の佐野に目をやると、額に脂汗を浮かべていた。怖いキャップに怒られるのに怯《おび》えている新人記者のようだ。

「夕刊、決め打ちでいく。官邸と与党クラブのキャップをすぐに呼び出せ」

「わかりました」

阿久津の声に、佐野が弾かれたように自席にむかった。

「決め打ちって、どういう意味だ？」

松岡は藪下に訊いた。

「部長は真相を知っています。だから、キャップ二人を呼び出し、固いネタを披露した上で書くんだと思います」

「書くって、部長が？」

「書くのは官邸か与党クラブ、どちらかのキャップです。ただ、あくまで主導権を握っているのは部長です」

画面に視線を固定させ、わざと大きな音でキーボードを叩いた藪下が明かした。部長主導で記事を書く……経済部ではありえない話だ。

「おい、そこの人」

突然、部屋の奥から乾いた声が響いた。声の方向に目をやると、阿久津が松岡を射るような視線で睨《にら》んでいた。

「失礼しました」

松岡は慌てて阿久津の席に駆け寄り、言った。

「本日よりお世話になります、松岡です。よろしくお願いします」

「よろしく」

阿久津は机の引き出しを開け、中から名刺が入ったプラスチックの箱を取り出した。透けて見えるのは、松岡の名前だ。

「官邸クラブで一週間くらい総理番をこなしてから、次の部署を決める」

「私と一緒に加入する新井や川俣はどこに配属されるのでしょうか？」

「君が知る必要はない」

阿久津は名刺の箱を無造作に松岡の手に置いた。取り付く島がない。

「官邸の次の部署はどこになるのでしょうか？」

「適性を見てからだ」

阿久津は淡々と言った。適性という言葉が松岡の胸にひっかかった。請われて急場の穴埋めにきた。恩着せがましく言うつもりはないが、初対面の人間に対し、適性という言葉はどうなのか。目の前の阿久津に悪びれた様子はない。

「先週、本社で田所さんに会いました。トップリーグに入るよう精進しろという主旨のアドバイスをいただきました」

松岡が言うと、阿久津が目を見開いた。

「田所さんがトップリーグ、か」

阿久津は鼻で笑った。

「なにか失礼なことを言ったでしょうか？」

「あの人のことは忘れてくれ」

阿久津はぶっきらぼうに言い、部長席にあったノートパソコンを開いた。松岡は身を乗り出したが、阿久津に一切動じた様子はない。周囲を見回すと佐野が強く首を振っていた。

「それでは、今後よろしくお願いします」

名刺の箱を持ち、松岡は部長席を離れようとした。

「腰掛けは困るが、変な山っ気もなしで頼む。素人がどうこうできる世界じゃないんでね」

パチパチとキーボードを打ちながら、阿久津が言った。

8

たしかに自分は政治取材の世界では素人だ。だが、金沢支局時代は、地元出身の元首相、樹木伸郎《いつきのぶお》の動静を追った経験がある。

週に一、二度の割合で金沢市の中心部、香林坊《こうりんぼう》にある事務所に顔を出した。とかく地元の北國新報《ほっこくしんぽう》ばかりにネタを流したがる筆頭秘書に顔を売り、単独インタビューを二回行った。片町のおでん屋に行き、県庁関係者とも接触を密にした。石川県に延伸される北陸新幹線絡みの特ダネも地元紙やテレビ局に先駆けて打ってきた。地元事務所に食いこみ、いち早く情報をつかんだ成果だった。

しかし黙々とキーボードを叩き続ける阿久津は、素人がどうこうできる世界ではないと決めつけた。入社二、三年目の若手ならいざ知らず、自分は兜倶楽部という所帯の大きな場所でサブキャップまで務めた。一方的な言い振りに、松岡は少し腹が立った。

「悪い人ではないのですが、いつもあの口調なので……気にしないでください」

昨夜送られてきた夜回りメモを整理しながら、薮下が言った。腹の虫はおさまらなかったが、ここで仏頂面を続けていてもプラスにならない。松岡が引きつった笑みを薮下に返したときだった。

「遅くなりました」

シマの入り口の方向から、くぐもった声が聞こえた。声の方向に目を向けると、背広を腕にかけた太った男、そしてショルダーバッグを斜め掛けにした男が立っていた。

「太っているのが官邸の野水《のみず》キャップ、そしてもう一人が与党クラブの星田《ほしだ》キャップです」

薮下が小声で告げた。二人は落ちつかない様子で奥の阿久津の席に向かった。

「合同の件ですね」

与党クラブの星田が恐る恐るといった様子で切り出した。阿久津は椅子の背に体を預けたまま、ゆっくりと頷《うなず》いた。

「合同の誤報をのさばらせておいて、君らは平気か?」

阿久津が言うと、野水と星田が揃《そろ》って首を強く振った。

「ならば、合同の誤報を潰《つぶ》すようなネタを出してくれないか」

阿久津が放った言葉に強い毒気がこもっている。

「昨晩うちの若い記者が出した今田秘書官のメモが現状精一杯の事実です」

官邸キャップの野水が言った。

「うちの記者も妹さんを当たりました。嘘は言っていないはずです」

与党クラブの星田の言葉に、阿久津が反応した。

「本当だな?」

「合同のネタは完全に飛ばしです。合同のほかは、中央新報、帝都通信も動静を書いていません。各社ともにサシで夜回りしていますし、合同のネタがどうやって出たのか皆目見当がつきません」

星田が早口で言った。

政治部の主要メンバーの話に、松岡は耳を傾けた。一社だけ突出したネタを出すことは政治部以外でもままあることだ。企業や官庁が一社をピックアップしてネタをリークし、世間の反応を見るときにアドバルーン的に使うやり方だ。

「君らはキャップ失格だな」

阿久津が二人に向け、言った。

「しかし、合同の意図やネタ元がわからん以上、どうしようもありません。うちとしてつかんでいるのは、昨夜のメモまでです」

星田が抗弁すると、阿久津がデスクの上に置いていた紙を取り上げた。先ほど藪下が見せてくれたメモのようだ。

「とにかく失格だ」

そう言った直後、阿久津がメモを真っ二つに切り裂いた。派手に紙が破れる音を聞き、松岡は思わず首をすくめた。

松岡も若手記者の原稿を破ったことはあるが、あくまで教育の一環としてやったことだ。今、目の前で起こっている事態は、全く重みが違う。多くの場数を踏んだ官邸、与党クラブのキャップが、粉々に面子を潰されたのだ。

「部長といえど、やっていいことと悪いことがあります」

野水が机に手を突き、言い放った。松岡は唾を飲んだ。

「これを見ろ」

下腹に響くような低音で阿久津が言った。机にはなにか紙のようなものが置かれている。

「えっ」

野水が絶句した。傍《そば》で星田も肩を強張《こわば》らせ、紙を手に取った。松岡にも一部が見えた。病院の個室らしき光景を写した一枚だ。

「昨夕の写真だ。川谷さんは、足首の複雑骨折のほか、頸椎《けいつい》を激しく痛めた。下手に動かせば、半身《はんしん》不随《ふずい》になる。今も集中治療室で酸素供給が欠かせない状態だ。こんな体で、一週間後に復帰できると思うか？」

「しかし秘書の妹さんはたしかに」

与党キャップの星田の声が萎《しぼ》んでいく。

「病室で確かめたか？　秘書の言い分を鵜呑《うの》みにするのがキャップの仕事なのか？」

阿久津が追い討ちをかけた。たちまち野水が項垂《うなだ》れた。

「合同のネタ元は官邸の今田秘書官だ。アドバルーンを上げ、永田町の様子を見たのさ。合同はこのところネタを取り損ねていただろう。だから美味《うま》そうなネタをやったんだ」

阿久津が言うと、二人のキャップはそろって頷いた。松岡は薮下に顔を向け、耳元で訊いた。

「今田秘書官ってのは有名な人なのか？」

「経済産業省出身のやり手官僚です。本来は省に帰ってしかるべき高官ポストに就いているはずですが、総理の一本釣りで官邸に残っている切れ者です」

松岡は聞いたばかりの人物の名と、簡単な経歴を頭のメモリに刻みつけた。星田が阿久津に尋ねた。

「なぜ黙っておられたのですか？」

「保険だ」

阿久津はそう言うと、写真を机の引き出しにしまいこんだ。

「なにかやることがあるんじゃないのか？」

阿久津のドスの利いた声がキャップ二人だけでなく、松岡の鼓膜も鋭く刺激した。阿久津の言う通り、やるべきことは一つしかない。

「後継幹事長が誰になるのか、すぐに調べます」

星田が肩に力を入れ、言った。

「総理はこの状況を知っているはずです。心当たりをあたって、すぐにネタをつかみます」

野水が言った。

「締め切りは夕刊だ。使えないキャップは地方支局に行ってもらう」

そう言い放つと、阿久津は涼しい顔でキーボードを叩き始めた。

「いつもこの調子なのか？」

淡々とメモの整理をする藪下に松岡は尋ねた。

「ええ、こんな感じです」

藪下が言った直後、阿久津が咳払《せきばら》いした。

「これが俺のやり方だ。ついてこられないなら、今すぐ出て行ってくれ」

机の上のモニターを睨みながら、阿久津は言った。

「いえ、やらせていただきます」

「俺の命令は絶対だ」

阿久津は先ほどと同様、平然とキーボードを叩き続けた。

9

松岡が政治部に配属されて四日目の朝になった。

リビングダイニングの小窓から道路を見ると、曙橋《あけぼのばし》の社宅前に黒塗りのハイヤーが横付けされている。ボンネット脇には、ペンと日の丸を象《かたど》った社旗が掲げられ、周囲に対する押し出しが強い。

経済部の夜討ち朝駆け取材でハイヤーを使うときは、会社名を隠す意味でいつも外してもらっているが、政治部は別だ。官邸の前に横付けする際、警備担当の警察官に余計な面倒をかけぬようにするため、社旗は必需品となっている。鞄と背広をたぐり寄せると、松岡は社宅の階段を駆け下りた。

松岡は顔馴染《かおなじ》みの白髪頭の運転手にあいさつしたあと、重い体を投げ出すように、後部座席に乗り込んだ。

「まっすぐ官邸に行きますよ」

ルームミラー越しに言う運転手に、松岡は頷いた。ハイヤーは古い住宅街の小路を巧みに抜け、外《がい》苑《えん》東通りへと出た。

首相官邸での勤務は二日目となる。新人の政治部記者、あるいは地方支局や他部から異動してきた記者が必ず務める「総理番」をこなすためだ。

新聞紙上では、字数をなるべく減らすために内閣総理大臣は「首相」と表記されるが、取材現場では官僚や国会議員が使う通称の「総理」を使うのが一般的だ。総理番は文字通り一日中、芦原首相の後を追うのが主任務となる。

芦原が何時何分に誰と会い、どこに移動し、何を食べたのか。漏らさずフォローして情報をデスクにあげる。

官邸広報室が、前日夕方に官邸記者クラブに予定を開示する。これをもとに首相に張り付く。あらかじめ予定が決まっているため、他の取材現場からは楽そうに見られるが、ひっきりなしに官邸を訪れる官界、経済界の要人のほか、スポーツ選手や文化人もカバーするので休む暇がない。

帰宅したのは今日の午前二時半だった。現在の時刻は同七時半。一四年の記者生活で多少の睡眠不足には慣れているが、背骨の中心に鉛の棒を挿しこまれたように体が重い。

後部座席に身を沈め、松岡は無理やり目を閉じた。ハイヤーの前方から低い唸《うな》り声のようなエンジン音が響き、徐々に眠りへと引き込まれた。だが、意識の奥底で、げっそりと痩《や》せた目が醒《さ》めた男の顔が蘇り、貴重な睡眠時間を削いでいく。

〈キャップ面していても出先記者はネタの取り手だ。書き手は俺に任せておけばいい〉

三日前、初めて松岡が政治部に出勤したとき、阿久津が官邸と与党クラブのキャップに言い放った。

川谷幹事長の重篤さを知っていた阿久津は、小声で何本か電話をかけ、その度に手書きのメモを作成した。野水と星田はそれを頼りにさらに電話取材を深め、互いに短く言葉を交わしたあと、猛然とキーボードを叩き始めた。

二人の合作を背後から阿久津がチェックし、結局午前一一時半すぎに第一稿が出来上がった。

〈川谷幹事長、近く退任発表　後任は三浦《みうら》政調会長軸に調整〉

藪下がゲラ刷りを松岡に渡してくれた。一読したあと、松岡は政治部の面々に目をやった。野水、星田の両キャップは額に粒のような汗を浮かべていた。

第一稿のあとも、阿久津はさらに取材を続けた。廊下の隅に向かい、誰とも知れぬ相手と通話していた。大事なネタ元なのだろう。身内にもその通話内容を知られぬようにしていた。

午後零時半すぎ、夕刊最終版の締め切りまで一時間を切ったとき、阿久津がさらに動いた。第一稿に赤ペンを走らすと、阿久津は野水と星田に手渡した。二人のキャップは大きく目を見開いたあと、猛然と原稿を直し始めた。

〈川谷幹事長、三日後に退任　後任は三浦政調会長〉

第一稿と行数は大して変わらなかったが、具体的な日付と三浦が政調会長から横滑りすることが決め打ちされた。夕刊の最終版向けの記事を整理部に送り、校正と校閲記者のチェックを経て校了した直後、阿久津がまた口を開いた。

「卵を産まない鶏《にわとり》は容赦なく絞める」

二人のキャップは、阿久津の言葉に顔色を失った。追い討ちをかけるように阿久津が放った言葉は、もっと強烈だった。

「もっと癒着しろ。ネタさえ出せば、周囲にとやかく言われようが一切問題はない」

吐き捨てるように言うと、阿久津はジャケットを肩にかけ、一人でランチに出かけた。苦虫を嚙《か》みつぶしたような顔になった野水と星田は、デスクたちに軽く会釈して政治部を後にした。

四時間ほどの出来事だったが、政治部の異質さを強く印象づけた。松岡が在籍していた経済部、あるいは地方からなんども原稿を送った社会部とは全く違う。それぞれの記者クラブのキャップが原稿の最高責任者で、本社のデスク、そして部長はあくまでも中身を吟味し、紙面に載せるまでの補助にすぎなかった。別の言い方をすれば、管理職は脇役であり、現場記者に露骨《ろこつ》な介入は絶対しない。

だが政治部では、部長がメーンプレーヤーとして動いていた。こんな異様な組織でまともに働けるのか。


「着きましたよ」

運転手の声で、松岡は我に返った。意識の中で三日前の光景がなんども繰り返し再生され、言いようのない息苦しさを感じた。

後部座席から周囲を見ると、永田町の中心部にある「総理官邸前」の交差点脇だった。防刃チョッキを身にまとった警視庁の機動隊員たちの姿が目に入った。

「午後から夕方にかけて移動が多くなりそうですね」

助手席にあるクリップボードを一瞥《いちべつ》した運転手が答えた。前日に出た首相の予定表は、運転手も共有する。張り番の足となる以上、運転手も大事な取材スタッフの一人だ。

また後でと言い、松岡はハイヤーを降りた。機動隊員が素早くボンネット脇の社旗と自分の顔を見比べている。松岡が襟元につけた国会記者記章《バッジ》と胸元にぶら下げた専用のＩＤカード、国会帯用証を見せると、機動隊員が姿勢を正し、敬礼した。

「ご苦労さまです」

機動隊員に声をかけ、松岡は足早に首相官邸の通用口に向かった。

10

警備会社のガードマンと官邸警務官が詰めるゲートを抜け、松岡は細い石畳の通路を官邸本館に向けて歩いた。

松岡が入社したとき、現在の官邸は建設中だった。新人研修の一環として他の同期たちと訪れたのは、現在の場所から南側に移築された煉瓦《れんが》造りの古い建物だった。

官邸クラブの野水キャップに案内され、官邸の主だった場所を歩いたが、現在は昔と違って記者が自由に出入りできる場所が限定され、極めて取材が不自由になっていると聞かされた。古い官邸では、大手メディアの番記者が金魚の糞《ふん》よろしく首相のあとに続き、執務室まで行けたらしい。会議室や応接の薄いドアに耳を当て、内部の様子を探ることさえ日常茶飯事だったと言われたが、セキュリティ意識が高まり、機密性が格段に強まった現在は全く様子が違う。五階の受付でアポイントメントの有無をきびしくチェックされる。アポがなければ、問答無用でフロアから追いだされる。

昨日、配属のあいさつに秘書室へ出向き、松岡は女性の事務官に簡単に官邸の間取りを説明してもらった。

新官邸は、永田町周辺の高台の段差を利用して作られた五階建ての建造物だ。赤坂に向いた西側が低く、国会議事堂に面した東側は高い。この巨大な要塞《ようさい》の主である芦原首相や重要な来訪者は、霞《かすみ》が関《せき》や国会に面した東側にある三階の正面玄関を使う。松岡が通った衆議院の議員会館側に近いゲートも三階ということになる。

赤坂方向の一階は職員通用口などがあり、官邸記者クラブも入居する。官房長官が一日二回必ず姿を現す会見室も一階にある。

このほか、組閣後の記念写真を撮る長く赤い絨毯《じゅうたん》を敷き詰めた階段がホワイエと呼ばれるロビー兼中庭の前に設置され、その周囲には国賓級の来客を招く大ホール、中央官庁の事務次官が定期的に集《つど》う小ホールがある。このフロアは、警備の関係で中庭や大ホール周辺が厳しく出入りを制限されている。記者クラブのメンバーである野水と一緒でも松岡には立ち入りが許されていない。

四階は閣僚応接室のほか、週に二度必ず閣僚が集まる閣議室、政府関係の重要なテーマを話し合うための大会議室がある。五階は官房長官や秘書室の主要スタッフ、そのほか大事な来客だけが出入りを許された総理執務室がある。

昨日、二階の中庭から松岡が見上げたとき、大きな庭石と竹の植え込みの向こう側にガラス張りの部屋、総理執務室の片隅が見えた。無機質なガラス張りの建物の下から仰ぎ見る五階は、巨大な商業施設の一角のようで、ドロドロした政界の中心地というイメージにはほど遠かった。

「おはようございます」

石畳の通路から官邸の中に入ったとき、知った声が響いた。目をやると、薄いグレーのスーツをまとい、メガネをかけた小柄な女性記者がいた。大和の山形支局勤務を経て、政治部に三カ月前に配属された城後涼子《じょうごりょうこ》だった。

「今日もよろしく」

通用口横の警務官詰所の前を通り、松岡は城後とともに薄暗いエレベーターホールの方に向かった。

「総理は二〇分前に桜新町《さくらしんまち》の私邸を出ましたから、あと少しで入りです」

城後は手元の取材ノートに目をやりながら言った。通常ならば混雑する国道や首都高速だが、総理専用車はSP警護車に先導され、猛スピードで都内を駆け抜ける。この間、通行経路の信号はほとんどが青となる仕組みだ。今日は城後の同期の若手記者がハイヤーで私邸から芦原首相の動きを追っていた。

「私邸で幹部人事に関して声かけをしたようですが、返答はなかったそうです」

松岡は小柄な城後と肩を並べ、薄暗い照明の下で歩を進めた。官邸正面玄関横には、巨大な壁があり、明るい陽射しが降り注ぐエントランスホールとエレベーターホールを隔てている。壁の内側、少々薄暗いスペースには事務方や一般の来客が使うエレベーターが二基ある。松岡を含めた総理番の記者は、このエレベーターと壁の間に陣取り、一日のうち数時間を待ち時間に費やすことになる。

前方には、すでに一〇人以上の若手記者が控えている。ある者は小型の折りたたみ椅子《いす》に腰掛け、薄型のノートパソコンのキーボードを叩いている。別の記者は小型のICレコーダーの電池を入れ替えていた。各社のスチールカメラマンのほか、テレビ局のカメラマンも待機中だ。ここに私邸から芦原を追いかけている記者たちが合流すると、官邸の総理番の数は一気に膨れ上がる。

「今日も見習いに色々と教えてくれ」

「了解です」

城後が明るく答えたときだった。正面玄関の方向から通りの良い警務官の声が響いた。

「総理到着されました！」

号砲を聞いた生徒が徒競走のスタートを切るような勢いだった。巨大な正面玄関ホールと仕切られたエレベーター前の暗がりから一斉に記者やカメラマンが動きだした。松岡も城後とともに薄暗い壁の内側から出て、ホールに向かった。

「そこ、入らないで！」

松岡が他社の記者に押されてホールに出ると、警務官の鋭い声が飛んだ。警務官は松岡の足元を指している。

松岡は慌てて後ろに下がった。バスケットボールコートよりも広いホールの床には、壁と平行するようにテープが貼り付けてある。テレビ局のスタジオで、ディレクターが出演者に立ち位置を指示するときに使うバミリと呼ばれる印に似たテープだ。

芦原政権が誕生した際、記者クラブとの取り決めでぶら下がり取材が禁止となったため、実質的に番記者たちは芦原の姿をただ眺めるしかない。

松岡が規制線の外側に出たと同時だった。正面玄関、国会の方向の左側のドアから屈強なSPに左右を警護され、芦原恒三首相が姿を見せた。芦原は額にかかった癖毛を右手でかきあげ、大股《おおまた》で玄関ホールの中央に進み出た。

女性事務官から聞いた話によれば、芦原は身長が一七七センチ、体重は六五キロ。大半の政治家が下腹にたっぷりと脂肪を蓄えているのに比べ、日頃からランニングやストレッチで体を鍛《きた》えているため、スマートな体型を維持している。夫人の選んだグレーのスーツは皺《しわ》一つない。

「総理、おはようございます！」

目の前近くまで芦原が進んだとき、松岡は声を張りあげた。ぶら下がり取材は禁止だが、挨拶まで咎《とが》められるわけではない。前日、帝都通信社の若手が声をかけたことにならい、松岡は思い切って口を開いた。

芦原は松岡に目を向け、軽く手を挙げた。声はなかったが、その口元は「おはよう」と動いた。テレビのニュース映像で頻繁に目にする光景が目の前にあった。ホールには、二〇人以上の記者がいるが、芦原はたしかに反応した。背筋が伸び、青年のような佇《たたず》まいのある芦原は、政権を担っているという強い意識を持っているように見えた。

対角線でホールを横切り、高官専用のエレベーターに向かう芦原の背中を松岡はずっと追いかけた。

「行きますよ」

不意に城後が告げた。松岡は小柄な城後のあとを追った。朝の重要な仕事の一つが残っていた。芦原は、今、専用エレベーターで五階の執務室へと向かっている。

「モニターチェックお願いします。私はデスクに別件で連絡を入れないといけないので」

再び薄暗いエレベーターホールに戻ると、松岡は身構えた。モニターチェックとは、五階で専用エレベーターを降りた芦原を映し出す映像を見ることだ。

松岡は壁の内側二メートルほどの高さに掛けられた薄型の液晶画面を見上げた。鮮明な画像を通し、SPを従えた芦原が現れ、執務室のドアに吸い込まれていくのが見えた。松岡は腕時計に目をやった。

「午前八時〇二分、官邸執務室入り」

松岡は声を出しながら、スマホに入れた「首相の一日」のフォーマットに時刻を加えた。昨日もそうだったが、これから首相執務室には数人の秘書官が入れ替わりで詰める。朝までに重大事件や事故の類いが起こった際は、官房長官も頻繁に出入りするという。モニター越しでは芦原や秘書官たちの息遣いまではフォローできないが、最新鋭機材を使った画像は、二フロア離れていてもはっきりと確認できる。

目の前の画像では、SPの一人が執務室を出て、切れ長の両目で周囲を警戒していた。新官邸が出来上がったとき、メディア側と官邸との取り決めで遠隔の張り番装置の導入が決まったのだと野水に聞いた。

「あと三、四〇分は出てこないよ」

背後から他社の記者の声が聞こえた。

「あの、ちょっとお願いしてもいいですか?」

電話をかけ終えた城後が松岡の隣で言った。

「どうした?」

「定岡《さだおか》さんが急な発熱でお休みですって」

定岡とは、松岡より三期下の政治部記者で、官房長官の番記者だ。

「午前の会見をお願いできないかって、デスクが言っていました」

「いいよ」

松岡の言葉に、城後が安堵の息を吐いた。官房長官は阪義家《さかよしいえ》が務めている。芦原よりも六歳年上の六九歳、三重県の県議を経て衆議院議員になった叩き上げだ。政界のサラブレッドと呼ばれている政治家一家出身の芦原とは正反対で、阪の当選回数は五回と他の主要閣僚より少ない。しかし、三度の改造を経た芦原内閣でただ一人、同じポストに就く文字通りの女房役であり、それだけ芦原の信任が厚いのだと野水から聞かされた。

「重要なニュースで会見に出そうな話題は、アレだけだな」

「既定路線ですから誰も訊かないと思いますけど」

アレとは、懸案の民政党幹事長川谷の去就《きょしゅう》だ。今朝までに全国メディア全てが退任と決め打ちし、後任人事についても大和の既報通りとなった。

「会見のあとの懇談《こんだん》はどうする？」

「そこは仕方がないと、キャップからも連絡がありました」

城後がスマホを振ってみせた。

「見習いだから、平場《ひらば》はやるよ」

一日二回、午前と午後に開かれる官房長官の定例会見は、オン・ザ・レコード。つまり、阪が発した言葉の一つひとつが政府公式見解として内外に伝えられる。だが、定例会見のあとに開催される懇談は、番記者しか参加できない。懇談は原則オフレコだが、時と場合により、阪の発言は「政府首脳」という形で記事になる。政治家は本音を公の場で明かすことはしない。気心の知れた記者だけを囲い込み、背景説明を行い、ときに野党やライバル政治家の出方を記者から訊きだしたりもする。

定例会見と懇談をカバーすれば、いっぱしの政治記者だ。だが、横並びの情報ばかりで、他社を出し抜くスクープは望めない。誰でもできる取材というのが、平場というやや侮蔑《ぶべつ》的な響きを持つ永田町での言い回しだ。

「阪さんは突飛な発言はしないようだから、淡々とカバーするよ」

松岡は自らに言い聞かせるように城後に告げた。

11

酒井は腕時計に目をやった。時刻は午前八時四五分、近所のコーヒーショップの店主によれば、夫妻はあと少しでこの一帯へミニチュアシュナウザーを連れて散歩に来る。

ショルダーバッグから取材ノートを取り出し、酒井はこの一週間の取材を振り返った。湾岸エリアで発見された一億五〇〇〇万円入りの金庫は、未《いま》だ持ち主が見つかっていない。湾岸署刑事課長によれば、自分のカネだと名乗り出た人間は二〇人以上に上っているが、〈聖徳太子〉という条件を満たす者は一人もいない。酒井の見立てでは、金庫は大量の現金を入れたまま意図的に遺棄されたもので、湾岸署に名乗り出る者は全て偽物《にせもの》だ。

日銀元局長の橋田の協力により、営業局ＯＢで七〇代の老人たち五人を当たったが、めぼしい話は聞けなかった。日銀から民間銀行に供給された当時のピン札だ。酒井が予想した通り、民間銀行がどう使うかまで把握していない、というのが言い分だった。

酒井は日銀ルートを諦《あきら》め、日不銀ＯＢの動向を探った。まずは会社に常備されている古い人名録や経済専門誌が発行した上場企業の役員録を片っ端から調べた。

今から二〇年以上前の役員録はプライバシー尊重という意識が極めて希薄で、頭取や会長、常務など役員クラスから主要な部門の部長クラスの自宅住所や電話番号が記してある。この中から、酒井は日不銀総務部の歴代部長に目をつけた。一般企業の総務部といえば、社員の労務管理や社内の人事制度、社則などを定める部署だが、銀行は少し意味合いが違う。多くの大手行には総務部や企画部のような部署に〈特命担当〉が設けられていたのだ。

特命の中でも一般的に知られていたのが、大蔵省の行政指導や検査情報をいち早く入手する企画部MOF《モフ》担の存在だ。東大や京大、一橋といった国立の超難関校出身者がポストに就き、大蔵省に就職した同期や先輩に近づき、他行より一歩でも二歩でも早く情報を入手する。

もう一つ存在したのが、総会屋や暴力団との折衝を主任務にする総務部の特命担当者だ。銀行という巨大な金蔵に食い込むべく、闇《やみ》の勢力がありとあらゆる手段で近づいてくるため、清濁《せいだく》併せ呑《の》むタイプの人員が投入された。

酒井はもう一度腕時計に目をやった。午前八時五〇分。目の前の閑静な住宅街の道路には、毛並みの美しいゴールデンリトリーバーを連れた婦人が歩いている。だが、目的の老夫妻、そしてミニチュアシュナウザーはいない。

酒井が住宅街近くの公園で、道路を見渡せるベンチに腰を下ろしたとき、バッグの中でスマホが振動した。取り出してみると、編集部の筆頭デスク、茂森の名が見えていた。

〈今、話せるか？〉

「張り込み中ですので、できれば手短に願います」

〈次回の企画会議、なにか目玉はあるのか？〉

「現段階ではありません」

〈廊下で社長に会ってさ。ここ二、三週間弩級《どきゅう》のスクープがないって嫌味言われたんだ〉

社長は、一五年前の週刊新時代編集長で、月刊言論構想の編集長を経て老舗出版社のトップに上り詰めた。

〈酒井のことだから、都庁絡みや政治家ネタでなにかないかと思ってさ〉

「今のところは空振りばかりで」

今年に入り、女性知事と対立を深める都議会のベテラン議員の周辺を探った。この他にも、与党民政党の若手代議士のスキャンダルも暴いた。だが、茂森のおべっかのために軽々しく明かせるようなものは一つもない。

〈残念だな〉

吐き捨てるように告げると、茂森は一方的に電話を切った。

舌打ちしながら、酒井はスマホをバッグに放り込んだ。

今は自分のネタに集中せねばならない。古い金庫と一億五〇〇〇万円の正体、出所を探りだす。つかまえようとしているのは、日不銀の総務部庶務係長から系列のノンバンクの総務部長に転じ、その後中堅不動産会社の専務でサラリーマン生活を終えた老人だ。

目の前には、白黒の顔写真の拡大コピーが貼り付けてある。エラの張った輪郭、切れ長の目……銀行マンというより、大工の棟梁《とうりょう》のような面構えだ。

久保《くぼ》民男《たみお》、八一歳。登記を調べると、自宅のローンはとうに払い終えて悠々自適の老後生活を送っている。近所の喫茶店や夫人行きつけの雑貨店関係者によれば、二人の子供が巣立ったあと久保は五歳年下の妻と散歩するのが日課だという。

酒井が顔写真をもう一度凝視したとき、公園の外れの方向から鋭い犬の鳴き声が響いた。目をやると、花壇の方向から勢いよくグレーの小犬が走ってくる。リードを引いているのは、胸板の厚い老人だ。かたわらにはにこやかに笑う上品な老婦人がいる。反射的に立ち上がると、酒井はミニチュアシュナウザーの方向に歩み寄った。

「元気のいい子ですね」

酒井は膝《ひざ》を折り、小首をかしげる犬、そして老人に顔を向けた。

「年寄りが持て余すようなわんぱくで困ります」

「この子だけが楽しみですの」

かたわらの夫人が笑った。足元では、ミニチュアシュナウザーが立ち上がり、さかんに酒井の膝周辺を回っている。

「ごめんなさい、この子ったら」

夫人が慌てて引き離そうとするが、好奇心が旺盛《おうせい》なのか、小犬は甘えた声を出し、酒井にじゃれ続けた。

「かまいませんよ、犬が好きなんです。気持ちは通じるものですね」

酒井が答えると、二人は満足げに笑みを浮かべた。そろそろ頃合《ころあ》いだ。そう考えた酒井は、ショルダーバッグから名刺入れを取り出した。

「こんな形で恐縮です。久保さん、失礼を承知でお待ちしておりました」

酒井が名刺を差し出すと、久保がわずかに眉根《まゆね》を寄せた。

「記者さんが私にどんな用ですか？」

声音が変わったのを敏感に感じ取った夫人は、久保からリードを取り上げると、小犬とともに花壇の方向に戻った。

「昔の日不銀関係のお話をうかがわせていただきたくて、やってきました」

かつての勤務先の名前を聞いた途端、久保の目つきが変わった。

「俺の仕事の中身を調べてきたのか？」

「他行と同様、日不銀も綺麗《きれい》ごとばかりではないと聞き及びまして。ぜひご協力いただきたいことがあります」

「日不銀は二〇年も前に破綻《はたん》した。俺はその前に銀行から別会社に出た人間だ」

「いつでも結構です。小一時間、お時間をいただけませんか？」

久保の眉間の皺が深くなった。酒井はバッグから取材ノートを取り出した。

「写真にある札束の意味を教えていただきたいのです」

酒井は湾岸署刑事課長から入手した古い金庫、そして札束の写真を久保に見せた。

ウエストポーチから老眼鏡を取り出すと、久保は怪訝《けげん》な顔で写真に見入った。

「日銀の帯封、そして日不銀の帯封だな。これがどうしたんだ？」

「先日、湾岸エリアで発見された金庫とその中身です」

酒井が答えると、久保が写真から目を離した。

「この札束には、一九七三年、昭和四八年の帯封が付いています。その当時のことをなにかご記憶でないかと思いまして」

酒井の言葉を聞き、久保が空を見上げた。

「昭和四八年といえば、俺が総務部に移って三年目だ」

そう言うと、久保の目つきが再度変わった。

「あんた、まさか……」

「当時のクラスター事件に絡んだお金ではないでしょうか？」

酒井は思い切って一大疑獄の名を口にした。すると、久保は強く首を左右に振った。

「めったなことは言わんほうがいい」

強い口調で言ったあと、久保は口を真一文字に結んだ。

「どういう意味ですか？」

酒井が尋ねても、久保は強く首を振るのみだ。思いがけず強い反応が得られたが、眼前の久保は黙り続けている。酒井と久保の間の空気が張り詰めた。

「とにかくお話を」
酒井がさらに尋ねても、久保は黙り込んだままだった。

12

酒井が切り出したクラスター事件とは、昭和五〇年代前半に日米の政財界を揺るがした一大疑獄のことだ。

疑獄の根源は、自衛隊の対潜哨戒機《たいせんしょうかいき》と民間航空機の導入計画だった。日本への売り込み強化を狙っていた当時の米国最大の航空機メーカー、クラスター社が多額の資金を日本に投じた。もちろん、表に出せるものではなく、商社や政商と呼ばれる闇の人脈を通じてカネがばらまかれた。

米議会で突然飛びだした証言が発覚の発端だ。競合関係にあった別メーカーがクラスター社の日本での不正な資金提供を告発したのだ。そして上院の公聴会で、クラスター社幹部が数十億円のカネを拠出したことを認め、騒ぎが一気に拡大した。当然、米国発の衝撃的な出来事に日本のマスコミは取材を開始し、これが社会問題化した。

事件は大まかに三つのルートに分かれていた。一つ目は、主力の旅客機購入を検討していた日亜航空《にちあこう》がクラスター社から違法なリベートをもらい、日本国内での導入許可を得るため、運輸行政に強い族議員や官僚らに金をばらまいていた「日亜ルート」。

二つ目は、クラスター社の日本側代理店を務めていた大手商社・極東商事《きょくとうしょうじ》が絡んだ「極東ルート」だ。

クラスター社は日亜航空へのリベートの成果を確固たるものにするため、極東商事を使って当時の政界中枢への働きかけ強化を依頼した。

裏金がクラスター社から極東商事へと渡り、これが時の内閣総理大臣まで到達していたことが判明した。クラスターが売り込みを強化した際の首相は庶民派宰相として絶大な人気を誇っていた田巻徳男《たまきとくお》だ。

酒井が社の資料庫から引っ張り出した当時の週刊新時代のスクラップによれば、クラスター社の意を受けた極東商事の副社長が田巻の私邸を訪れ、新型旅客機の選定に関して運輸担当の閣僚に便宜を図ってもらうよう賄賂《わいろ》を渡したとされる。

この二つのルートは、容疑者たちが逮捕起訴されたのち、最高裁まで争われたがいずれも有罪が確定し、一応の決着をみていた。

酒井がその事件のスクラップで注目したのが、三つ目の「筒美《つつみ》ルート」だ。「戦後最強の政商」の異名を持つ筒美忠生《ただお》という右翼団体の総帥が絡んだルートは、現在も全容が解明されていない。

日銀や日不銀のOBを訪ね歩く間、酒井は新時代になんどか寄稿したことのあるフリージャーナリストや、言論構想社内部の元編集者に「筒美ルート」の概要を尋ねた。前の二つの疑惑ルートが民間航空機の導入を巡る汚職だったのに対し、「筒美ルート」は自衛隊の対潜哨戒機導入計画という国防上の重大機密に関《かか》わる事柄だ。当然、贈収賄の額も桁違いであり、日米安保条約の機微にも触れかねないデリケートな事案だった。

前の二つのルートで立件された贈収賄の額は一〇億円程度、一方、クラスター事件を追った先達たちの見立てでは、「筒美ルート」の裏金の規模は三〇億円程度に上ったはずだと聞かされた。消費者物価指数などの上昇分を勘案して現在の価値に引き直せば、一二〇億円程度になる。

クラスター事件では、田巻元首相らが起訴されて公判に立った一方で、筒美は病気を理由に国会の証人喚問を拒否、在宅起訴されて以降も出廷することなく病死した。

筒美を巡っては、戦前の軍部と連携して満州での利権を一手に握った政商として知られていたほか、戦後も暴力団や右翼組織を自在に操っていたことが公然の秘密となっていた。

こうした経緯もあり、メディア業界でも筒美の存在はある種タブー視され、詳細な経歴や生き様がほとんど報じられなかった。陰謀めいた話は嫌いだが、年老いた新時代の元記者から様々な事情を聞かされるにつけ、酒井は事件の闇に自分がのめりこむのを感じた。

また先達の記者たちは、口を揃《そろ》えて三〇億円近い裏金がどこかに消えたと強調した。

昭和に遺棄されたとみられる大型の金庫とピン札の束……この不可思議な存在が、もしかしたらクラスター事件という未だ全容が解明されていない一大疑獄につながるかもしれない。そう考えて酒井は懸命に動いた。そして、政界の財布と呼ばれた大手銀行で裏の任務を長らく務めた男が眼前で口を閉ざしている。掘り起こした金脈は本物だ。

「ぜひ取材に協力してください」

口を閉ざしたままの久保に、酒井はもう一度頼み込んだ。

「どこまで調べた？」

久保が唸《うな》るように答えた。

「入り口すら見えていません」

酒井が言い終えぬうちに、久保が皺だらけの右手を差し出し、言葉を制した。

「端緒をつかむことができたら、もう一度来なさい」

痛いところを突かれた。酒井が次の言葉を探していると、不意に久保が口を開いた。

「最後の藁《わら》という言葉を知っているかね？」

意味がわからず、酒井は小さく頭を振ってみせた。

「アラビアの古い諺《ことわざ》だ」

クラスター事件とアラビアがどう結びつくのか。

「のんきな見てくれとは違い、駱駝《らくだ》は屈強な動物だ。わずかな水だけで数百キロの荷物を載せ、何カ月も砂漠を行き来する」

突然のたとえ話で、酒井は面食らった。だが目の前の久保にふざけた様子は一切ない。

「アラブの遊牧民たちは、そんな駱駝の性質を知っているからいつも大量の荷物を載せる。だが、駱駝だって血の通った生き物だ」

そこまで告げると、久保が口を閉ざした。酒井の顔をしげしげと見つめている。教師ができの悪い生徒の理解度を探っているようだ。

「従順な家畜の駱駝であろうが、限界はある。重い行李《こうり》をいくつも運ぶことができても、最後は藁一本載せただけで背骨が折れてしまうこともある」

「あの金庫と現金は、日本にとって最後の藁になり得るというのですか?」

恐る恐る訊くと、久保が小さく頷いた。

「あの、もう少しお時間を」

酒井の懇願にもかかわらず、久保は夫人の方向へ立ち去った。

〈もう一度来なさい〉

遠ざかる久保の背中を見ながら、酒井は先ほどの言葉を反すうした。久保は決して取材を拒絶しているわけではない。だが、軽々しく触ることは危険だとサインを出してくれたのだ。ならば、酒井の取る道は一つしかない。さらにネタを掘り下げ、核心に迫るのみだ。

夫人と小犬と合流した久保に向け、酒井は深く頭を下げた。

13

「昨晩、東シナ海で発生した問題に関しては、関係当事国同士の冷静な対応を求めるものであります。

政府としては、今回の事態は両国の漁船による偶発的なものと捉《とら》えており、外交ルートを通じて国連等の場で協議するような段階ではないと考えます」

薄いグレーのカーテンを背後に、阪官房長官が低い声で答えた。

松岡の周囲には、若手記者たちが叩き続けるキーボードの音が響く。大和をはじめ、大手メディアは二四時間ネットで記事を配信している。このため、速報が命の通信社だけでなく、新聞やテレビも即座に会見内容の記事化を迫られる。阪の顔を見ず、ロボットのようにノートパソコンと対峙《たいじ》する記者が会見場を埋め尽くすようになった。

「次はないですか?」

夏物の背広を着た阪が会見場を見回す。約一〇〇席用意された会見室には、この日二回目、午後の政府見解を質《ただ》すべく約二〇社から三〇人ほどの記者が集まった。松岡は最前列から二番目、阪の表情がつぶさに観察できる席に着いた。

「合同新聞の葉山《はやま》です」

会見場の一番右側、首相や官房長官が出入りするドアに近い場所で、三〇歳前後の男性記者が手を挙げた。阪は手を動かし、質問を促した。

「次回の国連総会で、総理が演説される予定ですが、具体的な中身は?」

合同新聞の問いに、阪は素早く手元のファイルを繰った。松岡がその様子を注視していると、黄色い付箋《ふせん》のところで指が止まった。

「国連総会では、引き続き我が国の平和へのアプローチが正しいこと、そして東アジア諸国、および環太平洋の安定を重視するメッセージを発信する予定です」

阪は一瞬だけファイルの想定問答に目を落としただけで、あとは合同新聞の記者の方に顔を向け、すらすらと話した。

「わかりました」

合同の若手記者は短く答え、すぐに視線をキーボードに落とした。

「中央新報の沢井《さわい》です」

今度は女性の若手記者だった。

「東京都の中央卸売市場の移転問題ですが……」

今度は想定問答に目を落とすこともなく、阪は東京都の個別問題であり、国として見解を出すことはない、とあっさり答えた。

この後、五、六分ほど内政や外交に関する当たり障りのない質問と答えが続いた。その中身は退屈以外のなにものでもなかった。

新聞やテレビの報道記者なら誰でも知っているが、自ら得た取材成果を衆人環視の会見で披露《ひろう》し、要人の見解を求める馬鹿は一人もいない。

城後がフォローで会見場に入っていることに加え、ICレコーダーを稼働させて阪の言葉を録音している。松岡はノートに発言要旨だけをメモし、阪の表情を観察し続けた。要は型通りの質問と、官僚が作った答えを官房長官が読み上げる場が一日二回の公式会見なのだ。

一四年前、松岡が一年生記者として石川県警の本部長会見に臨んだときとは、様子が一変している。当時の県警クラブキャップは、本部長や刑事部長の表情の変化や癖を詳細に観察しろとアドバイスしてくれた。ネットニュース向けに通信社並みの早さで記事を出せという要求があるのは理解できる。しかし、官邸の記者室に集う三〇人ほどの記者たちはほとんど阪の顔を見ず、ひたすらキーボードを叩いている。

外資系通信社のベテラン記者が東京株式市場と外為市場の値動きに関する質問を始めたとき、松岡は一瞬だけ後ろを振り返った。

壇上の官房長官の視線の先、記者席の後ろにある壁には、現在時刻を表示するスペースと、会見が始まってから何分経過したかを示すデジタル表示がある。現在は午後四時一八分、定刻の四時に会見が始まってからもうすぐ二〇分が経つ。

財務省の官僚が用意した想定問答の答えを阪がなめらかに告げた。

「あとは、なにかありますか？」

阪が会見場全体に目を配り始めた。会見室の天井には、依然として喧《やかま》しいキーボードの打刻音だけが響き続ける。

阪がファイルを閉じ、会見場中央の演壇から体を動かしかけたときだった。松岡は思い切って手を挙げた。

「大和新聞の松岡と申します」

大声を張り上げると、阪は少しだけ目を見開いたが、すぐに姿勢を元に戻した。

「どうぞ」

「数日前ですが、与党民政党の幹事長人事を巡って、情報が錯綜《さくそう》する場面がありました。官房長官のご見解《けんかい》を聞かせてください」

松岡の質問に、一瞬だけキーボードの音が止んだ。同時に、周囲から遠慮のない視線が集まった。小さく咳払《せきばら》いしたあと、阪が口を開いた。

「幹事長人事に関する質問は、与党のしかるべき方にお願いします。政府を代表してコメントする事柄ではありません」

想定問答には目もくれず、阪が答えた。当然だろう。こうした突発的な質問の答えは官僚が用意していない。阪がどんな人物で、どれだけ機転が利くのか、松岡は試した。

「一部では、官邸のしかるべきポジションの方が報道陣を混乱させるような情報をあえて流したという噂《うわさ》もあります。政府のスポークスマンとして、官房長官のご見解をきかせてください」

松岡が訊くと、周囲の記者が一斉にキーボードを叩き始めた。

「私はコメントする立場にありません。そもそも噂に見解を出すことは、私の流儀としてできません」

「政治家としてのコメントは？」

松岡の質問に、阪がわずかに頷いた。

「あくまでも個人的な見解です。一人の政治家としては永田町の動きは見えにくかった、とだけお答えしましょう」

阪は淡々と答えた。だが、その両目からは強い光が発せられたように松岡は感じた。

「あと一つだけ」

松岡は思い切ってそう口にすると、阪が頷いた。

「東京のベイエリアで金庫が発見されましたが、官房長官はどう感じられましたか？」

とっさに思いついた質問だった。社会部の領域だが、あの一件は進展していないと各社のニュースが伝えていた。こんな話は想定問答に載っているはずがない。

「警察が粛々と調べているはずです」

「わかりました」

松岡が席でぺこりと頭を下げると、阪はもう一度会見場全体を見渡した。

「ほかに無いようですので、これで午後の会見を終わります」

そう言うと、阪は想定問答が詰まったファイルを小脇に抱え、日の丸に一礼したのち早足で会見場をあとにした。

周囲では依然キーボードが鳴らす音が響いているが、その中から数人の若手記者が自分を睨《にら》んでいるのがわかった。

「松岡さん、まずいですよ」

振り返ると、顔をしかめた城後だった。

「言いたいことはわかってるよ。あれじゃ、官房長官番があとで嫌味言われるもんな」

「今後は控えてくださいね」

「どんな人なのか、実際にやりとりして感触を確かめたかったんだ」

「経済部とは……」

城後の顔の前に、松岡は手を差し出した。

「やり方が違うって言いたいんだろう？　でもな、ちょっと異様だぜこの会見場は」

松岡はかつての県警クラブのキャップの言い分を城後に伝えた。城後は黙って聞いているが、明らかに不満顔だ。

「官房長官だって機嫌の良し悪し、体調の悪いときだってあるだろう。日々その様子をつぶさに観察してなけりゃ、本当の取材にはならん」

松岡がそう答えた直後だった。城後が握っていたスマホが震え始めた。

「ちょっと、失礼します」

城後はスマホを手で覆《おお》い、通話を始めた。松岡は改めて周囲を見回した。会見室の記者たちは、とっくに部屋をあとにしていた。古株の記者に嫌味の一つでも言われるかと覚悟していたが、その心配は杞憂《きゆう》に終わった。

「本当ですか？　本人にそう伝えておきます」

城後が電話を切り、スマホをポケットにしまいながら言った。

「官房長官の秘書からでした」

「嫌味でも言われたのか」

松岡が訊くと、城後が強く首を振った。

「夕方六時半の懇談に出てほしいそうです」

松岡は首を傾《かし》げた。いつも懇談に出ている後輩記者は体調不良で欠席した。ならば、城後が出るという意味なのか。

「君が出るんだろ?」

「違います。官房長官が松岡さんを指名されたそうです」

「俺を?」

「ええ」

「今までこんなことは?」

「阪官房長官の場合、番記者以外は絶対に懇談に入れません」

「本当か?」

松岡の言葉に、城後が強く頷いた。

14

「総理、おやすみなさい!」

桜新町の瀟洒《しょうしゃ》な一戸建てに入る芦原の背中に向け、若手の女性記者が声をかけた。芦原は右手を軽く挙げたのち、白いドアを開けて私邸に入った。

〈午後一一時二五分、私邸着〉

松岡はスマホに入れた動静用のフォーマットに入力したあと、素早くメモを政治部に送った。

「お疲れさまでした」

私邸のポリスボックスの周囲で、五、六人の記者が互いに労をねぎらう言葉を交わした。松岡は私邸近くに停めたハイヤーに乗り込み、運転手に告げた。

「午前〇時までは若手が残っているので、一足先に官邸に戻ってください」

運転手は静かにハイヤーを発車させた。後部座席に置いた鞄《かばん》からノートパソコンを取り出すと、松岡はスマホと同じように画面表示させた定型フォーマットを見つめた。

〈午前七時三九分、桜新町の私邸発、朝の来客なし。午前八時〇一分、官邸着〉

〈午前八時一〇分から同三五分まで、梅沢《うめざわ》官房副長官と打ち合わせ〉

〈午前八時五七分から同九時六分まで、交通事故防止対策、特に自転車運転に関する関係閣僚会議〉

〈午前九時一〇分から同三二分まで、国家安全保障会議の九大臣会合〉

〈午前九時三四分から同五〇分まで、閣議〉

〈午前九時五五分、原本《はらもと》経済再生担当相、内閣府の東郷《とうごう》事務次官、羽見《はねみ》内閣府審議官が入った。同一〇時四三分、東郷、羽見両氏が出た。同四六分、原本氏が出た。同五六分から午前一一時一五分まで、月例経済報告関係閣僚会議〉

〈午前一一時二〇分から三五分まで、森沢《もりさわ》民政党参院議員〉

〈午前一一時四〇分から午後〇時五分まで、執務室内で昼食〉

〈午後〇時一五分から同二時二分まで、民政党の棚下《たなした》、江木《えぎ》両衆院議員ら〉

〈午後二時一四分から同五三分まで、財務省の紀藤《きとう》事務次官、藤沢《ふじさわ》主計局長〉

〈午後三時二分から同四五分まで、玉置《たまき》首相補佐官、佐伯《さえき》財務省理財局長、奥宮《おくみや》国土交通省鉄道局長〉

〈午後三時四八分から午後四時三分まで、寺島《てらしま》最高裁長官〉

〈午後四時一〇分から同三八分まで、外務省の杉本《すぎもと》事務次官、同四〇分から同五三分まで、植田豊駐《うえだゆたか》

ポーランド大使、外務省の杉本事務次官再入室〉

〈午後五時一三分から同一七分まで、下川《しもかわ》民政党総裁特別補佐〉

〈午後五時二〇分から同二九分まで、古田《ふるた》参院副議長〉

〈午後六時三分から同一四分まで、谷瀬《たにせ》国家安全保障局長〉

〈午後六時二三分、官邸発〉

〈午後六時三九分、東京・虎ノ門の虎ノ門タワー着。国際金融シンポジウム発足三〇年レセプションに出席、あいさつ。同五七分、同所発〉

〈午後七時一四分、東京・新宿のビル「光友《こうゆう》ビルディング」着。同ビル内のシンクタンク理事長事務所で伴田《ともだ》総務相、柴谷《しばたに》首相補佐官らと会食。七時五九分、同所発〉

〈午後八時二五分、内幸町《うちさいわいちょう》の帝都ホテル着。一七階ラウンジで大和新聞の田所特別コラムニスト、東都テレビの真崎《まさき》政治部長、中央新報の榊《さかき》編集委員らと歓談。午後一〇時五三分、同所発〉

〈午後一一時二五分、私邸着〉

かすかに揺れる車内で芦原首相の動向を振り返った。文字通りの分刻み日程だった。

城後や他の若手記者の助けを借り、松岡は総理番の一日を無難にこなすことができた。官邸で芦原が誰と会ったのかは、秘書室が正式な記録を発表するが、悠長にこれを待っていたのでは仕事にならない。知らぬ顔が官邸に現れれば他の若手記者と取り囲み、名前と肩書きを訊きだす。

名簿に載っている国会議員ならよいが、官僚は知らぬ顔が多く、把握するのが大変だった。城後によれば、この日はまだ扱いやすかったという。通常ならば、海外大会で活躍したスポーツ選手や著名な賞を受賞したような文化人も頻繁に官邸に現れるらしい。

松岡は手元の液晶画面を改めて見た。分刻みという忙しさのほか、芦原は常に記者に監視されており、その行動は完全なるガラス張りだった。

「小一時間ほど前、帝都ホテルの車止めで、田所さんの顔を見かけましたよ」

朝、松岡を迎えにきたベテラン運転手がミラー越しに言った。

「総理の応援団と呼ばれる大手マスコミの幹部と一緒だったようですからね」

松岡は改めて首相動静の一角に目をやった。白髪《しらが》頭で柔和な顔の田所、短く刈った髪にいかつい顔の真崎、禿頭《はげあたま》で狸《たぬき》のようなひょうきんな笑みを絶やさない榊……三人とも相当な頻度でテレビの情報番組に出演し、政局解説を行う。所属する会社は違うが、共通しているのは常に芦原の政策やその人柄を前向きに評価する点だ。

松岡はメモの画面をインターネットに切り替えた。田所らと芦原の名前を検索欄に入れると、早速今晩のホテルのバーのことが槍玉《やりだま》にあがっていた。

〈またも御用マスコミと高級サロンで密談＝税金泥棒のマスゴミを許すな〉

内外通信社の首相動静を引用しながら、とある大学教授が舌ぽう鋭く田所らを糾弾していた。

マスゴミという言い方はきつすぎるが、世間の見方は大方その通りだと思う。社会部にせよ、経済部にせよ、取材相手の懐に飛び込まねばネタを引くことなど不可能だ。金沢時代、松岡は市内のおでん屋や居酒屋の小上がりでなんども県警本部の刑事たちと酒食を共にした。経済部勤務となってからも、日銀マンやメガバンクの企画担当役員らから誘いを受け、高級レストランやクラブで奢《おご》ってもらった。ただし、奢られたら必ず次は松岡が彼らを誘って居酒屋に行き、自腹で飲み食いしてバランスを取ってきた。

だが、政治部は少し行き過ぎだ。基本的に割り勘だと言いつつも、田所らは相当な頻度で芦原とともに高級レストランに行き、ホテルのラウンジに繰り出す。これでは、世間には癒着しているとしか見えない。田所らの行動を、軽率とみる社内の空気もある。

「総理となにを話したか、簡単なメモはいつももらえるようです」

「総理大臣の政治観を定点観測する、そういう言い分ですよね」

運転手は面白くなさそうに言った。

「昔から、政治部は偉そうな言いぶりの記者が多くてね。選挙で当選したわけでもないのに、自分が偉くなったように振る舞う若手さえいて困ったもんです」

いつの間にか、運転手の口調が荒くなった。社内で一番ハイヤーを使うのは政治部だ。プライドが高く、社内でも一番格上と評される部署だけに、ぞんざいな物言いをする輩がいることもたしかだ。だが、自分は今その政治部にいる。未だ政治部のやり方には馴染《なじ》めない。しかし、まだ右も左もわからない状態だ。ここで運転手の言い分に便乗し悪態をついたことが、阿久津あたりに伝わるのも得策ではない。

「少し、メモを書きます」

運転手にそう告げると、松岡は午後六時半から開かれた阪官房長官の懇談のメモを作り始めた。鞄から取材ノートを取り出す。ホテルで芦原らが出てくる間、阪が残した言葉の要点をいくつか書き留めておいた。パソコンの画面をテキスト入力用に切り替えると、松岡はキーボードを叩き始めた。

〈阪官房長官定例懇談　官房長官応接　出席者大和・松岡、合同、中央新報……〉

記憶をたどりながら、松岡が各社記者と阪のやりとりを再現し始めたときだった。鞄のポケットに入れていたスマホが振動した。取り出して画面をみると、政治部の文字が現れた。

〈なかなかやるじゃないか〉

嗄《しゃが》れた声が耳元に響いた。阿久津だ。

「なんのことでしょう?」

〈阪さんの懇談にいきなり入ったそうだな〉

「今、メモを起こしているところです」

〈そんなもんは、いつでもいい。また頼むぞ〉

「また、とは？」

〈官房長官番に就け〉

一方的に言うと、阿久津はさっさと電話を切った。

ぶっきらぼうな言いぶりは政治部長席にいたときと一緒だった。だが心なしか、その声が弾んでいるように思えた。松岡は首を傾げながら、キーボードを叩き続けた。

後輩の城後記者によれば、官房長官の阪は容易に心を開かない政治家だという。三重県選出の代議士の下で秘書を務め、三〇代後半に同県の県議に転じた。阪はその後四〇代半ばで師匠格の引退とともに国政に転じた。雑巾掛《ぞうきんが》けと呼ばれる雑事をこつこつとこなすことが好きで、スタンドプレーを嫌うと大和の政治面で読んだ。

夕方の懇談では、阪が本音めいた言葉を漏らすこともなかった。ただ、東シナ海で起こった他国同士の小競り合いについての見解は、〈政府首脳〉として引用することが許された。

〈防衛省担当者が情報収集へ＝東シナ海の衝突で政府首脳明かす〉

各社の番記者たちの顔色が一変したことで、松岡もこの話を頭の中にとどめ、懇談が終わると同時に官邸キャップの野水に伝えた。野水は簡単に記事をまとめ、デスクに上げた。大きなネタではなかったが、少しずつ政治部の仕事の流れを理解できた一件だった。

阿久津は政治部全体を強権的に支配し、キャップでさえ修業中の板前のように使い走りをさせる。その一つのコマとして、自分は新たに官房長官番を命じられた。体力ばかり浪費する総理番を離れるのは助かるが、取材経験の乏しい自分に果たして務まるのか。

いや、やるしかないのだ。阿久津は西岡のように気軽に話しかけられる存在ではない。強く頭を振ると、かすかに揺れる車内で松岡はメモを綴《つづ》り続けた。

15

コンビニで夕食用の弁当を買い、酒井は九段下の編集部に戻った。編集長席の背後にある壁時計を見ると、時刻はすでに午前零時を回っていた。

煌々《こうこう》と明かりが点《つ》く編集部では、五、六人の記者、そしてデスクが思い思いに時間を過ごしていた。フリー記者から傭兵部隊に加わったばかりの二〇代後半の記者は必死に電話で取材相手に食い下がり、その横では専属カメラマンが実話誌のヌードグラビアを眺めていた。その奥には、ライバル誌の週刊底流《ていりゅう》を読む筆頭デスクの茂森がいた。

酒井は弁当を自席に置いた。

「なんかデカいネタは？」

「すみません、空振り続きでして」

酒井は弁当の包みを開けた。デカいネタをつかんでいたら、コンビニに寄る暇も惜しんで編集部で原稿を書く。話をするのも億劫《おっくう》だった。

「秋の国会が始まる前だ。議員の連中は羽目を外したがる時期だ。なんか持ってこいよ」

「考えておきます」

酒井は箸《はし》を割りながら答えた。茂森は正社員として入社し、数々のスクープをものにしたかつてのスター記者だ。言葉使いは荒いが、後輩の面倒見が良い男だ。しかし、三年前にデスクに転じて以降、社の幹部と現場との板挟みになる機会が多く、その言葉にしばしば棘《とげ》が表れるようになった。

安物の油が臭う唐揚げを口に放《ほう》り込んだとき、吉祥寺《きちじょうじ》で会った久保の顔が浮かんだ。取り付く島がなかった。どこをどう掘り起こせば、久保の言う何かをつかむことができるのか皆目見当がつかなかった。

箸を置き、酒井はノートパソコンを起動した。取材メモが詰まったファイルを開け、クラスター事件関係の項目を開く。しかし、編集部にある資料や国会図書館で集めたネタを見つめていても、糸口となるような事柄に当たらない。

もう一度、日不銀関係者を当たるか……ファイルを切り替え、古い住所録に目をやった。だが、久保以上の存在を探すとなると、また一、二週間も時間を費やすことになる。やはり、突破口を見つけるしかない。

「あーあ、もうヤダ」

突然、背後で女の声が響いた。同時に、乱暴に荷物を机に置く音が聞こえた。

「おかえり」

椅子を回転させ、酒井は女を見た。

「酒井さん聞いてくださいよ」

言論構想社生え抜きの編集者兼記者の大畑康恵《おおはたやすえ》だった。

「どうした?」

「なんで私が張り番なんてしなきゃいけないんですか?」

口を尖《とが》らせながら、大畑が不満げに言った。その視線は、筆頭デスクの茂森に向けられている。よほど疲れているのだろう。取れかかったファンデーションとツヤを失《な》くしたセミロングの髪は、入社三年目で二六歳の遊びたい盛りの女には見えない。

ごそごそと大きなトートバッグの中をまさぐると、大畑は一枚の紙切れを取り出した。びっしりと小さな数字とカタカナが綴られている。

「車番一覧か?」

酒井が尋ねると、大畑が頷いた。

「カメラマンの井口《いぐち》さんに暗記しろって言われたんです」

口を尖らせていた大畑が、いつの間にか半べそになっていた。

「文芸誌からこっちに来たいって希望出したのは大畑だろ？　頑張れよ」

「著名人のインタビューやグラビア担当の希望を伝えておいたんです。それなのに……」

もう一度、大畑は編集部内で担当決めに影響力のある茂森に強い視線を送った。大畑の声は茂森の耳に入っているはずだが、当の本人は涼しい顔でライバル誌を読んでいる。

大畑のデスクにあるのは、著名な芸能人が使う自家用車、あるいはアイドルの所属事務所が使うワゴン車のナンバープレート一覧だ。

芸能人が数多く出没する中目黒や麻布《あざぶ》、あるいは三宿《みしゅく》などを定期的にカメラマンと二人で車を使って回る。隠れ家レストランの個室に入った有名人カップルや、アイドルの乱痴気騒ぎをキャッチするため、彼らが使う車両のナンバー、車種を徹底的に頭に叩き込むようカメラマンに厳命される。

「気を張っていれば、かなりのスピードですれ違っていたとしても確認できるようになるよ。要はやる気の問題だ」

「でも、どのカメラマンと組んでもいつも怒鳴られっぱなしなんです」

「仕方ないさ。彼らはフリーで、大畑みたいに会社が守ってくれる立場とは違うからな」

酒井が穏やかな口調で告げると、大畑が渋々頷いた。

「人様の弱みや隠し事を暴くなんて、最低の仕事です」

鼻っ柱の強い大畑は抗《あらが》った。首を振ると、酒井は努めて優しい口調で切り出した。

「俺たちがやらなきゃ、他誌がすっぱぬく。それだけの話だ」

「みんな横並びでやめればいいのに」

依然、大畑は食い下がる。この勝気なところはネタを抜いてなんぼの特集班に向いている。茂森の選択は間違っていない。

「この商売は人間の業を認めるところから始まるんだ」

「業、ですか？」

「他人より美味《うま》い物を食いたい、いい女を連れて歩きたい、少しでも高い家賃の部屋に住みたい……人間誰しも妬《ねた》み嫉《そね》みの感情を持っている。大畑だって、綺麗《きれい》な服着て始終パーティーに行っている大学の同級生を羨《うらや》んでいるじゃないか」

「それとこれとは話が違います」

「違わないね。世間の誰しもが抱えるどす黒い嫉妬心《しっとしん》、俺たちはこいつを満たしてやることの見返りに、飯を食わせてもらっている」

「そんなものでしょうか」

「誰しも他人の弱みを知りたい。自分の弱さやだらしなさをいっときでも忘れるためにな。そのためにスキャンダルやスクープがある。それを見つける俺たちは必要悪だ」

「芸能人のゴシップはわかりますけど、政治家も同じようにやる必要あるんですか？」

「日頃正論を吐いてる奴が裏でこそこそしているから、そのギャップに世間は驚き、手を叩いて地に堕《お》ちるところを喜ぶ」

酒井はここ数年で新時代に刺された政治家の名を挙げた。大臣の職を解かれた者、あるいは議員辞職に追い込まれたベテランもいた。大畑が神妙な顔で聞いていた。

「なるほど……もう少し頑張ってみます」

「まずは車番が基本だ」

大畑の机にあったリストを取り上げ、酒井は言った。

「酒井さんも覚えたんですか？」

「ああ、この編集部に来る前もな」

そう言った瞬間、酒井は顔をしかめた。

「大和新聞の政治部にいらっしゃったんですよね？」

「政治部記者の下っ端は、政治家の専用車の車番を覚えるのが基本だからな」

「どうしてですか？」

「奴ら、国会の中や記者会見では一切本音を話さんからさ。料亭やホテルの前で張ったり、議員会館や宿舎前で待機したりするときは、車番が決め手になる」

「どうして？」

「どいつもこいつも同じような黒塗りのハイヤーに乗っているからだ。車番を把握していなければ、誰が乗っているかわからん」

「あっ、そうか」

大畑が手を打ったとき、酒井は閃《ひらめ》いた。

今まで、金庫とピン札に意識が集中し、金融ルート、すなわち日銀や日不銀の関係者ばかりに話を聞いてきた。クラスター事件は日本の政界を揺るがした戦後最大の疑獄だ。肝心の政界に手をつけていなかった酒井は強く大畑の肩を叩いた。

「おまえのおかげで突破口が開けるかもしれん」

「私ですか？」

「そうだ。それに、おまえは特集班向きだ。しばらく我慢してやってみろよ」

そう言うと、酒井は椅子を戻した。パソコンに向き合うと、住所録を立ち上げ、一心不乱に過去つき合った政治家や秘書たちのリストをチェックし始めた。

第二章　一対一《サシ》

1

桜新町の芦原《あしはら》邸を後にした松岡《まつおか》は、永田町の国会記者会館にハイヤーを向けた。道路を挟んで向かいにある官邸は、記者クラブが手狭で身内同士の話がしにくい。国会記者会館の専用部屋ならば、キャップの野水《のみず》らに様々な話をすることができる。

記者会館前でハイヤーを降りて腕時計を見ると、午後一一時五五分だった。地上四階建ての建物の窓には、煌々《こうこう》と明かりが灯《とも》っている。玄関前には黒塗りの高級車がびっしりと駐車中だ。都内各所に散っていた各社の夜回り組が戻り、古い建物の中で一斉にメモを書いている。

足早に薄暗いロビーを抜け、エレベーターで三階へ行き、ホールから右側に向かう。国会や官邸を見下ろすビルの角に、大和《やまと》新聞の専用部屋がある。他社と同様に、大和新聞の部屋からは明かりが漏れている。軽くノックして松岡は部屋に入った。

一〇五平方メートル、約六三畳分の大広間のような部屋の周囲はスチール製の書棚が備え付けられ、中にはびっしりとスクラップブックや縮刷版が詰まっている。窓から離れた壁には、五つの液晶テレビが取り付けられ、一日中在京局の番組を流しっぱなしにしている。他社がスクープを放ったとき、即座に反応するためだ。

部屋の中央には会議机が設置され、数人の記者がノートパソコンと向き合っていた。黙々と取材メモを作っている記者たちの中で、新入りの松岡が知る顔はわずかだ。

「お疲れ様です」

松岡が声を出すと、城後《じょうご》記者が顔を上げた。

「私邸からそのまま直帰だと思っていました」

「みんな残っていると思ってさ」

松岡は携えてきたコンビニの買い物袋を掲げた。溜池《ためいけ》交差点近くのコンビニに立ち寄り、缶コーヒーや清涼飲料水を一〇本ほど買ってきた。

「よろしければ皆さんでどうぞ」

会議机の中央に袋を置くと、城後や官邸クラブキャップの野水が早速手を伸ばした。

「気を遣わせて悪いな」

野水が言った。

「ところで、明日からの総理番は誰が？」

松岡が訊《き》くと、野水が城後を顎《あご》で指した。

「悪いな、また元の仕事になって」

「気にしないでください。地方から戻ったばかりの半人前ですから」

城後は口元に笑みを浮かべた。言葉は快活だが目元にはうっすらくまが浮き出している。

「引き揚げたらどうだ？　まだメモがあるから俺のハイヤーを使えばいい」

松岡の言葉に城後が首を振った。

「やりかけの分を片付けておきたいので」

松岡は城後のパソコンに目をやった。表計算ソフトの中の細かいマス目には漢字と数字がびっしり並んでいた。

「これはなに？」

「車番です」

松岡はさらに目を凝らした。

「同じようなハイヤーばかりですから、誰がどの車を使っているのか、早く覚えないと」

城後は手元のメモ帳をめくり、手慣れた様子で国会議員の名前と使用するハイヤーの車種、公用車と私用車の別、そしてナンバープレートの番号を打ち込み始めた。

「政局が動き始めると、奴らはあちこちで密会する。誰が誰と会っているのか、それ自体がニュースになる。車番は生命線だ」

缶コーヒーを片手に、野水が言った。松岡の頭の中に、しかめっ面をした老獪《ろうかい》な政治家たちが都内の老舗《しにせ》ホテルに集まるテレビ映像が蘇《よみがえ》った。

国会内の会議室や議員会館を使えばいいと思うが、政治家たちは常に国会を飛び出し、会議や打ち合わせを行う。今までは漫然とテレビのニュースを眺めていたが、今度は自分がその動向を細かに追う立場になったのだ。

「国会では唾《つば》飛ばして激論しているのに、夜はレストランの個室で面《つら》を突き合わせて連携の方策を探ったり、思わぬ面子《メンツ》同士があちこちでヒソヒソやっている」

松岡の心を見透かしたように野水が言った。その口ぶりからは、政治記者としてなんども修羅場をくぐってきたであろう重みが感じられた。

「今は国会が開いていないからここにこれだけ記者が残っているが、一旦《いったん》開いたら皆あちこちでひたすら張り番だ」

「どういうことを探るのですか？」

「与野党の国対メンバーの密会やら、議運の連中の動向だ」

野水は缶コーヒーをちびちび飲みながら説明を始めた。国対メンバーとは与野党の国会対策委員会に所属する議員たちのことで、様々な法案の審議日程を互いに調整し、通す法案、廃案にする法案を事前に決める裏取引まで行うという。

議運は議院運営委員会のことで、法律に基づき設置された組織だと野水が教えてくれた。衆参両院に置かれ、それぞれ議長も交えて国会の議事進行全般を調整することから、その動向を探るのは政治記者として重大任務だという。

「たしかに、記者の監視の目が光っている場所で、裏の調整や取引はできませんからね」

「だから、与野党の要人たちの車番把握は大切なんだ」

黙々とキーボードを叩《たた》く城後を見ながら、野水が低い声で言った。

「公用車のほか、事務所の車を使い分ける政治家も多いですから。それに買い替えも頻繁なので、データのアップデートは欠かせません」

モニターに目をやったまま城後が言った。

「ちなみに官房長官の車番は？」

「こちらです」

城後が液晶画面の一点を指した。イヨタ製の高級ミニバンの名の横に、品川ナンバーの表示があった。

「共有財産ですから、あとでメールを送ります。リストには、政治家ごとに行きつけの店やホテルを記したメモもあります。覚えておくと便利です」

画面をスクロールしながら城後が言った。たしかに港区や千代田区の高級レストランやホテルのリストがあり、その隣に現役閣僚や与党幹部の名が表示されている。経済部時代、大手銀行の幹部を張ったときに、自分なりに彼らの行きつけの店をリストアップしたことはあるが、あくまで松岡個人のメモにしかすぎなかった。政治部はこんなところでも横の連携を行うのだ。画面を凝視していると、野水が口を開いた。

「なにか、不満そうだな」

「ここまでやらねばならないのかと思いまして」

松岡が言うと、野水が頷《うなず》いた。

「だがな、ある日突然景色が変わるときがくる」

特別コラムニストの田所《たどころ》が同じようなことを言った。政治記者が言う景色とはどんなものなのか。松岡が尋ねると、野水が口を開いた。

「夜討ち朝駆けを半年ほど繰り返した頃だ。今までほとんど相手にしてくれなかった与党幹部が箱乗りさせてくれた。あとは、他社のベテランばかりの裏懇談に混ぜてもらったりして、本音を聞き出すようなとき、はっきりとわかる」

松岡も似たような経験がある。口の硬い石川県警の警務部長、日銀の筆頭理事や証券会社の社長の顔がいくつか浮かんだ。

「相手は政治家で、この国を直接動かしている連中だ」

松岡の心のなかを見透かしたように、野水が言った。

「政治家の中でも、官僚や財界人がまといつくような幹部連中と一対一《サシ》で本音をぶつけあう機会が増えれば、いっぱしの政治部記者だ」

「そのとき、景色が変わるのですか?」

「必ず変わる。それに、松岡は早くもそのチャンスを手に入れた」

「官房長官番のことですか?」

「阪《さか》さんは、政治家にしては珍しい人見知りだ。それに加えて、たくさんの機密情報を扱う官房長官職ということもあり、容易に記者を寄せ付けない。うちだけでなく、他社でも彼の本音を引き出せる記者は限られている」

「ちなみに、信頼を得ているのは何人くらいですか？」

「中央新報の深見《ふかみ》、NHR《日本放送連盟》の岩舘《いわだて》、日本橋テレビの林《はやし》の三人くらいかな」

中央新報は最大手の日刊紙、NHRは公共放送、日本橋テレビは民放大手だ。しかし、その組み合わせは意外だった。合同や大和のような在京大手紙ばかりではないのか。

「会社の規模や新聞テレビの別は関係ない。いかに政治家に食い込んでいるかだ。阪さん自らの指名ならば松岡はトップリーグに入る資格があるということだ」

松岡は野水が発した言葉に鋭く反応した。

「トップリーグとは、何を指すのですか？」

「深見や岩舘、林のような徹底的に相手へ食い込んだ連中のことだ。阪さんの秘書たちも全幅の信頼を置いているし、阪家の家族にも警戒心を与えない。電話一本、メール一つで阪さんの本音を探り出せるのがトップリーグ組の特権だ」

低い声だったが、野水の語り口には力がこもっていた。

「芦原総理や民政党幹事長にもそれぞれトップリーグが？」

「もちろん。担当した政治家にいかに食い込むか。政治記者はその一点だけ考えればいい」

野水は短く言った。だが、それでは中立な取材姿勢が保てないではないか。松岡が言葉を選んでいると、野水がニヤリと口元を歪《ゆが》めた。

「政治家は警官や検事、銀行マンよりはるかに狡猾《こうかつ》な生き物だ。懇談からシャットアウトされたら、記者は飯の食い上げだってわかっている」

要するに政治家という生き物は、自分の気に入らない記者を懇談という重要な取材の場から完全排除してしまう。新聞記者やテレビ記者は、ライバル会社が報じる内容を、自分の一社だけが落としてしまう「特オチ」をなによりも嫌い、恐れる。記者と取材源の関係は対等だというのが世間的な建前だが、永田町では政治家、特に要人と呼ばれる幹部たちは、はなからゲームのルールを支配しているも同然なのだ。

「いきなり官房長官番なんて大役が務まるでしょうか？」

三回の内閣改造で芦原がただ一人だけ交代させなかった閣僚が阪だ。当然、他の番記者は長年阪をフォローし、互いに阿吽《あうん》の呼吸を心得ている。そんな中に放《ほう》り込まれても、果たして仕事になるのか。不安がないと言ったら嘘《うそ》になる。いや、手探りで仕事をこなすなかで、失点を出さないことだけに精一杯になる。

「それは松岡が判断することじゃない。阪さんが指名し、阿久津《あくつ》部長が決めたことだ」

野水が眉間《みけん》に皺《しわ》を寄せ、言った。

「部長はそこまでの力を？」

「あの人は永田町全体のトップリーグで、常に首位打者だ」

野水が肩をすくめて言った。

「局面ごとに必ずヒットを打つ。いや、ときには場外ホームランもありだ」

「それで、今でも記事を書いている？」

「彼以上の打者がウチにいない以上、そうするしかないだろう」

眉間の皺をさらに深くして、野水が言った。

2

ハイヤーで曙橋《あけぼのばし》の社宅に着いたとき、古いタイプのマンションの一室から明かりが漏れているのが見えた。腕時計の時刻は午前一時四〇分。ハイヤーの運転手に礼を言い、松岡は社宅の敷地に入った。四階建ての建物にエレベーターはない。コンクリートの階段を足音を忍ばせて登り、二階の東側にある自宅にたどり着く。慎重に鍵《かぎ》を回して部屋に入ると、クラシックのピアノ曲が小さな音でかかっていた。同時に、微《かす》かなアロマの香りが松岡の鼻腔《びこう》を刺激した。妻の藍子《あいこ》が集中して仕事をしている。

「ただいま」

声を潜めて玄関を抜け、八畳のリビング横の寝室を覗《のぞ》く。娘の沙希《さき》がベッドで寝息をたてていた。人差し指で頬《ほお》を撫《な》で、松岡はリビング脇にある藍子の仕事部屋の前を通った。

「おかえり」

ため息交じりの疲れた声が返ってきた。松岡はドアの隙間《すきま》から中を覗き込んだ。ボブカットの髪をヘアバンドでまとめ、藍子は赤ペンを片手にゲラ刷りを睨《にら》んでいた。

「ようやく編集長のチェックが終わったの」

「それじゃ、少しだけビール飲もうか」

「そうね」

ゲラ刷りをデスクに置き、藍子が拳《こぶし》で左肩を叩いた。

「急ぎの仕事だったの？」

「担当するはずだった編集さんが緊急出張で海外に行ったのよ。代打でインタビューに行ってバタバタしたわ」

藍子は今回のクライアントである老舗週刊誌の名を告げたあと、キッチンに向かい、冷蔵庫から缶ビールを取り出し、一つを松岡に差し出した。藍子は自分の缶を開けると、キッチンカウンターに置いた小型テレビのスイッチを入れた。

「今日はニュースを見る暇もなかったのよ。インタビュー起こしから一気に入稿だもの。人使いが荒すぎるわ。台割に穴が空いたみたいで、急に連絡がきたの」

「人使いが荒いのは、政治部も一緒だ」

互いにビールを一口飲み、松岡と藍子は苦笑いした。沙希が寝入っているタイミングが、ごくわずかな夫婦の時間だ。カウンターのテレビからは、深夜帯の公共放送のニュースが流れ、今はニューヨーク市場の株価と外為市場の値動きを簡単に伝えている。兜《かぶと》を離れてからまだ日が経《た》っていないが、慌ただしい値動きが遥《はる》か昔のように響いた。

「週刊新時代がなにかスクープ出すんじゃないかって、編集長がピリピリしていて大変だったのよ」

「新時代か」

「どうしたの？」

「この前、酒井《さかい》と再会した」

「酒井さんて、あの彼？」

松岡の言葉に、藍子がビールを一口舐《な》め、口を開いた。

「編集長がしきりに酒井って名前を言っていたのよ。そうか、あの酒井さんか」

大和新聞に入社した直後、同期の飲み会に藍子が合流したことが二、三度あった。松岡と藍子は同じ私大の同じゼミに所属していた頃に交際をはじめ、新聞社と出版社と就職先は別々になった。だが、時間などあってないような稼業に就いたため、いつもデートは深夜だった。酒井と藍子が会ったときも社内研修で朝刊の締め切りが過ぎたあとだった。

「酒井はそんなに有名なのか？」

「ほら、あのネタとかあったじゃない」

藍子は若手国会議員の女性スキャンダルや、大物芸能人が絡んだ薬物事件、スポーツ界の賭博《とばく》疑惑など新時代がこのところ世間を騒がせたスクープの数々を口にした。

「みんな酒井さんが仕掛けたんだって。その影響でこっちの部数が減ったから、編集長はあちこちでやり玉に挙がっているらしいわ」

「へえ、知らなかった」

「あの優等生っぽい雰囲気の酒井さんが、週刊誌の中でも一番競争の激しい新時代に移るとはね。なにか原因が？」

「奴が札幌から戻って政治部に入ったあと、色々とあったらしい」

「色々って？」

「どうも上司のデスクや先輩と揉《も》めたらしい」

「政治部って、大和ではエリートコースなんでしょ？」

「まあな。歴代社長のほとんどが政治部の出身だ」

大和新聞は創業家のオーナー一族がいるものの、経営や編集には一切口出ししない。年に一度の株主総会に顔を出す程度で、人事は記者上がりの人間や事業部や経理部、総務部など非記者職から選ばれた人材が合議で決める。

だが、押しの強い記者上がりが幅を利かせ、過去三〇年以上、記者職経験者が経営トップを担ってきた。この中でも、政治部の力は圧倒的で、経済部や国際部出身者が社長になることはまれだ。

「酒井さんは札幌でもスクープを連発して、政治部で有望株だったんでしょう？」

「そうだ……俺なんかと違って奴はサラブレッドだったからな」

松岡は手元のビールを一気にあおった。

「まだ僻《ひが》んでるの？」

「そうかもな」

藍子が痛い所を突いてきた。

松岡は岩手県盛岡市で生まれ育ち、地元高校を卒業して東京の私大に入った。特別優秀だったとは思わないが、岩手に戻れば県庁か地元の地方銀行、あるいはテレビ局や新聞社に難なく入れただろう。実家は町外れにある古い醬油《しょうゆ》屋で、長年祖母が切り盛りしていた。だが、二〇年前に祖母が他界したあとは、父と兄が跡を継いだ。生前の祖母は気楽な次男坊をことのほか可愛《かわい》がってくれた。

一方、酒井は明らかに毛並みが違った。世田谷区成城《せいじょう》で資産家として知られる不動産業者の三男坊として生まれ、お坊ちゃんが多数通う私立小学校に入り、エスカレーターで系列の有名高校に進んだ。その後は超難関とされる国立大へ進み、トップの成績を修めたという。

毛並みの良さだけでなく頭脳の明晰《めいせき》さも際立っていた。隙《すき》のないスーツの着こなしや、祖父から譲り受けたという欧州製の仕事鞄《かばん》や腕時計など、持ち物の品の良さからして、松岡のような田舎者とは全く違った。だが再会した酒井の雰囲気は変わっていた。激務のせいなのか、品の良い背広がポロシャツやコットンのパンツになっていた。

「取材も泥臭さがないというか、エリート然としていたのは間違いないよ」

松岡は冷蔵庫からもう一本ビールを取り出し、プルトップを開けた。

「国立トップの人たちって、独特の人脈があるんでしょ？」

「日銀や都銀を取材していて嫌というほどその壁にぶつかったよ」

トップクラスの国立大学を卒業すれば、各方面に人脈が得られる。何期の卒業か、どのゼミに所属していたか……各界にＯＢやＯＧがいるだけに、地方出身者が一から取材先を開拓するような苦労をせずとも、酒井のようなエリートは一歩も二歩も先に相手の懐に飛び込むことができたはずだ。

「そんな優秀な人が週刊誌かあ」

「まだ政治部に行ったばかりだから、酒井のことを訊くような暇もないし、余裕もない」

　総理番からは異例の早さで解放されたが、今度はいきなり政府の中枢、しかも総理大臣の女房役である官房長官に張り付く。

「酒井は酒井、俺は俺だ。あすも早いから先に寝るよ」

「シャワーだけでも浴びたら。この前みたいに床で寝たら疲れがとれないわよ」

「そうさせてもらう」

　そう言って松岡は席をたった。そのとき、深夜ニュースのキャスターの顔色が一瞬だけ変わった。男性キャスターは手元の原稿を一瞥《いちべつ》し、切り出した。

〈たった今入ってきたニュースです〉

　松岡は足を止めて画面を凝視した。藍子も首を曲げ、キャスターの顔を見ている。

〈先ほど、豊島区西池袋の飲食店で強盗事件が発生し、店に居合わせた客二名が刺され、病院に緊急搬送されたとの情報が入りました。二名は既に心肺停止との……〉

「俺には関係ない。先にシャワー浴びるよ」

　マスコミ業界で「発生物」と呼ぶ突発的な事件だ。西池袋と言えば、池袋署がある一帯だ。社会部の若手記者が、警視庁管轄を分割する方面担当として署に詰めているはずで、すでに現場に急行して写真でも撮り始めているだろう。池袋という地名を聞き、新人時代の研修の記憶が蘇った。交通事故の扱いをめぐって野方《のがた》署の交通課長といがみ合ったのは、もう遠い昔になってしまった。疲れで重みを増す肩を回しながら、松岡はダイニングから風呂場《ふろば》に向かった。

3

寝返りを打った瞬間、肩から首筋にかけて鈍痛が走り、酒井は顔をしかめながらベッドの中で目覚めた。周囲を見ると、脱いだままのポロシャツやチノパンが散乱している。

重い瞼《まぶた》をなんどもこすり、酒井はようやく体を起こした。同時に腕時計に目をやる。時刻は午前八時半。三日ぶりに神楽坂《かぐらざか》にある自宅マンションに戻り、自分の寝床に体を預けたのは四時間ほど前だった。

今日は水曜日で、週刊新時代編集部の定休日だ。前日の火曜日夜に編集長がすべての記事に責了の判をつき、最新号が校了された。

その後は大手印刷会社でプリントされ、製本を経て全国に配送されていく。一般の読者の手元に届くのは明日の木曜だが、今日の昼過ぎからは大手の広告主を中心に新時代が配布されていく。一部の書店でも発売日前に販売され、これが他誌やテレビ局に流れ、新時代がまたなにかやらかしたと騒ぎを引き起こすのだ。

定例の企画会議は発売日の明日で、それまでは疲れた体を一分でも長く休めたかった。

ベッドから離れ、酒井は寝室と同様に散らかったリビングに足を向けた。ソファ横にある書籍や他誌が乱雑に置かれたテーブルのところまでいくと、リモコンを掘り出し、テレビの電源を入れた。

〈東シナ海の……〉

民放の情報番組で、昨夕の官房長官会見のＶＴＲが再生された。低い声で話す官房長官の顔が消え、画面に白髪《しらが》頭で鷹揚《おうよう》な笑みを浮かべる初老の男が映った。その瞬間、酒井はチャンネルを替えた。

〈ＣＭを挟んで昨夜起きた事件について現場から中継です〉

スポーツ紙をバックに女性アナウンサーが言ったのを合図に、酒井は腰を上げ、リビングからダイニングキッチンに足を向けた。

帰宅後着替えもせず、汗を含んだシャツをそのまま床に脱ぎ捨てた。コンビニで買ってきたビールや清涼飲料水の空き缶も散らばったままだ。だが、寝床とリビング、水回りは必ず通らねばならない。酒井の歩く幅の分だけ、獣道のようになってから六年が経過した。

冷蔵庫を開け、牛乳パックから直接水分を補給したとき、先ほどの女性アナウンサーの声が響いた。

〈それでは強盗殺人事件が発生した西池袋から、滝本《たきもと》リポーターの中継です〉

昨晩は、企画会議に備えて編集部でネタの整理に追われていた。筆頭デスクの茂森《しげもり》とフリーの記者が怒鳴りあいを始めたため、二時間ほどヘッドホンをつけてメモ作りに没頭したので、このニュースには接していない。ビールとハイボールの空き缶を足で退《の》けながら、酒井はテレビの前に向かった。

〈こちら西池袋の現場です。今日の午前零時五〇分すぎにここ西池袋の飲食店街の一角で、客の二人が刺されるという痛ましい事件が発生しました〉

〈刺されたのは居酒屋で飲食を共にしていた高齢の男性お二人で、犯人は現在も逃走中で警視庁は行方を追っています〉

画面には、安いスナックやいかがわしいサービスを提供するマッサージ店などが乱立する西池袋の風景が映し出された。

酒井は牛乳をもう一口飲み、見入った。ライバル週刊誌、週刊底流《ていりゅう》を発行する剛力《ごうりき》社の編集者たちが頻繁に打ち上げを行うエリアだ。地の利があるだけに、誰か顔見知りの記者が取材に行っているのではないか。そんな思いで酒井は中継を見続けた。

細い路地の前に、警視庁の黄色い規制線のテープがあり、その横に体格の良い制服警官が立っている。お決まりの事件現場の絵面《えづら》だ。

〈それで、被害者の方々の身元は判明したのかな？〉

スタジオでMCを務める男性タレントが現場リポーターに声をかけた。

〈先ほど警察が身元を確認し、発表しました。刺殺されたのは、幸田《こうだ》元紀《もとのり》さん八四歳。そしてもうお

一人が久保《くぼ》民男《たみお》さん八一歳。お二人ともに無職です〉

リポーターが名前を告げた途端、酒井は肩を強張《こわば》らせた。牛乳パックをテーブルに置くと、酒井は立ち上がり、玄関に急いだ。玄関の郵便受けに向かう間、現場リポーターが告げた名前がなんども反響した。

〈久保民男さん八一歳……〉

先週吉祥寺で会ったばかりの老人と同じ名前だ。玄関に着くと、三和土《たたき》に投げ入れられた中央新報、合同、大和の在京大手紙を取り上げ、大和のページをめくった。〈午前零時五〇分すぎに……〉

事件発生は朝刊の締め切り間際だ。午前一時半の降版《こうはん》までに、強盗殺人の被害者を警察が発表する余裕はなかったはずだ。今度は中央新報を広げてみる。

〈深夜の池袋で惨劇〉

リードに目をやるも、通り魔的な死傷事件が発生したとの短い記事があるだけだ。ついで合同の社会面を開く。

〈金目当ての強盗か　外国人の犯行との目撃者も〉

合同の記者は警察発表だけに頼らず、発生現場付近で聞き込んだ情報を盛り込み、朝刊に突っ込んだようだ。その次に、酒井は詳報を目で追う。

〈新興チャイナタウンで強盗か〉

合同は、西池袋が新しいチャイナタウンと化していることを伝えつつ、現場の目撃証言から中国系の犯人らしき人物がいたとリードに短く入れていた。

その場で三紙を投げ出すと、酒井はベッド脇に置いたショルダーバッグを取りに走った。朝刊には間に合わなくとも、各社とも現在は通信社のように二四時間ニュースをインターネットで配信している。テレビの音声を聞きながら、慌ててタブレット端末を起動する。常に見ている大手紙各社一覧のアイコンをタップし、画面に表示させた。

〈西池袋事件　続報〉

大和のネットニュースの見出しが目に入った。

〈西池袋の強盗致死事件に関し警視庁は池袋署に特別捜査本部を設置し、逃走中の犯人の行方を追っている。刺された幸田さん、久保さんは心肺停止状態で病院に搬送され、後に死亡が確認された。特捜本部では、現場付近に素行不良の外国人が多く居住していることから、物盗《ものと》り目的の犯行と見て……〉

他の在京紙や通信社の続報も似たり寄ったりだった。タブレット端末をテーブルに置くと、酒井はスマホのアドレス帳を操作した。久保の欄に電話番号を見つけると、すぐに自宅に電話を入れた。

〈久保です〉

ワンコール目が鳴り終わらぬうちに、野太い男の声が電話口に現れた。

「かつて銀行時代にお世話になった酒井という者ですが、ニュースを見て電話しました。お父様はやはり……」

甲高い声音で話すと、先方が咳払《せきばら》いした。

〈ありがとうございます。報道の通り、父は昨夜殺されました〉

「なんてことだ」

〈今は大学病院で司法解剖中です。後日、通夜や葬儀の日取りは新聞広告などを通じてお伝えいたします〉

「御愁傷様《ごしゅうしょうさま》です。こんなときに電話して失礼しました」

〈それでは、失礼〉

「あ、あの」

〈なんでしょうか？〉

「お父様は普段から池袋へ行かれていたのでしょうか？　お世話になった時分はあまり行かれなかったかと記憶しておりますが」

酒井は口からでまかせの嘘《うそ》を言い、反応を見た。

〈母によれば、退職してからこんなことはなかったそうです〉

「こんなこととは？」

〈夕方にいきなり呼び出され、池袋に行ったようです。銀行員時代は忙し過ぎたので、退職後は努めて家にいたようですから〉

「大変なときに失礼しました。では、ご葬儀のときに」

酒井は丁寧に礼を言って電話を切った。

ショルダーバッグをまさぐり、取材ノートを取り出す。酒井は今息子から聞いた事柄を急ぎ書きとめた。

〈呼び出された〉〈退職後初めて〉

酒井は再びタブレットに目をやった。

〈物盗り目的の犯行〉

久保が誰かに呼び出され、池袋に行った。しかもあまり治安が良いとはいえない西口エリアだ。

〈刺された幸田さん〉

この人物が久保を呼び出したとしたら。不意に、フリー時代世話になった先輩記者の言葉が頭をよぎった。警察発表に寄りかかるな。おかしいと思ったら、自分の足で調べろ。

酒井はテーブルのスマホを取り上げ、アドレス帳から、目的の番号を探し出した。

〈……もしもし〉

電話口に気だるそうな女の声が響いた。

「大畑《おおはた》、起きてるか?」

〈今日くらいゆっくり寝させてくださいよ〉

「どうせなにも予定入ってないだろ?」

〈……せっかくの休みなんですから、あと少し寝させてくださいよ。夕方、お互いの都合があったらデートしようと彼と言っていたのに〉

電話口で寝ぼけ眼《まなこ》の大畑が頰《ほお》を目一杯膨らませている姿がありありとわかる。

「メシ奢《おご》るよ。それに、彼氏って、どこかのテレビ屋だろう。おまえも相手も堅気じゃないんだから、予定なんていい加減だ。なあ、一時間後に池袋署の前でどうだ?」

以前、大畑は在京キー局の紙袋に資料を入れていた。忙しい仕事だと聞いていたので、相手はディレクターか記者かもしれない。

〈なにかあるんですか?〉

「デカいネタかもしれん。助《すけ》が必要だ」

〈きょうは夕方からデートが……〉

「仕事に理解のない彼氏とは時間の問題だって言っていたじゃないか。デートでグズグズ言う男より、メシとネタだ。いいな、一時間後に池袋署だ」

一方的に告げて電話を切った酒井は、バスルームに向かった。熱い湯を浴び、考えを整理する。

下着を脱ぎ捨て、シャワーの蛇口を捻《ひね》った。つむじから顔にかけて勢いよく熱い湯が降りかかる。

両手で顔にかかった湯を拭《ぬぐ》い、酒井は懸命に考えを巡らせた。

体は重いままだが、意識が次第に鮮明になっていくのがわかる。大手新聞の政治部で始終、噂話《うわさばなし》を追いかけ、政治家に取り入るのに辟易《へきえき》していた。こうした事件が起こるたび、知らず知らずのうちに興奮していくのがわかる。いや、生きがいと言ってもよい。熱い湯をさらに浴び続ける。全身の血液が脳天に集まっていく。

久保は突然、幸田あるいは別の誰かに呼び出されて夜にもかかわらず西池袋へと向かった。被害者二人は八〇歳を超えた高齢者だ。平日の夜、いきなり集まって酒を飲むようなことはするまい。となれば、なにか特別な事情があったのだ。

新聞の報道では実行犯は中国人だという。単純な物盗りなのか。いや、そんなことは絶対にない。久保と幸田という二人の老人は、消されたのだ。不都合な事実を葬り去るために、誰かが裏で糸を引き、殺させたのだ。

熱い湯が絶え間なく体に降りかかる。疲れ切った体の中で、冷凍されていた血液が徐々に常温に戻っていくような感覚を覚えた。

4

「カメラマンといい、酒井さんといい、まったく人使いが荒いんだから」

生ビールのジョッキをぐいぐいと空けたあと、大畑が口を尖《とが》らせた。

「でも、顔は楽しそうだ」

小ぶりなグラスのビールを一口喉《のど》に流し込み、酒井は答えた。

「一〇時半から動き回って、もう昼過ぎの三時ですよ。なにも食べていなかったからクタクタです」

大畑は空になったジョッキをウエイトレスに向けて掲げた。酒井は大手百貨店ビルの一〇階から、眼下に広がる西池袋の猥雑《わいざつ》な一帯を見下ろした。

「餃子《ギョーザ》定食お待ちどおさま」

お代わりのジョッキとともに、大ぶりの餃子が六つ載った皿と、ご飯やスープの碗《わん》が次々にテーブルに置かれた。

「お先にいただきます。本当にお腹《なか》減っていたんで、お代わりするかもです」

窓辺から視線をテーブルに戻すと、大畑が名物のジャンボ餃子に襲いかかっていた。

「好きなだけ食えよ」

そう言うと、酒井はテーブルの隅に置いた取材ノートに目をやった。池袋署を出て犯行現場一帯を歩き回る間、ひたすら細かい文字でメモを取り続けた。ノートには一〇ページ分以上のデータが集まっていた。

午前一〇時過ぎに池袋署の前で大畑と合流し、広報担当の副署長を当たった。だが、警視庁記者クラブに所属する記者向けに作ったペーパーを渡されただけだった。週刊誌への対応はしないという態度がありありで、粘っても時間の無駄だった。

池袋署を出たあと、ラジオでＮＨＲのニュースもチェックしたが、中国人の逃走犯を鋭意追跡中という以外、目新しい話はなかった。

事件現場付近を二人で歩き、街の雰囲気を肌で感じ取り、喫茶店に入った。久保の葬儀日程の確認や、もう一人の被害者である幸田という人物の照会を編集部にいる若い編集者に頼んでいるうちに、あっという間に時間が過ぎた。

「捕まりますかね？」

二個目のジャンボ餃子を片づけ、大畑が言った。

「結構早い段階でパクられると思う」

「なぜですか？　これだけ中国人の多い池袋ですよ。どこかに紛れ込んだり、誰かに匿《かくま》われているかもしれないじゃないですか」

「俺の見立てはちょっと違う。特捜本部にＳＳＢＣの面子が血相変えて入っていったからな」

「ＳＳＢＣってなんですか？」

三個目の餃子に箸《はし》をつけながら大畑が訊いた。

「警視庁刑事部の捜査支援分析センターの略称だ」

グラスのビールを一口舐め、酒井は答えた。

ＳＳＢＣは、街中にある防犯カメラの映像や電子機器のデータを解析する専門部隊だ。担当捜査員が常に街中を歩き周り、区役所や駅など公的機関はもちろんのこと、民間のビルや民家のものまでその位置を把握している。馴染《なじ》みの捜査一課のネタ元によれば、都内二三区の主要駅周辺ならばほぼ九〇％、防犯カメラの位置だけでなく、機種の年式まで押さえているという。

「犯行現場近くの防犯カメラの映像を片っ端から入手し、確認するのが連中の仕事だ。後足《あとあし》を捕捉するのはわけない。いや、もう射程内に入っているかもしれない」

大畑とともに副署長を当たっていたとき、二人の捜査員が酒井の真横を駆け抜けていった。手元にはタブレット端末があった。二人の刑事は、獲物をしとめたハンターのように顔を紅潮させていた。

コンビニや民家の防犯カメラ映像を入手したのかもしれない。

「なるほどねえ。芸能人の張り番でも同じ手を使えればいいのに」

大畑が口を尖らせて言ったときだった。ノート脇に置いた酒井のスマホが震えた。画面を見ると、帝都通信社の速報が流れていた。

〈警視庁、西池袋の強盗致死事件の重要参考人の身柄確保〉

「ほらな」

酒井は画面を大畑に向けた。

「すごい、悪いことはできないですね」

「悪事を働くなら防犯カメラのない畑の真ん中か山の中、あるいは海上だろうな」

目の前の大畑は、箸を握ったままスマホの画面に見入っていた。

「これで本物の犯人って確認されたら、一件落着じゃないですか」

スマホから目を離して、大畑が言った。

「ところがだ。これからが取材の始まりだ」

「どうしてですか？」

「ジャンボ餃子を食わすためにおまえを池袋に呼んだわけじゃない」

「犯人逮捕、そして起訴されれば、亡くなった二人のお爺《じい》ちゃんたちの無念が晴らされるわけでしょ。殺された二人が著名人だったら別ですけど、そんな感じはないし」

大畑の言葉に酒井は強く首を振った。

「おまえ、まだわかってないな」

大畑が首を傾《かし》げた。

「単なる殺しなら、俺ら週刊誌が出張ってくるまでもなく、記者クラブの連中が扱って、それでおしまいだ。なぜ俺がおまえを指名したのか、その意味を考えろ」

眉根《まゆね》を寄せ、大畑が首を振った。

「発表文と副署長のレクだけなぞって記事を書くのは警察取材だ。そんなもんはマニュアルがあれば小学生にだってできる。俺たちは事件の取材にきたんだ」

「事件？　だってもう解決しそうじゃないですか」

「警察は金欲しさに襲ったとでも供述を取って発表するだろうよ。でも、俺は違うと思ったから大事な休みを返上した」

そう言ったあと、酒井は取材ノートをめくった。朝方書き留めたページを見つけると、大畑に向けた。

「読んでみな」

怪訝《けげん》な顔で大畑がノートを覗《のぞ》きこむ。

「〈呼び出された〉〈退職後初めて〉って書いてありますけど」

「今朝、被害者の遺族に電話した」

「意味わかんないんですけど」

大畑がまた眉根を寄せた。

「実は殺された二人のうち、久保氏は俺が取材を始めたばかりの人物だった」

酒井の言葉に、大畑が息を飲んだ。

「その当人が殺されたわけですね」

酒井は声のトーンを落とし、大畑に説明を続けた。久保は誰かに呼び出され、日頃馴染みのない西池袋まで出た。夫人によれば、退職して初めての出来事だったという。

「もしかして、計画的に？」

「俺はそう睨《にら》んだ」

最近とみに中国人が増えている西池袋で殺しがあれば、誰でも治安の悪化と結びつける。老人が二人、深夜に居酒屋にいたという不自然さは殺しという事実の前に吹き飛んでしまうと酒井は説いた。

「酒井さんはどんなネタを追っているんですか？」

大畑が身を乗り出した。

「手伝ってくれるか？　秘密厳守だ。他の記者には絶対言うな」

「当たり前じゃないですか。もったいぶらずに教えてください」

酒井は周囲を見回し、声を潜めた。

「クラスター事件の全容を暴く」

酒井の言葉を聞き、眼前の大畑がぽかんと口を開けた。

5

〈原田《はらだ》社長のお車、正面までお願いいします〉

松岡の耳に、スピーカーから漏れたくぐもった声が聞こえた。ほどなく、ダブルのスーツを纏《まと》った恰幅《かっぷく》のよい老年の男が老舗ホテルの玄関に現れた。松岡は腕時計に目をやりながら、車寄せに走った。同じように数人の記者が原田の周囲に駆け寄った。

「社長、官房長官とはどのようなお話を？」

合同新聞で阪番を務める栗原《くりはら》という太った記者が声をかけた。

「まあ、世間話ですよ」

「東南アジア向けの鉄道インフラ輸出に関してではないですか？」

栗原がなおも食い下がる。原田は菱光《ひしみつ》財閥の中核企業で、船舶や航空機、ロケット、さらには軍需機器の製造を手がける菱光重工のトップだ。

「そんな生々しい話をするような場ではありませんよ。以前から勉強会で阪先生とはおつきあいがありましてね。きょうも忘年会前のゴルフコンペの相談をしてきました」

原田は鷹揚に答えると、ベルボーイがドアを開けた菱光自動車製の黒塗り社用車に吸い込まれていった。栗原の質問事項、そして原田が答えた内容を松岡は細かい字で取材ノートに記した。腕時計に目をやる。時刻は午後九時三八分。

「コンペの相談ならメールで事足りるよな」

松岡と同じように原田にぶら下がっていた中央新報の深見が吐き捨てるように言った。深見の身長は一六〇センチ程度だが、体重は八、九〇キロ程度あるだろう。生え際が後退した額からは、大粒の汗が滴り落ちている。年齢は三八歳とあいさつしたときに聞いた。

「一応、合わせやっておきましょうよ」

　深見の横で、細面でセミロングの髪をかきあげたNHRの岩舘が言った。岩舘は生成りの麻スーツで、涼やかな印象が強い。ただ、顔は極端な細面で、両目が大きい。三五歳と聞いたが、人気のない暗がりで会ったら幽霊かと思うほど顔色が悪い。

「合わせってめんど臭いよね」

　口を尖らせながら、日本橋テレビの林が言った。清楚《せいそ》なイメージの岩舘とは裏腹に、林は体のラインがはっきりわかるパンツスーツだ。岩舘と同じ三五歳。情報番組のディレクターやスポーツ担当など局内の様々なポストを経て政治部にきたという。

「一応、メモを取りましたから」

　松岡は取材ノートを広げ、原田社長と栗原記者の一問一答をその場で読み上げた。

　栗原のほか、阪番でトップリーグを形成する深見、岩舘、林、そして他の新聞、テレビ局の記者一〇人が黙々とメモを取った。

　合わせとは、政治部特有の決まりごとだ。政府要人、与党幹部などが記者のぶら下がりにどう答えたのか、一字一句違わぬよう各社で発言をきっちりと調整するのだ。総理番を経験した当初、あまりの統率の良さに松岡は面食らった。

　官邸キャップの野水にそのことを話すと、政治部の重要な任務の一つだと諭《さと》された。

〈政治家は言葉が命だ。ライバルにどう伝わるか、地元の有権者にどう映るか、一字一句考えて話す〉

〈言葉のニュアンスを正確にメモに起こせ。上の空だったのか。断定口調で言ったのか。とぼけた顔で言葉を濁したのに、目が笑っていなかったとかな。その場その場で奴らは全部使い分ける〉

〈政治のメモは要約ではない。発言を再現できるよう、ニュアンスまでをも書き込むんだ〉

松岡が番記者たちを見回すと、みな一様にメモを書き終えていた。松岡は原田社長が語った内容に加えて、〈はぐらかしている感強し〉と自分の感想を付け加えた。

〈阪先生のお車、玄関にお願いします〉

再び、ホテルの車両係のアナウンスが周囲に響いた。太った深見が思いのほか軽い足取りでホテルのロビーへ駆け出した。松岡も後を追う。赤絨毯《あかじゅうたん》の先一〇メートルほどの地点で、身長一八〇センチを超える体格の良い男の姿が見えた。胸元にはSPの銀色のバッジが光っている。その背後に、小柄なストライプのスーツが見えた。

「長官、ゴルフコンペの日程は決まったんですか？」

一足早くSPの傍に着いた深見が言った。

「なんのこと？」

阪は深見の顔を見ながら言った。

「原田さんですよ。年末のコンペの相談をこんな暑い時期から始めるんですね」

「ああ、あの人は心配性だからね」

松岡はポケットから取り出した小型のICレコーダーを阪の方向に差し出し、早足で歩く一団に付いていった。

「ほかにどんな話をされたんですか？」

深見に負けじと、合同の栗原が訊く。

「世間話だね。日銀短観の内容をどう感じたとか、次のGDPはどうなるかとか。僕もわからんから、一流経営者のご高説を賜っていたんだ」

「本当にそんな世間話を？」

栗原の言葉に、阪が一瞬眉根を寄せた。

「忙しい身の上だからね。こういう場所で飯を食いながら、ざっくばらんにということだよ」

そう答えると、阪は口を真一文字に結んだ。他の記者がなにか訊こうと口を開きかけたが、屈強なSPが腕を突き出し、遮った。

松岡ら一団は、ロビーを出て車寄せに着いた。恭しく礼をするドアボーイの背後には、シルバーのミニバンが後部座席のスライドドアを開けて待機していた。

「それじゃ、今晩はこれで失礼」

記者たちに短く言い残すと、阪はさっさとミニバンに乗り込んだ。ドアボーイが滑らかにドアを閉めると、ミニバンは鋭い加速で発進し、ホテルの敷地から出ていった。

「ああ、やっぱり喋《しゃべ》んない人だよ」

ミニバンのテールランプを見やり、栗原が悔しげな口調で言った。

阪にぶら下がるのはこれで六日目だ。野水キャップから聞いた通り、阪は人見知りで、無駄口を叩かない。他の閣僚や要人と違って口数が極端に少ないため、合わせの労力は割かずに済むが、阪のメモを起こしてみても、永田町の中枢の深部はおろか、空気すらさっぱりわからない。

「あとは赤坂か」

栗原が脱力したように言った。赤坂とは、阪が入居する議員宿舎のことだ。これが建て替えられる以前は、易々《やすやす》と表玄関から議員個人の住居まで入ることができたというが、官邸同様にセキュリティが強化された。民間の高級マンションと同じでエントランスのインターフォンを押して許可がなければ、一歩もそこから内部に進むことができない。

「赤坂に行っても、ほとんど喋らないんだよなあ」

民放テレビの若手男性記者がため息を吐《つ》いた。疲れて帰宅したときに、大勢の記者相手に実のある話をするとは到底考えられない。だが、番記者となった以上、その動向を常に追いかけねばならない。他の記者から離れ、自分のハイヤーに戻ろうと駐車場に歩きかけたとき、不意にジャケットの中でスマホが震えた。野水か城後からの連絡だろう。画面を見ると、電話ではなく、メールが着信していた。

〈懇談のご案内　阪事務所　秘書・宮崎《みやざき》〉

官房長官秘書に挨拶したとき、名刺を渡した。そこには会社の公式アドレスのほか、個人の携帯メールのアドレスも印刷してある。その手渡した名刺から、秘書が案内を出したということなのだろう。画面をタップし、メールを開封した。

〈本日午後一〇時半より、阪が懇談を開催します。場所は千代田区のホテル……〉

紀尾井町《きおいちょう》にある建て替えられたばかりの大手ホテルのラウンジが指定されていた。松岡は即座に参加する旨を返信した。

周囲を見ると、中央新報の深見、NHRの岩舘、日本橋テレビの林がそれぞれスマホを食い入るように見つめていた。一方、合同や他紙、民放各社の記者たちはそれぞれのハイヤーに向かって小走りで移動していた。

松岡は車寄せの隅に移り、野水の携帯に電話を入れた。

〈阪さんの懇談？　プリンセスのラウンジだって？〉

電話口で野水が声をあげた。

「参加の連絡をしました」

〈その懇談は完全な裏懇《うらこん》だ。粗相しないでくれよ〉

野水の声がわずかに上ずっていた。

裏懇とは、裏懇談の略称だ。本来、定例会見後の懇談での発言は〈政府首脳〉としてときに引用が可能となるが、定例会見とさほど変わりはない。そのため、裏懇には阪が気に入った記者だけを集め、本音を話すというわけだ。

「なにか気をつけるポイントはありますか？」

〈他社の様子を見ながら阪さんの話を漏らさず聞いてくればいい〉

松岡が電話を切ると、深見と目が合った。軽く会釈すると、深見が肥満体を揺らしながら歩み寄ってきた。

「他の連中みたいに赤坂に行かないんだね？」

「プリンセスのラウンジにお邪魔させていただきます」

松岡が言うと、深見が露骨に舌打ちした。

「あんた、経済部から来たばっかりだろ？」

「どういうことかは自分でもわかりません」

「なにか裏の手を使った？」

「裏どころか、永田町の右も左もわからない状態ですから」

「そういう奴が一番腹黒いんだよな。とにかく、邪魔はしないでくれよな」

言いたいことだけ言うと、深見はハンドタオルで首筋の汗を拭《ぬぐ》い、社旗をつけたハイヤーに向かった。

「嫌味言われたの？」

突然、背後から声をかけられた。振り返ると日本橋テレビの林が立っていた。

「まあそんなところです」

「あいつさ、見てくれはデブなおっさんなんだけど、中身はおばさん。私も異動した当初にネチネチやられたのよ」

「どういう経緯かわかりませんが、阪さんの裏懇に呼ばれました。よろしくお願いします」

「裏懇っていっても、別に大したことは話さないわよ。私なんか、局のあちこちを転々としたから、政治家のありがたみとかにはあんまり興味ないんだよね」

「でも、林さんもトップリーグの人だと聞きました」

「特オチが怖いから、ちょっと女の武器を使っているだけよ」

そう言うと、林は胸元がざっくり開いたカットソーを指した。

「深見のことおばさんって言ったけど、私も中身はおっさんだから。その分、ネチネチしないからよろしくね」

肩をすくめて言うと、林も自分のハイヤーに向かった。

国会記者会館で野水と雑談していたとき、政治家はジェラシーが服を着て歩いている人種だと聞かされた。自己顕示欲が強く、少しでも実績を地元の有権者にアピールしたい。そのためには同じ党の人間であれ、平気でポストを巡る政争を仕掛けるという。そういう人種を四六時中ウオッチする記者も同等なのだと深見を見て感じた。

日銀や民間銀行幹部の懇談ならばなんども出たことがある。他社の記者がいるため、互いに牽制《けんせい》し、ほとんど記者からは発言しない場だった。政治家の裏懇はどうなのか。松岡は足早にハイヤーへ向かった。

6

首都高を見下ろすラウンジの個室で、松岡は薄い水割りを一口飲んだ。

「例の幹事長続投の一件といい、最近今田《いまだ》さんやり過ぎじゃないですか?」

おしぼりで額の汗を拭いながら、深見が言った。

「皆さんの目から見てもそう映りますか?」

阪が言うと、深見、岩舘、林が一斉に頷いた。今田とは、経済産業省出身の首相事務秘書官で、合同新聞にガセネタを書かせた張本人だ。

「増長という言葉がぴったりです」

セミロングの髪を撫《な》でながら、岩舘が答えた。となりで赤ワインを飲む林もそうだと目で応じた。

「合同の誤報のあと、私が官房長官としてしっかり今田君を叱《しか》っておきました」

手元の水割りを舐め、阪がぺこりと頭を下げた。

プリンセスホテルの最上階ラウンジに入ってから四〇分経過した。阪とトップリーグの三人組の会話を松岡は黙って聞き続けた。いや、話に加わるような知識がない上に、振るだけの話題もない。

「絶対に書いてほしくないのですが、彼の増長には外務省との軋轢《あつれき》も背景にあるのです」

阪が言うと、三人の記者が身を乗り出した。

「ロシアとの交渉絡みですか？」

岩舘が訊くと、阪が頷いた。今田とロシアがどうつながるのだ。松岡にはさっぱり話の中身がわからない。

「年末のロシア大統領来日に向け、外務省と経産省が主導権争いを激化させています。ご存知のように今田君は経産省出身です。ロシアへの経済協力をゴリ押ししたい今田君は、外務省寄りの前幹事長の顔に泥を塗りたかったのです」

「そんなことだろうと思いましたよ」

ワイングラスを片手に、林が頬を膨らませた。三人はそれぞれ平然と話を聞いているが、合同新聞の誤報には永田町と霞《かすみ》が関《せき》の複雑な思いが絡み合っていたのだ。経済部にいたのでは、絶対に知り得ない話だ。また、こうした事情は読者に伝えたいが、裏懇談は、録音はおろか、メモを取ることさえ許されない完全オフレコだ。たった今聞いた話は政治部のメモとして活《い》かすしかないのだ。

「今の話、部内の共有メモなら構いませんよ」

阪が松岡に顔を向け、言った。

「ありがとうございます。なかなか勝手がわからないもので」

阪は満足げに頷き、腕時計に目をやった。

「よろしければ、今日はこのへんで」

阪が腰を上げかけると、深見が手をあげた。

「石和《いさわ》先生が派閥の勉強会で解散の可能性に言及しましたが、どう思われますか？」

「そんなことがあったのですか？」

阪が首を傾げた。

「絶対口外するなと釘《くぎ》を刺したようですが、その辺りの話は当然漏れてくるわけでして」

石和とは、芦原の後継を狙うベテラン議員だ。勉強会がいつ開催されたかは知らないが、なぜ衆院解散の話をしたのか。

「まだ秋の国会も開いていないのに、変な話ですね」

「派閥議員の引き締めでしょうか？」

深見が訊くと、阪は肩をすくめてみせた。

「残念ながら、石和先生の本意はわかりません。ただ一つ言えるのは、非主流派の人たちは好き勝手なことを無責任にお話しされる、ということでしょうか」

阪の言葉に三人がくすりと笑った。

「我々は政権を担っています。言いたくとも言えないこと、言えないタイミングがあるという意味です」

阪が松岡に再度顔を向け、言った。

「言えないとは、解散があり得るという意味でしょうか？」

松岡はようやく口を開き、訊いた。

「総理の頭に、現時点で解散構想は全くありません。雑音には惑わされないことです」

簡潔に言うと、阪がソファから立ち上がった。

「それでは、また次の機会に」

阪がドアに向かって歩き始めると、ＳＰが素早く傍に移動し、先導を始めた。阪がドアの外に出ると、三人の記者が帰り支度を始めた。

「ご迷惑をかけませんでしたでしょうか？」

松岡が訊くと、深見が舌打ちし、そのまま個室を出て行った。

「男のおばさんはわかりやすいわね」

深見の後ろ姿を見送りながら、林が言った。

「彼は人一倍嫉妬《しっと》心《しん》が強いから。気にしていたら仕事にならないわよ」

高級そうなハンドバッグを取り上げ、岩舘が言った。

「今後ともよろしくお願いします」

松岡が言うと、林と岩舘が連れ立って個室を離れた。すると、阪の男性私設秘書の宮崎が松岡の横に歩み寄ってきた。

「会費は五〇〇〇円でしたね」

松岡は財布から五〇〇〇円札を取り出し、宮崎に手渡した。

「杓子定規《しゃくしじょうぎ》で申し訳ありません。なにかと世間の風当たりが強い時期ですので」

宮崎は大和新聞様、飲食代と書かれたホテルの領収書を手渡した。

「これからもよろしくお願いします」

松岡が言うと、宮崎が周囲を見回し、もう一枚紙を手渡した。

「阪から言付かっております。もしよろしければもう一軒いかがでしょうか？」

手元の紙を見ると、四ツ谷駅近くのバーの名前、住所が書かれていた。

「先ほどの三人も一緒ですよね？」

「いえ、松岡さんお一人で」

「一対一《サシ》ということですか？」

松岡の問いかけに、宮崎が深く頷いた。

7

紀尾井町のプリンセスホテルをハイヤーでたち、松岡は四谷三丁目に向かった。街には、いくつもの裏小路が連なる荒木町《あらきちょう》という一帯がある。阪の秘書にもらったメモには、バーの名前と住所が記してあった。外苑東通りで車を降り、スマホの地図ソフトを頼りに熱気がこもる都心の迷路に踏み出した。

社宅のある曙橋《あけぼのばし》から荒木町は目と鼻の先にあるが、この街にくることはほとんどない。小さなレストランや割烹《かっぽう》が連なる一角を五分ほど歩くと、小路がクランクのように曲がった場所にさしかかった。

スマホの地図を見ると、稲荷《いなり》神社がある。顔をあげると、鳥居が見えた。地図では、社《やしろ》の東側、とんかつ屋の先に目的地を示す赤いピンが点滅している。案内通りに歩くと、とんかつ屋の先に緩やかな下りの石畳があった。周囲には雑居ビルが建ち並んでいる。

階段を下りながら辺りに目をやると、曲がりくねった坂道の中ほどに赤い看板が見えた。

〈So What?〉

だからなんだ……人を食った名前だが、官房長官の阪があの場所にいる。自然と歩みが速くなった。

蔦《つた》で覆われた雑居ビルの入り口は暗く、細い階段がある。目的の店は二階だ。松岡は手すりをつかみ、足早に階段を登った。

二階には小料理屋とスナック、そして一番奥に「So What?」の赤い看板があった。人がすれ違えるかどうかの細い通路を進み、店のドアノブを回した。だが、鍵《かぎ》がかかっている。薄暗いフロアで松岡は目を凝らした。ドアノブの上に〈会員制〉の札があり、真横にインターフォンが見えた。松岡がボタンを押すと、即座にドアのロックが解除された。

「お待ちしていました」

ドアが開き、目つきの鋭い屈強な男が顔を出した。胸元に銀色のSPバッジが光る。いつも阪と行動を共にしている警視庁警備部のSPに案内され、松岡は店に足を踏み入れた。

ビル全体が薄暗いが、それにも増して店はさらに光源が少ない。パイプをくゆらす髭面《ひげづら》の店主らしき男の手元に小さなランプが二つあるのみだ。

店主の背後には、壁全面を使ったレコード棚がある。隅には巨大なスピーカーが埋めこまれ、ゆったりしたテンポのトランペットの音色が零《こぼ》れ出している。周囲を改めて見回すと、SPはドアの前にもどり、門番の役目を果たしていた。

松岡が再度目を凝らしたときだった。

「松岡さん、こちらです」

店主の吐き出した紫煙の向こうから、阪のくぐもった声が響いた。すると、カウンターの奥にグラスを持つ阪の姿が浮かび上がった。失礼しますと告げ、松岡はアンティークの椅子《いす》に腰を下ろした。

「いつも一人ですが、今日はなんだか話相手が欲しかったのです」

「私でよろしいのですか？」

松岡の言葉に、阪が頷《うなず》いた。

「一対一《サシ》では不満ですか？」

「とんでもない」

松岡の言葉に阪が相好を崩した。

「私はバーボン専門です。松岡さんは？」

「同じものをいただきます」

松岡の声に反応し、パイプをくゆらせていた店主が氷をグラスに入れた。

「今まで経済部にいたそうですね、一対一《サシ》は初めてではないでしょう」

「なんどもあります。ただ……」

松岡が口ごもると、阪が口元に笑みを浮かべた。

「一、二回しか会ったことのない人物とは初めて、ということですね」

「おっしゃる通りです」

松岡が答えたとき、目の前にグラスが置かれた。

「阪さんと同じ、ヴァン・ウィンクルです」

店主は無愛想に告げ、再びパイプに火を点《とも》した。

「まずは乾杯といきましょう」

阪がグラスを持ちあげた。松岡は慌てて両手でグラスを持ち、阪と乾杯した。一口舐《な》めると、ふくよかな穀物の香りが鼻に抜けた。詳しいことはわからないが、松岡が口にしたことのある甘ったるいだけの安酒とは一線を画すバーボンだ。

「いきなり番に指名したことを不思議がっていると思いましてね」

グラスをカウンターに置き、阪が言った。

「偏屈者の阿久津《あくつ》が仰天していました」

「そうですか」

阪がまた笑った。

「随分ズケズケと物を言う記者がいると感心しましてね」

「場の空気を壊してしまい、失礼しました」

松岡が頭を下げると、阪が違うと言い、言葉を継いだ。

「空気なんて関係ありません。官邸クラブの記者は、皆したり顔と言ったらいいのかな、すました連中ばかりでしてね」

阪が顔をしかめた。

「私の顔を見ている記者なんて誰もいません。全員がパソコンを睨《にら》んでいる。そんな中で、あの答えにくい話を訊《き》くなんて、どんな人物かと興味がわきました」

そう言うと、阪はバーボンを一口含んだ。

「正直に言うと、他社の連中を驚かせたかったのです。メディアとの関係を見直そうと思っていましてね。私もこのポストに就いて五年以上経ちましたが、双方の関係が馴《な》れ合いになってきました」

「それで私を?」

「そう、だしに使わせてもらったのです」

松岡が頭を下げると、阪が力強く肩を叩《たた》いた。

「それなら気兼ねなく使わせてもらいます」

満面の笑みを浮かべた阪が、すっと右手を差し出した。松岡は慌てて両手を出し、阪の手を握った。今まで何人もの経済界の重鎮と握手したが、阪の手はその誰よりも分厚く、ごつごつしていた。

「総理と違って、地べたから這《は》い上がった叩き上げです。実家は貧農でしてね。子供といえど、否応なく野良仕事をやらされました」

そう言うと、阪が目を閉じた。官房長官番を命じられた直後、阪の経歴をスクラップで調べたが、農家の出身とは記されていなかった。

「県議時代から選挙でなんども苦労しました。商店主に愛想笑いして、買い物途中の母ちゃんたちと握手する。支援者の畑仕事を手伝ったり、運動会のテント張りを率先してやったりね。すると、二世三世の政治家とは全く違う、こんなごつい手になるのです」

ランプの明かりで、阪は自分の手をしげしげと見つめた。

「その傷はお怪我でも?」

松岡は阪の右手、親指の付け根にあるミミズ腫《ば》れを指した。

「若い頃、金に困っていましたからね。土木作業員の真似事《まねごと》のようなことをしました。慣れないスコップを使っていて、ざっくり切ったときの傷です」

この瞬間、松岡は悟った。極度の人見知りというキャラクターは、苦労人の阪自身が自分を守る鎧《よろい》として作り上げたものなのだ。

いつも一人で訪れるというバーに招き入れたときから、阪は滑らかに話し続けた。ほんの一時間前、プリンセスホテルのラウンジで、記者の問いかけに必要最低限の言葉しか返さなかったのとは正反対だ。

叩き上げで官房長官に上り詰めるには、数多くの政敵の妨害があったに違いない。阪は与党内の主だった派閥に属しない無派閥議員である一方、芦原《あしはら》は父の代から保守本流の派閥に所属していた。女房役の官房長官を買って出る人材はいくらでもいたはずだ。だが、芦原は阪を選び、三度の内閣改造を経ても阪は絶対に外さない。人見知りというキャラクターを通じ、阪は周囲の人間を慎重に観察し、そして芦原の期待を裏切らないよう永田町という海を泳ぎ続けてきたのだ。

「メディア界のためでしたらいくらでもこき使ってください」

松岡が言うと、阪が満足げに頷いた。

「松岡さんには酷なことをしました。深見君から嫌味を言われたんじゃありませんか？」

松岡が曖昧《あいまい》な笑みを浮かべると、阪が苦笑いした。

「彼は優秀ですが、人並み外れて嫉妬《しっと》深い。それに特殊な事情もあるから、とりわけ松岡さんを警戒したんでしょう」

「特殊な事情とは？」

「選挙です」

阪が意外な言葉を口にした。

「総理の決断次第で時期は未定ですが、深見君は民政党公認候補として次期衆議院選挙に出馬します」

松岡が口を開けると、阪が笑い出した。

「記者が代議士になるのは珍しいことではありません。総理の先代もそうだし、閣内にも何人か記者出身者がいます」

阪の言う通りで、大和新聞からも五、六人の国会議員が出ている。しかし、親が代議士だった関係で跡を継いだ者、県議などを経て国会議員になった者が大半だ。深見のように今も有力な政治家をカバーする記者がいきなり出馬というのは、にわかには信じられない。

「深見君は以前から議員志望です。密《ひそ》かに我が党の公募試験も受けていました。そんな経緯がある中で、あの先生が突然引退の意向を幹事長に伝えられました」

阪は中国地方選出の老議員の名を挙げた。好々爺《こうこうや》然とした人物で、なんども閣僚経験を持つ重鎮だ。

松岡が黙って聞いていると、阪が言葉を継いだ。

「あの選挙区は少々訳ありでしてね。先生の秘書だった男と、お妾《めかけ》さんの息子がそれぞれ色気をだしていました」

ドラマに出てくるような泥臭い話だった。阪によれば、双方ともに女性や金銭面で問題を抱え、党が実施した身体検査をパスできず、幹事長が調整に頭を痛めていたという。

「深見君のことを幹事長に紹介したら、トントン拍子に話が進んだというわけです」

阪は居酒屋でつまみを注文するときのような気軽な調子で言った。

「深見さんは中国地方になにか所縁が？」

「全くありません。しかし、民政党が公認するからには必ず当選させます」

阪は淡々と言った。

金沢時代になんどか国政選挙の取材をしたが、政治の素人《しろうと》として感じたことは、選挙にはとんでもなく金がかかるということだった。

選挙事務所の家賃、ポスター制作の経費などに加えて、元総理の地元私設秘書によれば、政治家としてのキャリアが浅いほど、有権者に名を売る必要が生じるという。このため、支援組織作りや地元の細かな行事への参加などで湯水のように金が出ていくのだと聞かされた。有力な対抗馬がいなくとも数千万円、ライバルが強大ならば億単位も当たり前なのだと言われ、松岡は度肝を抜かれた。

阪の言う〈必ず当選させます〉という言葉は、公認料はもとより、秘書やその他選挙スタッフも民政党が完全バックアップするということだ。

「意欲があるなら、幹事長に推薦しますよ。深見君よりは見所がありそうですからね」

「万が一、落選したらどうなるのですか？」

「次を待つのです。この間、民政党からは年間一〇〇〇万円が支給されます」

浪人しても金が出るのか……松岡は喉元《のどもと》まで出かかった言葉を飲み込んだ。

「しかし事務所家賃のほか、私設秘書や運転手の給与を賄うのはほぼ不可能です」

政治には金がかかると漠然と思っていたが、松岡が想像していた以上だった。

「わが党から出馬しますか？」

阪の口元は笑っているが、両目は醒《さ》めていた。松岡は慌てて首を振った。

「ならば深見君には、松岡さんにその気はないと伝えておきましょう」

松岡は安堵《あんど》の息を吐いた。だが、同時に胸の中にもやもやとした感情が生まれた。中央新報は、政権発足時から芦原を一貫して支持している。社説はもとより、政治面の論調はいつも政権寄りだ。そんなメディアの官房長官番を務める記者が、よりによって民政党から出馬するのは中立であるべき存在としてどうなのか。松岡は首を傾げた。

「取材相手との距離が近すぎる、そう言いたいのではありませんか？」

「はい」

松岡が答えると、阪がゆっくり頷いた。

「そう見えてしまうのは致し方ありません。ただ、政治家も人間です。綺麗《きれい》ごとばかり並べ、批判するだけの記者に腹を割って話すことは絶対にありません。一歩も二歩も懐に食いこんでくる者だけが本音を知ることができます」

「深見さんはどうなのですか？」

「彼が他の番記者より一歩踏みこんでいるのは事実です。残念ながら、彼の場合は二歩ではありませんが」

存外に強い口調で阪が言った。民政党の公認を得るほど信頼を集めているのであれば二歩ではないのか。松岡が黙っていると、阪が口を開いた。

「永田町を取材する以上、中立公正、客観的にというわけにはいきません。記者がそう心がけていても、噂《うわさ》や思惑が渦巻く町の中では、記者の一挙手一投足で必ずさざ波が立ちます。彼はその影響度を理解していません」

　阪の言葉には力がこもっていた。たしかに松岡にも思い当たる節があった。大手銀行のトップ人事や日銀の重要政策を取材する際、どこの社の誰が動いているかわかると、松岡や他社の記者たちの間に疑念が広がった。夜討ち朝駆けの行動履歴や、書いた記事の中身で互いに取材相手への食い込み具合がわかっていただけに、疑念というよりも抜かれてしまう恐怖といった方が正確だ。

「深見君の場合、理解というより、軽率という言葉が適切かもしれませんね」

　一瞬だが、阪が眉根を寄せた。同時に背広のポケットから週刊誌のものと思われるゲラ刷りを取り出し、カウンターに置いた。

「我々がなんとか握り潰しましたがね」

　松岡はゲラ刷りを凝視した。目こそ塗り潰されているが、太った深見の顔写真の横に見出しがある。

〈大手紙エリート記者、議員会館でわいせつ行為〉

「私が幹事長に推薦したあと、彼はやらかしましてね」

　阪によれば、深見は議員会館にいる数名の女性秘書とふしだらな関係を持ったのだという。議員の妻になりたい秘書が多いため、ハニートラップにかかった可能性もあるのだと阪が言った。

「官房長官自らが雑誌に圧力を？」

「まさか。中央新報の上層部が交渉したようです。詳細は知りませんが」

　阪が肩をすくめた。松岡があっけにとられていると、阪が言った。

「松岡さんも慎重に願います」

「私は大丈夫です」

　松岡の答えに、阪が満足げに頷き、店主に目配せした。

「マイルスの別のレコードを」

阪がさらりとジャズの巨人の名を口にした。

「後援会回りで演歌を無理やり歌わされます。ここで好きな音楽を聴くのが唯一の息抜きです」

阪が言うと、店主が壁の棚から別の一枚を取り出した。

「最近リマスターされた伝説のライブ盤です」

店主の言葉に阪が笑みを浮かべた。

「ジャズは好きですか？」

阪の問いかけに松岡は首を振った。流行している歌はなんとか知っているが、音楽や映画、芸術と呼ばれる分野には疎《うと》いと告げると、阪が笑った。

「永田町は強烈な嫉妬の海です。自分だけの時間、ゆっくり心を休める場所を作らないともちませんよ」

そう言うと、阪はバーボンを舐めた。松岡も抜いた抜かれたの世界で一〇年以上過ごしてきた。阪の指摘通り、永田町は人と人との距離が近く、かつ濃密だ。店主とジャズ談義する阪を横目に、松岡は呆然《ぼうぜん》とレコード棚を見つめた。

8

会社近くの中華食堂からチャーハンと餃子《ギョーザ》の出前をとり、酒井は資料を読みながら夕食をとった。手元には、警視庁記者クラブに配布された西池袋強盗殺人事件の容疑者に関する資料がある。

〈周綿恒《しゅうめんこう》〉

報道業界で雁首《がんくび》と呼ぶバストアップの写真だ。周は観光ビザで入国し、オーバーステイしていた。太い眉毛と大きな目、色黒の顔が特徴の二八歳の男が久保と幸田を襲い、金を奪った。抵抗する老人二人に対し、周は持っていたバタフライナイフで頸動脈《けいどうみゃく》をなんども切りつけ、死に至らしめた。酒井は顔写真の横に置いた大和新聞の社会面のコピーに目をやった。

〈金に困っていたので、たまたま通りかかった居酒屋で老人を襲った〉

〈二人の老人は金持ちそうだったし、財布を奪うのは簡単だと思った〉

周の供述は、衝動的かつ計画性のない犯行動機を示していた。大和の記者の取材によれば、思うような職に就けず、手持ちの金が底をついたというのが周の言い分だった。

他紙もチェックした。特捜本部は犯行現場周辺の防犯カメラ映像を分析し、周の後足を着実にたぐり寄せた。周の身柄を拘束した後は、証拠の王様と言われる自供も引き出した。あとは現場に周を連れていき、引き回しと呼ばれる現場検証を経て地検に送致する手はずとなっているという。

「なにかネタあるのか?」

資料を睨んでいると、ゲラを抱えた茂森《しげもり》が酒井のデスク脇を通った。

「いえ、まだまだです」

酒井は素っ気なく答え、冷えた餃子を口に放り込んだ。新聞のスクラップの下には、別の資料がある。警視庁内部から引き出した資料だ。

〈幸田元紀　三重県津市出身、八四歳〉

酒井はファイルに目を凝らした。久保とともに殺害されたもう一人の老人のプロフィールだ。記者クラブ向けの発表では高齢の無職とだけ記されていたが、やはりこの経歴には反応せざるを得なかった。

〈元衆院議員・森山泰造《もりやまたいぞう》氏の私設秘書を三五年にわたって務め……〉

森山泰造は、与党民政党のハト派議員として知られた大物代議士だ。昭和四〇年代から平成の初期まで議員生活を送り、引退した。自治大臣や外務大臣、そのほか与党民政党の幹事長を歴任した。

政界の財布と称された日不銀で特命の総務課長を務めていた久保、そして大物代議士の秘書だった幸田。酒井が取材に動き出した直後、二人は不自然な形で殺された。周という粗暴な中国人による単純な物盗りと断定するには、被害者二人が馴染みのない場所にいたというのは不自然だ。クラスター事件に絡んで、なんらかの力が働いているのだ。

幸田の狐《きつね》のような顔写真を睨んでいると、大きなトートバッグを肩にかけた大畑が編集部に戻ってきた。顔を上げると、ポニーテールに結ったセミロングの髪が乱れ、メイクも汗で滲《にじ》んでいる。しかし、両目はらんらんと光っていた。

酒井は壁に吊《つ》るされた大時計に目をやった。午後一一時半を過ぎていた。朝方、編集部で簡単な打ち合わせをしてから、大畑は一二時間以上取材に駆け回っていたことになる。

「メシはどうする？　ラストオーダーまであと三〇分だ」

出前リストを机から取り上げると、大畑が首を振った。

「蒲田《かまた》の中華食堂で散々食べてきました。それより、色々とわかりました」

トートバッグを酒井のデスク脇に置くと、大畑が周囲を見回し、声を潜めた。

「やはり、周は蒲田の中華料理屋に出入りしていました」

大畑はトートバッグから小型のデジカメを取り出し、電源を入れた。カメラの背面にある液晶に、裏通りの煤《すす》けた食堂が映った。グルメ客が集まるような駅前の餃子店ではなく、町工場に通じる小路にある店だ。

「店に集まる雲南《うんなん》出身者は、互いに仕事の情報を交換し、郷里の話をしているそうです」

酒井は小さな画面に目を凝らした。香港《ホンコン》か上海《シャンハイ》の裏町にあるような古い食堂だ。赤い壁に派手な装飾の絵皿が飾られている。画面を通して、ニンニクの焦げた匂《にお》いが伝わってくるようだ。

「どうやって見つけた？」

「酒井さんが紹介してくださったライターさんの情報です」

昨日、池袋を地取り取材する間、酒井は在日中国人の動向に詳しいライターにネタを振った。大畑のこともメールを通じて伝えてあっただけに、早速情報がつながったというわけだ。

西池袋や北池袋の中華料理店や中国人専門の不動産業者らをしらみ潰《つぶ》しに当たると、周の行動に不審な点が浮上した。容疑者の周は、池袋に集まる他の中国人と違い、雲南省という辺境の地から日本に来た男だった。地取りする間、池袋の中国人たちはほとんど雲南出身者に会ったことがないと口を揃えた。このため、都内でも同省出身者が多いとされる地域に大畑が出かけていたのだ。

「周は金に困っていたようです。郷里の弟が病気にかかり、まとまった額の仕送りが必要で、ヤバめの仕事も厭《いと》わないからとあちこちに声をかけていたみたいです」

大畑はさらに声のトーンを落とした。

「さすがに送金リストの類《たぐ》いは入手できませんでしたが、地下銀行を斡旋《あっせん》するブローカーから、周が五〇〇万円を郷里に送ったとの証言を得ました」

五〇〇万円と聞き、酒井は手元のノートパソコンを叩いた。インターネットで検索すると、現代中国を研究する大学教授の気になるリポートがヒットした。

「中国の新富裕層と呼ばれる連中の年収が日本円換算で約五〇〇万円か……超格差社会の中国で雲南の田舎に行けば、楽々と家が建つレベルだろうな」

「似たような話をブローカーからも聞きました。ここからはブローカーの話が事実か確認する術《すべ》がないので割り引いて聞いてください」

そう言うと、大畑は取材ノートを開いた。ボールペンで綴《つづ》られた太い文字がびっしりと紙面を埋めていた。

「ブローカーによれば、周は雲南から上海の病院へ転院する手配も頼んだらしいのです。現地の医療施設の程度はわかりませんが、最新の医療サービスを受けられる病院に入るには、色々と賄賂《わいろ》やらが必要で五〇〇万円のうち、一二〇万円分をそちらに振り向けるよう依頼したと言っていました」

大畑の話を聞き、酒井は腕を組んだ。

今までなんどか怪しげな地下銀行やブローカーの周辺を取材した。袖《そで》の下を贈らねば口を開かない連中だったが、ある程度チップを弾むと、商売上の仁義よりも金に転ぶ。大畑がどのような手段で話を訊きだしたのかは知らないが、医療関係の一二〇万円という具体的な金額が証言の信憑性《しんぴょうせい》を高めている。

「誰が五〇〇万円もの大金を周に払った？」

酒井が訊くと、大畑が頷き、勢いよくノートのページをめくった。

「マル暴です」

太字のメモを人差し指でたどり、大畑が関東系広域暴力団の四次団体の名を告げた。四次団体自体は地回りの小さな組だ。

「その組と周の関係は？」

大畑がすまなそうに首を振った。

「別に責めているわけじゃない。接点は蒲田のルートなのか？」

「別のブローカーにも当たってみました。あのエリアにいる雲南やら内陸部出身の中国人の中には、相当金に困っている人間がいるらしくて、その辺りでヤバい仕事を引き受ける人材をスカウトするチンピラがいるようです」

貧富の格差急拡大を背景に、日本にいる中国人たちの間に明確な溝が生まれつつある。池袋にいる新華僑《しんかきょう》と呼ばれる商売がうまい人々に対し、内陸部から日本に出てきた一団はおしなべて金がない。そこに目をつける日本の裏社会の人間がいても不思議ではない。

「例の疑獄と今回の殺しはどうつながるのでしょう？」

大畑が声を押し殺して言った。

「暴対法で自分の稼業《シノギ》すら厳しい四次団体がそんな大金を払える力があるとは思えない」

「となると、誰かがマル暴に依頼し、周が雇われたということですね？」

「そう考えるのが自然だ」

酒井が大畑と顔を見合わせたときだった。壁際の方向から筆頭デスクの茂森の怒鳴り声が響いた。

「誰か手の空いている奴はいないか？」

酒井が声の方向に目をやると、若手の社員記者が茂森の前にいた。

「来週号に載せるネタが出てきた。こいつネタを引いてきたはいいが、そのあとの作業がわかっていない。仁義切りのノウハウを教えてくれないか？」

茂森の声に、編集部に残っていた七、八人の記者や編集者が顔をあげた。

「ネタはなんですか？」

酒井が言うと、茂森が口元を歪《ゆが》めた。

「新任閣僚の金関係だ」

「わかりました」

酒井が答えると、大畑が眉根《まゆね》を寄せた。

「このネタは？」

「今日明日で弾ける話じゃない。リハビリだ」

「どういう意味ですか？」

「永田町の感覚を取り戻す。クラスター事件を掘り起こすんだ。最終的には嫌でも永田町に行き当たる」

首を傾げる大畑を残し、酒井は席をたった。

9

店主がレコードを替えると、店のなかに柔らかなアナログの音が溢《あふ》れだした。二杯目のバーボンを一口飲み、阪が切り出した。

「永田町取材には慣れましたか？」

「経済部とは全く勝手が違います」

「野水キャップは助言をくれなかったのですか？」

「野水は親切に教えてくれます。例えば……」

深夜の国会記者会館で、ビール片手に野水が政治記者の心得を説いてくれた。

〈政治日程、政府関係人事の把握〉

〈解散、組閣、内閣改造時の精緻《せいち》な情報収集〉

国会の会期をはじめ、永田町には数多《あまた》の予定が溢れる。細かく地味な会合でも、後に政局のキーになることがあるため、議員や高級官僚が絡む会議や打ち合わせには常に目配りしろと教えられた。

解散が近づく、内閣改造が近いなどのトピックは、永田町だけでなく国民全体の関心事となるため、さらに目と耳を凝らせと野水は強調した。

「他には？」

バーボンの香りを楽しんでいた阪が言った。松岡は逡巡《しゅんじゅん》した。野水はくどくどと説明するタイプではない。残りは一つだ。だが、阪のような立場の人に明かしてもよいものか。だが、意を決して告げた。

「大ベテランの田所と同様、トップリーグに入れの一点でした」

「選《よ》りすぐりの記者になれという意味ですね」

阪の言葉に、松岡は力強く頷いた。

「良い心がけだと思います。私のわがままで松岡さんを巻き込んで恐縮ですが、あなたはすでにその要件を満たしています」

たった今、阪が発した言葉が腸《はらわた》に染み込んでいく。すると、阪が咳払《せきばら》いしながら、背広のポケットをまさぐった。

「優れた番記者にこれを託します」

阪はポケットから取り出した紙を松岡のグラスの横に置いた。

「なんでしょうか？」

松岡が訊くと、阪が顎《あご》をしゃくった。松岡は四つ折りにされた紙を開いた。

〈(秘) 東アジア開発銀行総裁人事（案）〉

文書の先頭に、国際的な組織の名が記され、その下によく知るバンカーの名前が綴られていた。松岡は思わず顔をあげた。阪が肩をすくめ、言った。

「一週間後に発表の予定です」

「これを私に？」

「ニュースバリューがありませんか？」

「とんでもない」

東アジア開発銀行は、日本やアメリカ、そして東南アジア諸国が共同で資金拠出している国際的な公的金融機関だ。民間銀行と違い、鉄道建設や電力網の整備など発展途上の東南アジア諸国の開発に融資を行う。

歴代総裁は資金拠出額が一番多い日本から選ばれている。目の前の紙には日本人の名前があるが、阪の言う通り、その名はニュースバリューそのものだった。

「過去の総裁はすべて財務省出身の官僚でした……」

「さすが経済部出身ですね。この人は不適格でしょうか？」

「官僚的に言えば、前例がありません」

東アジア開発銀行の先々代の総裁は、元財務官で現職の日銀総裁だ。慣例に従うなら、財務官経験者、国際局長経験者が就く。しかし、眼前の紙には、民間人の名前がある。

久代栄佐久《くしろえいさく》は、長年米国のシティズンバンクの駐日代表を務め、その後は米国系保険会社の日本進出を成功させた実業界でも有名な国際的バンカーだ。

「官僚上がりで前例にこだわる人物に任せたら、あの銀行に遅れをとってしまいますから」

あの銀行とは、中国政府が海外四〇カ国以上から出資を仰いで設立した中華投資銀行のことだ。東アジア開発銀行と同様、国家レベルの巨大プロジェクトに融資する。

「久代さんは、中華投資銀行と互角に渡り合える人です」

松岡は久代になんどもインタビューしたことがある。横文字を多用する外資系企業人が多い中、久代は違った。泥臭い人間関係を好み、松岡もしばしば新橋の居酒屋で国際金融の先行きについて激論を交わしたことがある。

「政府だって、指をくわえて見ているだけではありません」

松岡は手元の紙を凝視した。この人事は堂々と一面を張れるネタだ。久代本人に確認するのはもちろんのこと、経済界の反響や財務省関係者の感触も必要だ。無論、一人で全《すべ》てをこなすのは無理で、関係する記者たちと情報を共有しなければならない。ゆったりとバーボンを飲む阪の横で、松岡は懸命に考えを巡らせた。

「官邸主導という言葉を知っていますか？」

グラスをカウンターに置いた阪が言った。ここ数年、政治面で度々目にする言葉だ。

「従来、主要官庁や関係先機関の人事は官僚が決めていました。しかし、二〇一四年に仕組みを全面的に改め、国会議員が決めることにしました」

「内閣人事局長というポストですね」

「実質的には、私と局長が叩き台を作り、総理の決裁を仰いでいます」

東アジア開発銀行トップの人事案を一瞥《いちべつ》し、阪が言った。

「……なるほど」

手元の紙を改めて見ながら松岡は唸《うな》った。民間にせよ、霞《かすみ》が関《せき》にせよ、人事という首根っこを押さえられれば、官邸に逆らうことはできない。同様に政治面で読んだ事柄が頭に浮かんだ。最近、派閥の弊害という見出しにお目にかからなくなったのは、官界と同様に官邸主導という言葉が密接に絡んでいるのだ。

「公認のさじ加減も官邸が主導されているわけですよね」

「表向きは幹事長の仕事ですが、官邸中枢のスタッフが目を光らせているのは事実です」

阪の話しぶりに一切の躊躇《ちゅうちょ》はなかった。松岡は改めて感じ入った。阿久津やキャップの野水が松岡の番記者への逆指名に一際驚いた背景には、この官邸主導というキーワードが潜んでいた。

以前なら、主要官庁の担当記者クラブ、あるいは与党のクラブが必死に取材していた人事や政策の細かな事柄が、一切合切官邸にあげられた上で決められている。最終的に決裁するのは首相の芦原だが、その前の交通整理から利害調整の全てを阪ら官邸スタッフが担っている。そこに永田町取材の素人が飛び込み、目をかけられたのだ。

「なぜ官邸主導を進めているか、その理由がわかりますか？」

「芦原政権、ひいては民政党支配を一日でも長くするためですか？」

松岡が答えると、阪がかすかに首を振った。

「半分は当たっています。ただ、我々はもっと大きな責務を担っています」

阪の両目が鈍く光ったような気がした。

「政界はもとより、この国のシステムが大きく変わったことが最大の理由です。その一つに、派閥の変化があります」

松岡の理解度を試すように、阪がゆっくりと言葉を区切った。

首相の芦原は、父親の代から民政党の最大派閥である誠心会《せいしんかい》に所属している。誠心会は保守色がとりわけ強く、民政党内でも最右派として知られる。このほか、芦原内閣で外務大臣の重責を担う河田《かわだ》勇《いさむ》は、リベラル色の強い立憲研究会《りっけんけんきゅうかい》のトップだ。だが、昭和の頃と違い、政治面に派閥間の抗争を取り上げた記事は極端に少ない。松岡がその旨を告げると、阪が言った。

「昭和の派閥抗争は、成長のパイの分捕りあいでした。経済が毎年急成長するなかで、政治家のボスが自分の派閥と支援者に利益を誘導する。それが派閥の大きな役割であり、存在意義の全てでした」

政治を扱った小説やドラマでは、餅代《もちだい》と称して派閥の若手議員に金を配る長老のシーンが頻繁に描かれていた。

「人口減少、高齢化社会という言葉に代表されるように、日本は先進国の中でも一番成熟した国家になりました。急速な経済成長はなくなり、パイは着実に縮んでいます」

阪の言葉に松岡は納得した。

「誘導する利益や利権がなくなった途端、かつての派閥はその機能を失ったのです」

「たしかに、派閥の領袖《りょうしゅう》という言葉の重みがなくなった気がします」

「低成長時代に突入すると、旧来のシステムの弊害、例えば年金問題や少子化対策など負のテーマが急浮上します。負のパイを押し付けあうのが現状の政治の最大のテーマです」

負のパイという言葉で、松岡は納得した。

「誰も触りたくない仕事を支援者や議員に好き好んで分けると思いますか。そうなると派閥という仕組みはなんの意味ももたなくなります」

「となれば、官邸が汚れ役を引き受けるしかない、ということですね」

松岡が言うと、阪が笑みを浮かべた。

「負のパイを公平に分担させ、理路整然と政治を動かすという役目には誰も注目してくれないのです」

阪は店の天井に目をやり、言った。

「言いたくても言えないことばかりです。たまに愚痴の聞き役を務めてくださいますか」

「もちろんです」

「そんな人事案一つで、申し訳ありませんね」

「とんでもない。今後ともよろしくお願いします」

松岡が手元の紙を引き寄せたときだった。先ほどまで店の入り口脇で待機していた大柄なSPが阪の背後に近づいた。

「長官、メールが入りました」

SPの手にスマホがある。

「急ぎですか？」

「画面に星印が表示されました」

画面を一瞥し、阪が舌打ちした。液晶の上で指を動かすと、阪がメールに見入った。

「またか……閣僚の金銭問題が週刊誌に取り上げられるようです」

画面を睨《にら》んだまま、阪が低い声で告げた。

「どこの週刊誌ですか？」

「新時代です。若手記者が閣僚の個人事務所に連絡を入れてきたそうです」

松岡の頭の中に久々に再会を果たしたポロシャツ姿の酒井が現れた。だが、阪は若手と言ったので、酒井ではなさそうだ。記事を掲載する直前、事実確認のために直当《じかあ》たりするのは新聞も週刊誌も同じだ。

「あすの閣僚懇談会の前に官房長官室に来てほしいと伝えてください。記者のぶら下がりに遭っても、呉々《くれぐれ》も軽率な発言はしないように」

いつの間にか阪がスマホで電話をかけ、ため息交じりに指示を飛ばしていた。松岡がグラスの表面に浮き出た水滴をハンカチで拭っていると、阪が目の前にスマホを差し出した。

〈秘書給与をピンハネ！〉

目の前に刺激的な見出しと初入閣した中堅議員の名があった。

「単純な計算ミスのようですが、事実は事実です」

「ここまで準備しているのなら、止めるのは無理でしょうね」

松岡が言うと、阪が姿勢を正した。

「随分詳しいのですね」

「週刊誌の記者には何人も知り合いがいます。彼らのやり方は知っています。特に新時代の場合は、完璧《かんぺき》な裏取りをやるようです」

「新時代に知り合いがいるのですか？」

阪が目を見開いた。ここ二、三年の間、新時代は閣僚の収賄疑惑を報じたほか、若手議員の浮気など政界絡みで何本もスクープを放った。

「大和の元同期で酒井という記者です」

「今度会われた折にでも、阪がお手柔らかに、そう言っていたと伝えてください」

阪はSPに目配せすると、スマホを手渡した。

「すっかり邪魔が入りましたね。もう一杯ずつ、飲み直しましょう」

阪が店主に目配せをしたときだった。松岡の背広のポケットに入れていたスマホが震え始めた。鈍い振動音が周囲の空気を震わせる。

「すみません……」

松岡が恐縮して頭を下げると、阪が苦笑した。

「どうぞ、お気になさらず」

スマホを取り出すと、藍子の名が表示された。松岡は慌てて席を立ち、SPが立っているドアの方向に歩き出した。

10

若手記者の手持ちのネタ、そして担当デスクと練り上げた原稿をチェックしたあと、酒井は政治家に対する取材ノウハウを若手に教え、一人で編集部を後にした。大畑は不満げな顔だったが、どうしても一人で訪ねたい場所があった。

九段下の靖国《やすくに》通りでタクシーを拾うと、酒井は蛎殻町《かきがらちょう》を目指した。東証のある兜町《かぶとちょう》と日本橋川を隔てた場所にある蛎殻町は、老舗《しにせ》の鰻屋《うなぎや》や洋食屋が軒を連ねる一角で、東隣の人形町《にんぎょうちょう》ほど人気はない。まして夜は近隣のマンション住民以外はほとんど誰もいなくなる。

鄙《ひな》びた下町にたった一箇所だけ、周囲と趣を異にする場所がある。今から八年前、フリーから言論構想社の正社員となったとき、当時の編集長から紹介された人物にこれから会う。

川の近くの小路でタクシーを降り、生温かい川風を感じながら雑居ビルが連なる一角に歩を進める。

首都高の高架下を右折すると、酒井は不意に足を止めた。黒塗りのセダンの後部座席に小柄な男が乗り込むところだった。後部座席のドアを開ける際、若い屈強な背広の男が敬礼した。セダンの所属は大方の想像がつく。黒塗りセダンはゆっくりと蛎殻町を後にした。

一階に古びた喫茶店が入居する雑居ビルの外階段を登ると、左側に東北の食品加工会社の東京支社があり、右側に目的の表札が出ている。

〈内外情報通信社〉

煤《すす》けた鉄製のドアをノックすると、内側からかすかに入れ、との声が響いた。部屋に入ると、大量の書籍や新聞の縮刷版が詰まった書架が目の前に迫る。

「どいつもこいつも年寄りを寝かせない気か」

埃臭《ほこりくさ》い書架の向こう側から嗄《しゃが》れた声が聞こえた。おびただしい数の書籍や古新聞の束が床に置かれている。今にも崩れそうな紙の山を縫うように歩き、酒井は嗄れた声の主が座る小さな応接スペースにたどり着いた。

「青森産の塩辛が入荷しましたので、持参しました」

酒井はショルダーバッグから小さな保冷バッグを取り出し、応接椅子の背に体を預ける細身の老人に言った。

「これ以上、年寄りに酒を飲ませたら、一層死期が早まる」

「ご冗談を」

銀色の保冷バッグを開け、酒井は中から青森の加工業者から取り寄せた塩辛の瓶詰めを取り出した。

「冷蔵庫に入れておきますから、いつでもお好きなときに」

「悪いな」

「相楽《さがら》さん。この会社には桜田門のキャリアまで出入りするようになったんですね」

塩辛を応接スペース脇の小さな冷蔵庫に入れると、酒井は切り出した。体躯《たいく》の頑丈そうな運転手に華奢《きゃしゃ》な若い男。典型的なノンキャリアとキャリアの組み合わせだ。

「なかなか見所のある若造だ」

「キャリアで出入りするとなれば捜二でしょうか。さては連中は大物を狙《ねら》っている？」

「これ以上は言えん。俺の仁義《じんぎ》だ」

酒井の目の前に座る老人の名は相楽雄一郎《ゆういちろう》。今から四〇年前に会員制のタブロイド紙「内外情報通信」を興した記者兼主筆だ。

硬派なルポライターや匿名の新聞記者が政財界、あるいは広域暴力団など裏社会の情報を持ち寄る。発行部数はわずかに五〇〇〇部だが、購読者は大手企業の総務部や企画担当部門、大物政治家や暴力団幹部など多岐に渡る。

同じような形態で、総会屋が偏った情報を載せてこれを顧客企業に高く買い取らせるビジネスモデルがあるが、相楽はこうした一派とは一線を画し、中立的な報道姿勢を堅守してきた。

長年の硬派な書きぶり、そして相楽の飄々《ひょうひょう》とした人柄が評価され、この蛎殻町の裏ぶれた事務所にはひっきりなしに客が訪れる。酒井のような週刊誌記者をはじめ、先ほど訪れたような警察官僚、ときには暴力団の相当な幹部も出入りする。

いつの間にか、相楽が小ぶりなショットグラスをテーブルに置き、お気に入りのスコッチの栓を開けていた。相楽の手からボトルを取り上げ、酒井は二つのグラスにスコッチを満たした。

「新時代のエースが当日にアポを入れるなんて珍しいな」

「一昨日《おととい》、西池袋で老人二人が中国人に殺された事件を追っています」

「たしか、物盗《ものと》り目的の粗暴犯だったな」

応接セットの下にあるラックから合同新聞を取り出し、相楽が言った。

「警察発表ではその通りです」

「おまえさんの信条は、警察取材でなく事件取材だったな。なにか獲物があったのか？」

「殺された老人二人は、昭和の深い闇《やみ》を知る人物だった公算が高いと睨んでいます」

酒井の言葉を聞き、相楽が再び合同新聞を手に取った。

「幸田元紀と久保民男か……俺より上の世代だな。この二人がどうした？」

「幸田氏は大物代議士の私設秘書を長年務めた人物です」

代議士と言った途端、相楽の目つきが険しくなった。

「誰だ？」

「民政党元幹事長、それに外務大臣も務めた森山泰造です」

酒井が答えると、相楽が口を真一文字に閉じ、両目を見開いた。

「もう一人の経歴は？」

「日本不動産信用銀行で総務部の特命担当の庶務係長でした」

目の前で相楽が腕を組んだ。同時に、口を閉じたまま顎をしゃくった。

「この事務所に来たことがある人たちかと思いましてね」

酒井の問いかけに、相楽が首を振った。

落胆したポーズを作りながら、酒井は慎重に相楽の様子を観察した。酒井と同様、相楽もこちらを探っている。日頃から目つきのきつい老人だが、今はとりわけその傾向が強い。

「おまえさんの本当の狙いはなんだ？」

酒井が口を開きかけた途端、相楽が言った。大きく息を吸い込み、酒井は思い切って考えていた疑念を口にした。

「クラスター事件の真相を知る二人が消されたのではないかと考えています」

酒井が答えると、相楽が首を傾げた。

「二人がどうクラスター事件とつながる？」

値踏みするような目つきで、相楽が言った。

「湾岸署の管轄で一億五〇〇〇万円が入った金庫が見つかった一件はご存知ですか？」

「ワイドショーが騒いでいたからな。まだ持ち主は見つかっていないらしい」

「クラスター事件に絡んだ裏金ではないかと思って調べ始めました」

酒井は金庫の中にあった札束が福沢諭吉《ふくざわゆきち》ではなく、聖徳太子《しようとくたいし》の一万円札だったこと、そして日不銀の帯封《おびふう》がついていたことを明かした。

「それで久保とかいう爺《じい》さんに接触したのか？」

頷いたあと、酒井はショルダーバッグから取材ノートを取り出し、ページをめくった。久保と接触したあと、細かなニュアンスまで拾い出してメモを作った。目の前のノートには、自分で書いた久保の言葉がある。

〈めったなことは言わんほうがいい〉

〈どこまで調べた？〉

クラスター事件の取材だとにおわせた瞬間、小型犬を愛《め》でていた老人の目つきが一変したのだ。

〈最後の藁《わら》という言葉を知っているかね？〉

クラスター事件の真相は、日本社会の根本を揺るがしかねない……久保の発言の背後には、そんな意味合いが込められているのではないかと相楽に伝えた。

「それでもう一人、幸田という人物は？」

「どちらのご遺族にも確認しましたが、ここ二〇年程度の間、二人が接触した様子はありませんでした。それに、西池袋にいた経緯も不自然です」

「誰かに呼び出され、狙われたというわけか」

「実行犯の中国人についても調べました」

酒井は大畑が調べた事柄を相楽に伝えた。

「雲南省、ヤクザ……」

相楽が腕を組みながら、天井を仰ぎ見た。

「今時の四次団体のヤクザが五〇〇万円も払えるとは思えません。誰かが裏で絵を描いていたとしか考えられないのです」

酒井はさらに取材ノートのページをめくり、実行犯である周を雇ったとみられる関東系広域暴力団の四次団体の名を告げた。

「なんだって」

相楽の反応が突然変わった。

「蒲田や大森が地盤で、正直さえない事務所という認識なのですが」

酒井が言うと、相楽が強く首を振った。

「あの組は武闘派として知られていた。とくに、特定の人物から指示が下されると、抜群の働きをした」

「特定の人物とは？」

酒井が訊くと、相楽が身を乗り出した。

「深入りすると、おまえさんも消されるかもしれんぞ。それでもいいのか？」

「マル暴関係の取材はなんどもやってきました。彼らの仁義やプライドを傷つけなければ、さほど危ないと感じたことはありません」

「そういう次元の話ではない」

相楽の目つきがさらに険しくなった。

「福原幸純《ふくはらこうじゅん》という名前は知っているか？」

相楽の言葉に、酒井は首を振った。すると相楽がソファから立ち上がり、壁にある書架に向かった。色褪《いろあ》せたスクラップブックを何冊か取り出すと、相楽が応接に戻ってきた。

「この男だ」

古いスクラップブックを勢いよくめくると、相楽は紋付き羽織袴《はおりはかま》姿の男たちの写真を指した。日章旗をバックにした記念撮影で、一五人ほどの険しい目つきの男たちが写っている。相楽の皺《しわ》だらけの指は右端の男の上にある。

丸刈りで肩幅の広い中年男だ。写真下にある手書きのメモによれば、写されたのは今から一〇年前で、「筒美《つつみ》先生を偲《しの》ぶ会」とある。

「筒美先生とはあの大物フィクサーだった筒美忠生《ただお》のことですよね」

酒井の言葉に相楽が頷いた。

酒井は不意に鼓動が速まるのを感じた。埋立地で発見された金庫と古い聖徳太子の札束に興味を抱き、取材を始めた。その過程で、昭和の一大疑獄、クラスター事件の存在が浮かんだ。事件の中で、政財官の上層部で一番金が乱れ飛んだと目されるのが筒美ルートだ。

「福原は筒美が率いた政治結社『魂心会《こんしんかい》』の出身だ」

相楽が思い切り低い声で告げた。酒井は頷いた。

魂心会は、筒美が戦後に設立した右翼団体だ。軍部への独占的な物資供給事業で巨万の富を築いた筒美は、戦後A級戦犯として米GHQに訴追され、巣鴨《すがも》プリズンに収監されていた。この間、同志を募り、魂心会を結成したとされる。

極刑が確実視されていた筒美が無罪放免となった背景に、急速に力をつけ始めた左翼勢力を牽制《けんせい》するため、GHQが裏取引した事実があるなどと戦後の陰謀説には事欠かない。

「魂心会の怖さを知っているか？」

「労働組合潰《つぶ》しのためにヤクザを動員した、あるいは、裏金づくりや揉め事の仲裁など政財界の裏仕事を密《ひそ》かに引き受けていたとの噂を耳にしたことがあります」

言論構想社の書庫で調べた大昔の新時代の記事がいくつも頭に浮かんだ。赤い鉢巻の組合員を集団でリンチするチンピラの写真、列車に轢《ひ》かれた大企業の重役の記事が頭に浮かんだ。謀殺、謀略……それぞれの記事には扇情的な見出しが躍っていた。

「おまえさんが聞いた噂の類いは全て事実だ」

社の書庫で目にした記事は、歴戦の強者《つわもの》として名が通った先達たちが手がけていたものだ。鬼と呼ばれた編集長や記者たちが靴底を減らして調べた上で〝謀殺、謀略〟といった見出しがついたのだろう。相楽が口にした全て事実という言葉が、ずしりと両肩に乗った気がした。

「ちょっと待ってろ」

再び相楽が席を立った。先ほどのスクラップブックが詰まった書架ではなく、相楽は事務所の奥に消えた。がさがさと書類や書籍が擦れる音が響いたあと、相楽が一冊の新書を携えて酒井の前に戻ってきた。

「これを読んでおけ」

中堅出版社のカバーが見えた。相楽が埃《ほこり》を払いながら新書をテーブルに置く。

『闇に消えたクラスター事件』……。聞いたことのないタイトルだった。著者を見ると、野本二三夫《のもとふみお》と記されていた。

「引退した参院議員ですよね」

「元々は民政党の事務局に勤務していたが、参院議員に転じて七年前に引退した。今は政治評論家になっている」

酒井は新書を手に取った。帯には刺激的な煽《あお》り文句が載っている。

〈田巻《たまき》元首相を葬った真犯人を告発！〉

〈クラスター事件の深層を知る議員が衝撃告発！〉

表紙をめくると、禿頭《はげあたま》でメガネをかけた老人の顔写真がある。テレビでなんどか見た顔だ。

「ご推薦の書籍であれば、お借りするのではなく探して購入します」

酒井が言うと、相楽が舌打ちした。

「それができんから、貸すと言っている。この本は五年前に発禁となり、事前に書店や取次に出回ったブツはあらかた回収された。貴重な一冊だ」

「今時、発禁なんてあるんですか？」

言論構想社は大手の版元であり、書籍編集部門も過激な中身のノンフィクション本を数多く出版している。政治家や芸能人絡みの書籍ではしばしば訴訟沙汰《そしょうざた》となるが、出版差し止めになるような事態は酒井が入社して以来一件もない。

「どこから圧力があったかは知らんが、刷り上がって取次にも搬入済みだったのに全部回収した。中身は相当に詳しい。野本さんも悔しい思いをしたはずだ」

酒井の手元にある新書を見つめながら、相楽が言った。

「野本さんに会ってみます」

「俺からも口添えをしておこう」

酒井は深く頭を垂れ、礼を言った。すると、相楽がため息を吐《つ》いた。

「爺さんたちが殺されたように、おまえさんもすでにマークされている可能性がある」

「マークというのは、魂心会出身の福原にということですか？」

「今は冴《さ》えない稼業をしているが、このご時世に小さな組が廃業していないということは、根強い需要があることの裏返しだ」

虚飾を排した言いぶりで相楽が言った。大げさな警告でない分だけ、凄《すご》みがある。

「政界やら財界の裏仕事という意味ですね」

「そうだ。他の組織では情報が漏れる恐れがある。だが、福原のところなら安心だからな」

相楽の言葉を受け、酒井は背筋に冷たい汗が落ちたような感覚に襲われた。

11

国会記者会館にある大和新聞の専用部屋で原稿を書き上げたあと、松岡は両手を天井に向けて大きく伸ばした。

今まで政治部のデスクと電話をしていた野水が受話器を置き、満足げに言った。松岡は手元にあるゲラ刷りに目をやった。

「最終版に載せる段取りがついた。一面の準トップでいくそうだ」

『東アジア開発銀行次期総裁に元外資トップの久代氏＝近く閣議決定へ　民間出身者で初』

次いで松岡は壁の大時計に目を向けた。時刻は午後八時半。首都圏や大阪、名古屋、福岡など地方紙に印刷を委託している大都市以外の地方向けの降版《こうはん》時刻が迫っている。だが、松岡が書いたスクープは、最終版まで他社に明かされない。載るのは首都圏の一四版だ。締め切りの午前一時半を過ぎた直後、他社は一斉に松岡の記事を後追いすることになる。

「阪さんの秘書、それに久代さんにも記事が出る旨は伝えてあります。他社が後追いを始めた直後から、きちんと情報が各社に行き渡ります」

「書きっぱなしにしないあたり、松岡はお約束がわかっている。助かるよ」

野水が笑みを浮かべた。

阪に荒木町に呼び出されてから二日後、松岡は政治部に異動してから初めて独自ネタを書いた。阪と一対一《サシ》で会った直後から、あっという間に時間が過ぎた。キャップの野水と協議してネタの扱いを決めて以降、経済部の財務省担当キャップ、そして民間金融機関を担当する日銀キャップとも極秘裏に話を詰め、阪からもたらされた人事案のペーパーが本物であることを最終確認した。

公的な国際銀行のトップ交代人事の本記は、松岡が執筆した。政府が従来の慣行にとらわれることなく、柔軟に組織運営を見直す契機となるほか、国際的にプレゼンスを強める中国政府を強く牽制《けんせい》する意味合いもこの人事に込められているとの見方も、「政府首脳」によるカギカッコ付きで言葉を引用した。もちろん、政府首脳とは阪を指している。

このほか、民間金融界の反応は日銀クラブが、そして有力官僚の退官後の指定席を失うことになった財務省の反響は財政研究会の担当記者が取材し、大和新聞の一面、総合面、政治面、経済面をまたぐ大きな網を張ることができた。

「阪さんのところを回ると色々と番記者間で軋轢《あつれき》を生む可能性がある。夜回りは自粛しろ」

野水がいたずらっぽい笑みで言った。

「それに家族のこともある。早めに帰ってやれよ。俺みたいにバツ一になったら気の毒だ」

「ありがとうございます」

「もう本記は校了されたし、他の記事も問題なさそうだしな」

そう言うと、野水は犬を追い払うように手を振ってみせた。

「それでは、お言葉に甘えます」

松岡は深く頭を下げた。

二日前、阪と荒木町のバーでバーボンを飲んでいたときだ。なんども松岡のスマホが振動した。電話の主は、妻の藍子だった。阪に断って通話ボタンを押すと、藍子の切羽詰まった声が電話口に反響した。

〈沙希がまた熱を出しそうなの〉

藍子によれば、保育園でウイルス性らしき夏風邪が流行《はや》り、沙希のクラスの子供三人が発熱と嘔吐《おうと》の症状をみせていたという。そして、保育園から帰った沙希は珍しく食欲がないと訴え、その後嘔吐した。

藍子が電話してきた段階では発熱の症状はみられなかったが、今までのパターンから考えれば、発熱が二日ほど続き、保育園に行けない公算がある。

〈あいにく母は友達三人とソウルへ観光に出かけているし、父も明日の朝から出張なのよ〉

沙希が通う区立の保育園は三七度以上の熱がある児童を預かってくれない。

〈それに、私も担当する企画が校了間際で、編集部に行かないといけない〉

わかったと告げ、松岡は電話を切った。

一方、松岡はまたとないネタを入手したばかりだ。朝一番、いや、荒木町のバーから国会記者会館に駆け戻り、関係する記者たちと調整をしなければならない。電話を切り、呆然《ぼうぜん》と考えていると阪が声をかけてくれた。

〈なにかありましたか?〉

阪の問いかけに、松岡は思い切って事情を明かした。

〈たかが人事の取材と娘さんを天秤《てんびん》にかけるのですか?〉

阪は存外に強い口調で言った。

〈なんのための父親ですか〉

阪はそう言ったあと、優しい顔に変わった。

〈官邸や霞が関の優秀な人材が同じ問題に直面していることを知っています。まして番記者がそんな事態に直面していたら、絶対に家族を優先すべきだといつも言っています〉

〈人事は発表まで時間があります。他の記者に渡すつもりなどさらさらありませんから、どうか娘さんの看病を。それに今日はこれでお帰りなさい〉

阪はそう言うと、SPに目配せした。要領を得たSPは無表情のままバーの扉の鍵を開け、ドアを押し開いた。

幸い、沙希の体調は翌朝には回復した。朝食もいつもの通り食べ、発熱の兆しもなかった。藍子が保育園に連れていき、呼び出しを受けることもなかった。藍子は無事にここ半年間注力してきた企画記事を校了し、松岡も財研や日銀クラブを行き来し、調整を済ますことができた。

記者会館の机に散らばった資料やゲラを片付けていると、ここ二日間のことが奇跡のように思えてきた。沙希の体調に異変が出なかったこと、そして藍子や松岡の仕事に支障が出なかったのは、パズルのピースがうまく組み合わさったからだ。

「それでは、お先です」

部屋に残っていた野水や他の記者にそう声をかけた。帰宅できるうちは早く社宅に戻り、父親らしいことをしなくてはならない。今後、国会が開き、そして多忙な阪があちこちを飛び回るようなことになれば、週末も仕事漬けとなるのは目に見えていた。

鞄《かばん》の蓋《ふた》を閉じ、机のスマホを取り上げたときだった。唐突に液晶が光り、インプットしたばかりの電話番号と名前が点滅し始めた。松岡は慌てて通話ボタンをタップした。

〈阪です。少しだけ話せますか?〉

「なにか問題でも?」

〈娘さんの様子はいかがですか?〉

「おかげさまで、熱を出すことなく、昨日もいつものように保育園に行きました。今も元気です」

〈それはよかった。それで、一つ提案なのですが〉

電話口の阪の声のトーンが変わった気がした。

〈松岡さん、そして奥様は働き盛りの世代です。そして未来を担うお子さんを育てている〉

阪が早口で言った。

〈病児を預かってくれる保育園が決定的に不足しているのは大問題だ、松岡さんの話に接してそう感じたわけです〉

阪の声は、懇談のとき、生真面目《きまじめ》に政策の話をレクするのと同じトーンだ。

〈国民すべてが働きやすく、皆平等に生活する社会を作るのが内閣の最重要課題です〉

阪の言った言葉は、芦原が定例会見や演説で頻繁に使うフレーズだ。

〈私の番記者が困っている、そんな身近なことに気づかなかった。ついては、関係省庁に緊急で対応をすべきだと苦言を呈しておきました〉

松岡は、阪の言葉を素早く頭の中で繰り返した。厚生労働省や関係する団体には、すでに阪からの強い指示が降りているということにほかならない。

〈松岡さんのような記者には、政権の最重要政策の取材を担ってもらいたいのです〉

「私で構わないのでしょうか？」

〈近いうちに秘書に連絡を入れさせます〉

そう言って阪が電話を切った。スマホを呆然と見つめていると、傍に野水がいた。

「阪さんか？」

松岡は、たった今阪から告げられた内容を野水に伝えた。

「おまえに政策記者をやれということだ」

政策記者とは、国の重要法案や外交問題などを掘り起こす専門的な記者のことだ。永田町の誰がなにを言った、どの政党とどの派閥がなにを企《たくら》んでいるなどと政治家や政党の動きや思惑を徹底的に探る政局記者とは対極にある。

「番記者と政策記者、同時に務まりますか？」

「官房長官から指名されたら、逃げるわけにはいかんだろう」

野水は嬉しげに言い、なんども松岡の肩を叩いた。

「この件は阿久津部長にも報告する。おまえ、経済部に帰れなくなるぞ」

松岡は苦笑いした。だが経済部に帰らず、政策記者として政治部でキャリアを伸ばしていくのもいいと思った。なにより、政権の中枢にいて、霞が関や財界にまで睨みを利かす阪から新たな使命を授けられた。松岡は自分の頬が緩んでいくのを感じた。

第三章　張り込み

1

酒井《さかい》が蛎殻町《かきがらちょう》の事務所に相楽《さがら》を訪ねてから一週間後、元参院議員の野本《のもと》二三夫《ふみお》から面会する旨の連絡が入った。指定されたのは、平日の午後一時半、西新宿にある野本の個人事務所だ。

二カ月前から取材を進めていた財界の裏側に関する企画記事をデスクに預け、酒井は午後一時すぎに新宿駅に降り立った。地下街を行き交う人混みを縫い、駅の西口、高層ビル群をのぞむ側で地上に出る。

バスターミナルや電鉄系百貨店の周囲では大きな旅行鞄《かばん》を持った海外からの観光客が成田や羽田空港行きのシャトルバスを待っている。

酒井は観光客の脇をすり抜け、新宿中央公園方向に歩を進めた。次第に家電量販店の大きな買い物袋を下げたアジア系の観光客が増え始める。

野本の事務所は、量販店やチェーンの飲食店が軒を連ねる一角と新宿中央公園の中間点にある。腕時計をみると、アポの時間まであと二〇分ほどある。スマホの地図で事務所の場所を再確認すると、酒井は歩みのペースを落とした。

人混みをゆっくり歩きながら、酒井は野本の著作を思い起こした。出版差し止めとなった野本の新書『闇に消えたクラスター事件』は、刺激的な記述に満ちていた。

著作のキモは、約四〇年前に失脚した田巻《たまき》元首相に関する細かな記述だった。尋常小学校卒で一介の土建屋に過ぎなかった田巻は、地方議員を経て国会へ進んだ。その後は、圧倒的な弁舌のうまさで国民の支持を集め、党内の多数派工作をも巧みに進め、あっという間に権力のトップに駆け上がったことで〝今太閤《いまたいこう》〟の異名を持つ。だが、首相在任中に金権政治への批判で人気に陰りが生じ、クラスター事件の発覚でその権威は地に堕《お》ちた。

米航空機製造大手のクラスター社は日本代理店の極東商事《きよくとうしようじ》を使って政財界に新型機の売り込みを図った。田巻は商社から賄賂《わいろ》を受け取った容疑で東京地検特捜部に逮捕・起訴された。その前後からクラスター事件は内外で大々的に報道され、昭和の一大疑獄という印象を多くの国民に植えつけた。

ここまでは大手新聞やテレビをはじめ、週刊誌も一斉に報じたファクトだ。だが野本は与党民政党の事務局職員という全く別の角度から冷静に事件の深部を見つめていたのだ。

一つは、検察に対する疑念の眼差《まなざ》しだ。野本は四〇年以上も前から、東京地検特捜部の独善的な捜査手法に疑問を抱いていた。二一世紀に入り、東京や大阪で地検特捜部のスキャンダルが噴出した。特捜部が自らの捜査方針に沿った供述を容疑者に強要し、証拠品も都合の良いものばかりを採用する〝シナリオ捜査〟が一般に知られるようになった。

田巻という巨大な獲物を前に鼻息を荒くした東京地検特捜部に対し、逮捕のゴーサインを出したのは、後任首相の四谷幹夫《よつたにみきお》だ。

元々四谷は弱小派閥の領袖《りようしゆう》であり、最大派閥を率いる田巻に長年冷や飯を食わされてきた男だ。金権政治批判の高まりで首相の座を降りた田巻を政治的に抹殺するため、冷徹に画策したのだと野本は著作の中で厳しく指弾していた。

野本によれば、四谷元首相の策略は強引だったという。日米司法当局間でクラスター事件の立件が難しいとの議論が浮上すると、四谷が主導する形で、両国間で司法取決という申し合わせを行うことが決まった。その後、米側から提出されたクラスター事件に関する機密資料を日本の司法の場で証拠として使えるようにしたというのだ。

裏返せば、田巻を逮捕・起訴し、確実に有罪とするために、前代未聞の申し合わせを米国としたという構図だと野本は分析していた。

疑わしきは罰せずという司法界の大原則を無視し、他国から提供された資料を使って田巻元首相が限りなくクロであるという印象操作を行った、というのが野本の主張だ。

昼食を終え飲食店からオフィスに戻るサラリーマンに混じりながら、酒井はゆっくりと歩き続けた。野本には訊《き》きたいことがいくらでもある。

クラスター事件の筒《つつ》美《み》ルートで最大の謎《なぞ》とされている国会の証人喚問をめぐる一件、つまり戦後最大のフィクサー、あるいは最強の政商として名を馳《は》せた筒美忠《ただ》生《お》に関する事柄だ。

筒美は、米クラスター社の依頼を受け、極東商事と政財界を裏でつなぐブローカーとして暗躍したことが知られている。

このため、筒美はクラスター事件の核心を知る人物としてなんども国会から証人喚問要請を受けたが、病気療養を理由にことごとく拒んだ。地検特捜部の臨床尋問も行われたが、筒美は最後まで重要な証言を残さず、田巻が起訴されて二年後に、がんでこの世を去った。

二〇二〇年東京五輪の関連施設予定地で発見された聖徳太子の一万円札の一億五〇〇〇万円は、この筒美ルートに絡んだ裏金だったのではないか。今回、酒井がのめり込んでいる取材の焦点は、筒美ルートだ。他のルートはすでに決着をみているだけに、この部分を掘り起こせばインパクトは絶大だ。野本という歴史の生き証人を当たることで、新たな端緒をつかむことが肝心なのだ。

家電量販店や飲食店が連なる一角を抜け、酒井は通りを渡った。西新宿の高層ビル群が眼前に迫る。スマホの地図アプリによれば、横断歩道を渡り、ビジネスホテルの前の小路を左折すると雑居ビルがある。酒井はスマホの画面に現れた赤いピンに向かって動き続ける矢印の表示をたよりに、歩を進めた。

〈西新宿トラストビルディング〉

地図の案内の通り、日当たりの悪い一〇階建てのビルが眼前にあった。隣はタワー式の駐車場で、誘導灯を持った初老の男が白い商用車を案内していた。

緩《ゆる》やかに動く自動扉を抜け、ホールに足を踏み入れる。ロビー壁の案内をチェックすると、野本の事務所〈平成政治研究懇話会〉は六階にある。ホールを抜け、エレベーターに乗り、酒井は昭和の政治の裏側を知り尽くした男の事務所に向かった。

2

酒井は日当たりの悪い部屋に足を踏み入れた。相楽の事務所とは対照的に、整頓《せいとん》された部屋だ。壁のいたるところに野本が民政党事務局時代にときの権力者と写したスナップが何枚も貼《は》られていた。古い執務机が見え、その先には窓に向かって携帯電話で話す老人の後ろ姿が見えた。白いカバーがかかったソファに腰を下ろすと、野本が電話を切り、振り向いた。

「あんたが新時代の酒井さん？」

眉間《みけん》に皺《しわ》を寄せ、野本が切り出した。

「お時間をいただき、ありがとうございます」

酒井の前に座ると名刺をひったくるように受け取り、野本は無造作にテーブルに置いた。

野本は今年八三歳になる。熊本県出身で肥後《ひご》もっこすという言葉がぴったりの恰幅《かっぷく》の良い老人だ。しかし、気さくな元議員という前評判とは随分印象が違う。目の前の野本は口を真一文字に閉じ、不機嫌そうだ。

「あんた、殺されるぞ。あの件はとてつもなく危険だ」

唸《うな》りに近い声音だった。瞬《まばた》きもせず、野本が睨《にら》んでいる。

「旧魂心会《こんしんかい》のメンバーは全員が武闘派だとは聞いております」

「あんたはなにもわかっていない」

野本はいきなり腕を組み、黙り込んだ。

〈深入りすると、おまえさんも消されるかもしれんぞ〉

一週間前、相楽が警鐘を鳴らした。

「あんたは今、隠蔽《いんぺい》された歴史と対峙《たいじ》している」

「歴史とは？」

「田巻元首相が亡くなって二〇年だ。庶民派宰相とクラスター事件はニュースではなく、歴史になった。だから最近は関連書籍が相次いで発行され、皆が貪《むさぼ》るように読み始めた」

たしかに、言論構想社でもノンフィクション作家が田巻の意外な一面を掘り下げた新書を出し、一〇万部を超えるヒットとなっている。

「田巻先生のエピソードは永田町に身を置いたことのある人間なら誰しも知っていることだ。だから懐かしい、あの人は良かったという気持ちが日本中に広がった」

「今の不甲斐《ふがい》ない政治家を見ていると、誰しも田巻さんのような強いリーダーシップを望みます。庶民も同じ気持ちなのでしょう」

酒井が言うと、野本が首を振った。その目つきが一段と険しさを増している。

「クラスター事件も田巻先生もたしかに歴史になった。だが、あんたが狙《ねら》う筒美ルートは、未《いま》だ歴史ではない。様々な所に大きな波を起こす、いや、巨大な地震に匹敵する」

「現在進行形ということですか？」

「うかつに触ると、この国が潰《つぶ》れてしまう」

眼前の老人は、肩に力が入っているわけでもなく、若い記者を脅している風でもない。

「本当に潰れるかどうかは、この目で確かめないうちは納得がいきません」

「覚悟はあるのか？」

「もちろんです」

「家族や親戚《しんせき》に迷惑がかかってもか？」

野本の問いかけに、酒井は頷いた。

「所詮《しょせん》ひとり者のしがない記者です。親や親戚ともとっくに縁が切れていますから、誰にも迷惑などかかりません」

酒井が言うと、野本が値踏みするように見ているのがわかった。

「その目を見るに、嘘《うそ》をついている様子はないな」

野本が言うと、酒井は頷いた。

「殺されるのは私一人だけです。旧魂心会の人たちにしても、そのあたりの仁義《じんぎ》は心得ていると思います」

「そこまで言うなら、教えてやろう。クラスター事件の黒幕はまだ生きている」

そう言うと、野本は口を閉ざした。

3

午後一時半の夕刊締め切りを過ぎたあと、松岡《まつおか》は官邸クラブを出て霞《かすみ》が関《せき》にある厚生労働省に向かった。午前の定例会見にめぼしい話題はなく、夏の永田町は平穏だった。キャップの野水《のみず》に取材に出ると告げ、松岡は長く緩やかな坂道を霞が関方向に下った。

官邸から七、八分ほど歩き、日比谷公園に臨《のぞ》む合同庁舎第五号館にたどり着いた。受付で国会帯用証を提示し、訪問先を言って通行証を受け取る。入退館ゲートを抜けると、一人の背広姿の男が揉《も》み手《で》でもするような態度で松岡を待ち受けていた。

「松岡さんでいらっしゃいますね？」

グレーの背広男が国会帯用証の写真と松岡の顔を見比べ、口を開いた。そうだと答えると、背広男は広報課の人間だと名乗った。

「担当課長に説明させます。どうぞこちらへ」

松岡は案内されるまま、受付横の専用扉を通過し、エレベーターに乗った。

五階で降りると、松岡は広報担当者に導かれ、児童家庭局と書かれた部屋の前を通り過ぎ、隣の応接室に通された。部屋には小太りでくせ毛の男が松岡を待ち構えていた。

「厚生労働省雇用均等・児童家庭局保育課長の曽根《そね》です」

曽根という課長は恐縮しながら名刺を出し、松岡に席を勧めた。今までなんども役所の取材に訪れたが、相手がこれほど身構えているのは初めてだ。

「唐突なお願いで恐縮です」

松岡が切り出すと、曽根の斜め横に腰掛けた広報担当者が口を開いた。

「官邸から直々に連絡が入りました。取材していただけると聞きました」

広報担当者の声を聞き、すぐに阪《さか》の顔が浮かんだ。

官邸が強力に推進する諸政策は、所管官庁にとって存在感を誇示する一大チャンスでもある。広報担当者の露骨な態度は、省を代表して阪や芦原《あしはら》に尻尾《しっぽ》を振るようなものだ。

永田町に何人の政策記者がいるのか知らないが、これほど短期間で直接の担当者を紹介されるケースは稀《まれ》ではないのか。

愛想笑いを浮かべる広報担当者を横目に、松岡は取材ノートを広げた。自分はあくまで問題意識を持って取材に臨んでいる。

「まずは私の切実なケースをお話ししても構いませんか？」

松岡は政治部記者という昼夜を問わない不規則な勤務形態、そしてフリーライターをしながら育児に当たる妻の特殊な仕事内容を告げた。

「同じようなお話はたくさんの親御さんから寄せられています」

曽根は生真面目《きまじめ》な口調で答えた。

「今回は初歩的なお話をうかがい、今後の取材に活《い》かさせてもらおうと考えています」

松岡が言うと、曽根がテーブルに置いていたファイルを開いた。その中から印字された紙を取り出し、松岡の前に差し出した。

〈病児保育の現状と課題〉

官僚らしい言い回しの題字が目に飛び込んできた。松岡は資料の要旨に目をやった。

〈病児保育とは、急な病気を発病した子供を一時的に預かることで、看護師と保育士が常駐する施設を……〉

「厚労省としては、看護師と保育士を必ず常駐させねばならないという規制を今後徐々に緩和するほか、施設の新設に関しても助成を増やす方針を持っております」

曽根が資料を指しながら言った。松岡の住む新宿区にもいくつか病児保育を扱う施設がある。しかし、そのこと自体は厚労省を訪れる前にインターネットで知った。今までは多忙にかまけて調べることすらしなかった。今、取材する立場にいるが、あくまでも全国の共働き世代の代弁者なのだと自らに言い聞かせた。

「一般の保育園は、三七・五℃以上に発熱した子供、あるいは感染性の発疹《ほっしん》が出た子供を預かることができません」

曽根の言葉に、額に冷却シートを貼った娘の沙希《さき》の顔が浮かんだ。慌ただしい朝食時、あるいは松岡や妻の藍子《あいこ》が出先にいるとき、スマホの画面に保育園の名前が表示されると思わず息を止めてしまう。同じような思いをしたことのある働き盛りの世代は、全国で無数にいるはずだ。

「芦原総理が掲げられた『国民全員活躍社会』実現のため、当省は二〇二〇年度までに保育受け入れ可能な病児数を一五〇万人との目標を打ち出しました。しかし、現状はその四割にも達していません」

「施設の不足が原因でしょうか?」

松岡の問いかけに曽根が頷いた。

「保育と看護双方の機能を持つ施設は、主に地方自治体の委託を受けたNPO、社会福祉法人が運営しています」

資料に目を落とすことなく、曽根がすらすらと言った。

「現状、全国で約一九〇〇の施設があり、昨年は一年間で五七万人近い児童が利用しました。利用料は一日二〇〇〇円から二五〇〇〇円程度です」

「施設数と利用者の数は妥当なものですか?」

松岡が訊くと、曽根は大きく首を振った。

「保育園に入れない待機児童問題が解決しない中、五七万人という数字はまだまだと言わざるをえません。あと二、三年の間に一五〇万人まで引き上げるのが喫緊《きっきん》の課題です」

そう言うと、曽根は唇を噛《か》んだ。

「恥ずかしながら、病児保育という制度が身近にあることすら知りませんでした。娘が熱を出すと、とにかく家中がパニックになります。義母の所在を確認したり、盛岡にいる私の母親に連絡をとったりで、てんやわんやになります」

松岡は自嘲《じちょう》気味に言った。

「PR不足は否めません。まだ世間の関心が待機児童問題にありますから。だからこそ、完全保育が実現したときを見据えて、今から病児保育の態勢を拡充する必要があります」

曽根が真剣な眼差しで松岡を見ていた。官邸の覚えをよくしようという意図が見え透く広報担当者とは正反対で、社会基盤の拡充を生真面目に語る曽根の姿勢には好感がもてる。

「施設面のほかに問題は？」

「看護師と保育士の数が絶対的に不足しています。待機児童問題と同様、保育士が足りないことも社会問題となっておりますが、給与面など待遇向上を段階的に実施しております」

曽根が淡々と告げた。

取材を通じて子育て世代の苦労を世間に知らせる。そして新たな施策が動きだすことをつぶさにチェックし、紙面に反映させる。経済部時代には扱えなかったテーマだ。

「今、手がけているのは病児保育全般の規制緩和です。児童三人あたりに保育士が一名、一〇人の子供に対して看護師一名の配置が原則として義務付けられています。まずはこの部分をなんとかしていかねばなりません」

曽根の説明を聞きながら松岡が取材ノートにペンを走らせていると、応接室のドアをノックする音が響いた。広報担当者が立ち上がると同時に、ドアが開いた。

「失礼しますよ」

松岡が視線を向けると、神経質そうな表情の背広姿の男が立っていた。広報担当者と同時に、対面に座っていた曽根が立ち上がり、姿勢を正した。

「まあ、そのままで」

いきなり現れた男が不自然な笑みを浮かべ、松岡に顔を向けた。

4

野本の事務所を出たあと、酒井は新宿駅西口地下街にある小さな喫茶店に入った。いまどき全《すべ》ての席で煙草《タバコ》が吸える貴重な店だ。

地下街通路に面したガラス張りの席に座ると、酒井はゆっくりとマールボロに火を点《とも》した。都庁方面から大量の人が新宿駅に流れていく。野本との濃密な時間は、酒井を世間から隔離したようだ。新聞、週刊誌の記者という仕事を通じ、世間一般の常識とかけ離れた事実に向き合ってきた。その度に、武者震いを感じ、足がすくむような思いをしてきた。だが野本の口から告げられた事柄は、今までで一番インパクトの大きなものだった。

興奮を抑えようと煙を吐き出し、酒井は腕時計に目をやった。すでに午後四時をすぎていた。事務所に入ってから二時間半ほど、野本の話に耳を傾けたことになる。

酒井はショルダーバッグから薄型のノートパソコンを取り出し、テーブルに置いた。酒井は取材相手から突きつけられたオフレコの条件を飲んだ瞬間から、レコーダーを片付け、メモも取らない。政治部時代の懇談取材のスキルで、三、四時間であれば相手がどんなニュアンスでなにを話し、表情がどう変わったかまで記憶できる。

〈野本二三夫氏　西新宿個人事務所　一対一《サシ》　午後一時半から同四時　完全オフレコ〉

酒井はキーボードに指を走らせた。まずは、『闇に消えたクラスター事件』の中でも触れられなかった事柄を書き留める。

〈酒井：当時の四谷首相が刑事訴訟法の条文を曲解し、田巻元首相を貶《おとし》めるようにしたのは誰かが入れ知恵した結果なのですか？　生きているとは？〉

〈野本：（苦々しそうに）露骨な入れ知恵があった。四谷さんは元々法律には明るい人ではなかった。背後には戦前の内務省にいた官僚出身の政治家がいた〉
〈酒井：官僚出身議員はたくさんいます。ずばり、誰のことですか？〉
〈野本：ダイクンイだ〉
〈酒井：勲章の大勲位のことですか〉
〈野本：（黙って頷く）〉
〈酒井：大勲位菊花大綬章《だいじゅしょう》を授与された人といえば、元首相の中垣内知弘《なかがきうちともひろ》しかいません〉
〈野本：（重苦しく頷く）〉
〈酒井：クラスター事件が世間を騒がしていた時期、たしか中垣内氏の役職は……〉
〈野本：田巻政権が急遽《きゅうきょ》退陣したあとも、党勢を立て直すためとして、民政党幹事長を異例の続投になっていた〉

ウエイトレスがノートパソコンの脇《わき》にコーヒーを置いたとき、酒井は指を止めた。政治部時代、中垣内の講演を取材したことがある。

大正七年生まれの元議員は背筋を伸ばし、現役時代と変わらぬタカ派発言を繰り返した。酒井らが書いた囲み記事は、中国や韓国だけでなく、日本国内の左派勢力からも強い反発を招いた。メモに名を打ち込んでいると、当時の中垣内の顔が鮮明に蘇《よみがえ》った。永田町の因縁や怨念《おんねん》を飲みこみ続けた老獪《ろうかい》な元政治家は、現役時代も様々な権謀術数に関与していた。野本の証言が正しいならば、中垣内は昭和の政治史を書き換える重要な役割を担っていた。

〈野本：田巻さんが退陣し、クラスター事件に対する批判が頂点まで高まっていたときのことだ。筒美が国会の証人喚問に耐えうるかどうか大問題になった（極端に声を潜める）〉

酒井は野本の表情を思い起こした。声のトーンが明確に変わったほか、眉間に皺を寄せ、膝《ひざ》に肘《ひじ》をつき、身を乗り出していた。
〈酒井：たしか、地検特捜部の検事が筒美邸まで出向き、寝室で尋問をしたそうですが〉
クラスター事件に関する新聞や週刊誌報道、そのほかにもノンフィクションの関係書籍を社の書庫で読み漁《あさ》った。仮病と疑われていた筒美の病状は思いの外重篤で、検事はまともな聴取ができなかった。筒美邸へ赴いた元検事が複数のインタビューで答えていた。
〈野本：最終的に百戦錬磨の特捜検事も騙《だま》された（舌打ち）〉
〈酒井：騙されたとは？〉
〈野本：当時の野党は今と違ってとても先鋭的だった。国会が任命した医師団を筒美邸に派遣して、病状が本当に重篤なのか、プロの公正な診断を通じて確認すべしと議運で押し切った（古いメモ帳取り出す）〉
野本は親指を舐《な》めてメモ帳をめくり、議院運営委員会が開催された時刻、理事の発言要旨、そして時刻を酒井に見せた。
〈野本：この時刻をしっかり覚えておけ〉
酒井の眼前には、薄黄色く変色したページがあった。そこには午後一二時〇八分という手書き文字が刻まれていた。酒井は神経を研ぎ澄ませて網膜に映った数字を記憶に焼き付けた。
〈野本：この日の議運は頭《あたま》撮り後にカメラマンはおろか、記者たちも全員シャットアウトされた。衛士が多数動員され、壁耳《かべみみ》取材も厳禁だった。それだけ異様だった〉
酒井の頭の中に、日当たりの悪い議運の委員会室が浮かんだ。ふかふかの椅子《いす》にレースのカバーがかけられ、委員長を中心に与野党委員たちが対峙《たいじ》する部屋だ。
頭撮りとは、会議の冒頭をスチールやテレビのカメラマンが撮影し、あとは非公開になるという意味だ。通常なら委員会室の扉や窓に耳をつけ、内部の様子を記者が探るのだが、それさえも禁止された。機密性の高い内容が話し合われたということに他《ほか》ならない。
クラスター事件のキモとなる筒美ルートの解明に向け、疑惑の渦中にいる張本人の国会招致がかかっていた。与野党ともに高度な機密情報の漏洩《ろうえい》を極端に恐れたのは間違いない。
〈野本：当時は事務局で議運対応の裏方をやっていた。日頃《ひごろ》記者連中にぺらぺら話す議員に対し、委員長名できつく箝口令《かんこうれい》を敷いたのを覚えている（手帳のページをなんども叩《たた》く）〉
酒井の視線の先には〈箝口令〉の文字があった。
〈野本：議運で医師団の派遣を決めたのが午後一二時〇八分だった。このあと、緊急で国立大や私立の著名な専門医師を五人選び、午後四時に筒美邸へ派遣することが決定した〉
〈酒井：そのことがどのような問題を？〉
〈野本：筒美の主治医が不審な動きをし始めた（ページめくり、別添の資料取り出す）〉
野本が折り畳まれた紙を開いた。そこには、ある私立女子医科大学の名が記されていた。
〈酒井：往診記録でしょうか？〉
古い書類に目を凝らすと、金釘流《かなくぎりゅう》の文字で日時と時刻が記されていた。
〈野本：議運で医師団の派遣が決まった時刻、そして筒美邸へ派遣するタイミングが決まった点と、この往診記録の中身を比べてみろ〉
野本の言葉に、酒井は再度書類を睨んだ。
〈酒井：往診依頼の受託時刻が午後一時一七分……筒美邸到着が同二時三五分とあります〉
〈野本：当日の議運は、午後一時三五分まで開催されていた。この間、委員長の秘書が弁当を運び入れただけ。それ以外は、ネズミ一匹部屋の外には出なかった。俺がこの目で見ていた（語気強まる）〉
酒井は考え込んだ。しつこい記者たちでさえ壁耳が許されなかった会議、しかも出席者の出入りが厳しく制限されていた中で、医師団の派遣が外部に漏れたということなのか。

〈酒井：電話連絡はもちろんありませんでしたね？〉
〈野本：当たり前だ。携帯だのメールだのなんて通信手段はない時代だ。盗聴器だってロクなものはなかった。あの部屋の情報が漏れるのは、委員長の秘書を使う以外に考えられない〉
〈酒井：なぜ委員長が不審なことを？〉
〈野本：当時の議運委員長は中垣内派の番頭だった。奴が秘書に弁当を持ってこさせたときに、秘かにメモを渡すか、合図した。それ以外に情報を外に漏らす方法はなかった〉
〈酒井：当時の中垣内幹事長はなにを狙ったのでしょう？〉
〈野本：往診記録の中に答えがある（また往診表を指す）〉
〈酒井：往診時の携帯品……（消毒用アルコール綿）（フェノバール）（セルシン）とありますが……〉
〈野本：いずれも強い催眠鎮静薬だ〉
二本目のマールボロに火を点したあと、酒井は改めてスマホでネットをチェックした。
『フェノバール→中枢神経の働きを抑制し眠りに導く睡眠剤。鎮静剤としても使用される』
『セルシン→自律神経調整、筋弛緩作用、睡眠作用がある』
〈酒井：まさか！〉
〈野本：そのまさかが起こる、いや起こしてしまう輩《やから》がいるから永田町は恐ろしい。中垣内は、筒美ルートの金を総取りするために動いたと睨んでいる。あるいは自分が受け取った分が発覚するのを恐れたんだ。金だけでなく、田巻さんの政治生命を絶つことも目的だ。筒美ルートが表に出なければ、中垣内は確実に二兎《にと》を得ることができた。だから筒美の主治医を抱き込んだ（吐き捨てるような口調）〉
紫煙が充満する喫茶店で、酒井は野本の表情、そして目にした往診表を思い起こしながら、必死にキーボードを叩き続けた。指を動かし続ける間、改めて考えを組み立て直す。

田巻元首相が受託収賄容疑で逮捕・起訴されたタイミングで、極東商事の幹部たちも贈賄容疑で逮捕された。ここまでは、クラスター社の航空会社向け民間機を巡る疑惑として司直のメスが切り込んだ。

マスコミの追及は続き、クラスター社が自衛隊に売り込みを図っていた対潜哨戒機《たいせんしょうかいき》に関する別ルート、筒美ルートの解明へ向けて世論が沸騰しかけていた。当然、地検特捜部も動いていたし、国会でも議運が筒美本人の喚問を求めていた。野本自身、地検特捜部の強引なやり方を批判的に見ていたが、方向性自体は間違っていなかったと明かしてくれた。

だが、肝心の筒美は病状が思わしくなく、特捜検事、そして国会が派遣した医師団の診立《みた》ての両面で証人喚問は無理だと結論づけられた。筒美ルートがうやむやになったのだ。しかし、野本の証言によればその筋書きは全く違うという。田巻を完全に葬るため、中垣内が青写真を描き、それを実行に移したのだ。

中垣内は筒美の主治医になんらかの特典を与え、これを抱き込んだ。主治医は医師団の派遣より先に筒美邸に行き、強い催眠作用がある注射を打ち、筒美を眠らせた。

〈野本：医師団は、事前に睡眠薬が投与されているとは夢にも思わなかった。主治医の不自然な動きを把握していたら、血液検査なりをやれたし、そうすべきだったのだが（落胆し、嘆息する）〉

この後、なんどか医師団、そして特捜検事が筒美邸を訪れることになるのだが、そのたびに主治医が先回りし、薬物を投与して病状をごまかした。野本は他の往診記録に加えて、主治医の行動を不審に思っていた当時の部下からも証言を得ていた。また、証言はテープに録音されており、実際に酒井もその音声を聞いた。

謀略は確実に実行され、日米の政財界を揺るがした巨大な疑獄の一番肝心な部分はフェードアウトしていくよう仕向けられた。

〈野本：筒美ルートは闇に消えた。中垣内が強引になきものにしたというのが結論だ〉
〈酒井：野本先生の見立てでは、筒美ルートの裏金はどのくらいでしたか？〉
〈野本：当時の金で一〇億、いや三〇億円程度はあったはずだ〉
〈酒井：現在の価値に引き直したら一〇〇億円を超えますね〉
〈野本：中垣内がどれだけを自分の懐に入れたかは知らん。だが、八方美人と揶揄《やゆ》されていた弱小派閥のドンが、あれよと党の要職と主要閣僚を経て総理大臣になった背景には、それ相応の金が動いたはずだ〉
〈酒井：党内の多数派工作や選挙の裏資金に？〉
〈野本：そういうことになる。今は平成の世の中だ。昭和の裏金がいくら残っているかは知る由もないが、どこかで領収書のいらない金としてやりとりされていてもおかしくない〉
ここまで野本の言葉を起こしたとき、酒井は不意にキーボードから手を離した。
〈野本：中垣内の陰謀については、新書には記していない。ただ、俺が当時の主治医の部下と接触したことは本文で触れた。そこが誰かの気にいらなかったのだろう〉
野本の言葉を聞き、酒井の頭の中に背の高い老練な元首相の顔が浮かんだ。中垣内は今も健在だ。政治家として史上最高位の勲章を得て悠々と余生を送っているだけに、晩節を汚すようなことは絶対に避けたかった。それだけではない。裏金で手懐《てなず》けた今の政治家たちに迷惑をかける。そうなれば、中堅出版社の発行する新書の一つや二つ、発行の差し止めに動く動機となり得る。
〈酒井：これだけの疑獄の裏側です。野本先生自身が会見を開くなり、うちのような週刊誌に告発手記を寄せるという手段もあったのではないですか？〉
〈野本：そんなことは考えたさ（声のトーンが弱まる）〉
その言葉を告げたあと、野本は壁の書架の方向に視線を向けた。酒井が視線をたどると、母娘《ははこ》らしき二人の女性の写真が目に入った。
〈野本：俺の一人娘は、難病を乗り越えてようやく娘を授かった（声の調子、さらに萎《しぼ》む）〉
野本がぽつりと言った。
〈酒井：まさか〉
〈野本：誰の差し金かはある程度予想がついた。だが、大事な孫娘の通学路で不審な連中が始終現れるようになった〉
〈酒井：警察は？〉
〈野本：引退した議員の親族なんて、通り一遍の警護だった。もちろん、旧知の警察官僚にも相談したが、効果はまったくなかった（さらに項垂《うなだ》れる）〉
〈酒井：魂心会ということですか？〉
酒井の問いに野本が頷いた。
〈野本：だから、おまえさんに覚悟があるのか、最初にそう訊いた〉
ここまでのやり取りをノートパソコンに打ち込むと、酒井は手を止めた。同時に、三本目のマールボロに火をつけた。ここから先のメモを起こすことは、自らの苦い記憶と向き合うことを意味する。
勢いよく煙を吸い込んだ。

5

「なにか目新しい話は出たのか？」

午後四時からの定例官房長官会見を終え、松岡が薄暗い記者クラブの大和《やまと》新聞ブースに戻ると、野水が他紙の夕刊を畳みながら言った。

「特段なにもありませんでした」

松岡は机に取材ノートを広げた。芦原首相の外交日程、株式市場の値動きについての感想など、午後の定例会見は平穏かつ退屈な質問しか出なかった。

「それで例の件はどうだ？」

周囲にいる他社の様子を気にしながら、野水が訊いた。松岡はわずかに頷き、取材ノートのページをめくった。

「阪さんの口利きの威力は凄《すさ》まじいものがありました」

松岡がノートの隅にクリップで留めた名刺を指すと、野水が息を飲んだ。

〈厚生労働省事務次官　長居良輔《ながいりょうすけ》〉

曽根のレクの途中で応接室に姿を見せたのは、厚労省事務方トップの長居だった。

短期間の総理番の中で、後輩の城後《じょうご》から主要官庁の顔写真付きの事務次官リストをもらっていた。官邸三階の正面玄関から各省庁の幹部が入った際、芦原と会うのか、それとも他の官邸スタッフとの面会なのか、顔を覚えてぶら下がる必要があるからだ。

応接室にいきなり現れた男と、リストにあった顔が一致したとき、松岡は面食らった。

「取材現場に次官が出てくるとはな。松岡が阪番だってことも調べていたのか？」

「広報担当者は露骨に揉み手状態でした」

広報だけではなかった。神経質そうな表情をした長居にしても、無理に作り笑いを浮かべ、松岡の育児の話に聞き入った。

「官邸主導という言葉の意味を嫌という程実感しました」

「財務や経産、外務あたりはもう少しクールだが、厚労省あたりだとな」

野水は、財務、経産、外務のほか警察庁といった一部の官庁が生え抜きのエリートを総理秘書官として官邸に送り込んでいると告げた。一方、厚労省などその他組はこうした慣例がない。このため、官邸の力が増す一方のここ数年は焦りが出ているのだと明かした。また、官邸内部の情報を得るため、記者に擦り寄るケースさえあるのだという。

「こんな物まで出してくれました」

ページをめくると、松岡は別のクリップで留めた書類を野水に広げてみせた。

〈病児保育にかかる補助金拡大策素案について（仮）〉

「来週、民政党本部で開催される厚労族の朝会で使う資料だとか」

取材の席に加わった事務次官の長居は、戸惑う曽根を促し、更なる資料はないかと迫った。強力な後ろ盾を得た広報担当者もこれに同調し、曽根は渋々内線電話で部下を呼び、まだ完成していない与党向けの内部資料を松岡に差し出したのだ。

「無論、生煮え段階で記事にするつもりはありませんし、役所の思惑通りに広報紙役を引き受けるつもりもありません」

松岡が言うと、野水が頷いた。

「いずれにせよ、他社に大きく水をあけたな」

「共働き世帯の全員が関心を持っているテーマです。それに、担当課長は実直そうな人でした。取材を続けます」

野水が満足げに頷いたとき、背広のポケットに入れていたスマホが震え始めた。取り出して画面を見ると、先ほどまで顔を合わせていた人物の名が表示された。松岡は野水に画面の名を見せると、通話ボタンをタップし、席を立った。

「松岡です」

思い切り声のトーンを落とし、松岡は早足で国会記者会館の外に出た。

〈阪です。今、話せますか？〉

松岡は周囲を見回した。他社の記者はいないが、松岡はスマホを手のひらで覆った。

〈早速、厚労省へ取材に行かれたようですね〉

「色々と有意義な話を聞かせてもらいました」

〈厚労省はきちんとレクをやったわけですね〉

電話口で阪が安堵《あんど》の声を出した。

「お力添えのおかげです」

松岡が答えると、阪は咳払《せきばら》いした。

〈なにかお土産でもあったのですか？〉

「来週の与党の朝会向けの資料をいただきました」

そう答えると、阪の声のトーンが少し変わった。

〈そんなお土産まで持たされましたか〉

「これを独自記事に仕立てたりはしません。厚労族の先生方の顔を潰してしまいますし、まだ生煮えの部分があると担当課長が言っていましたから」

〈もしや、次官の長居氏にも会ったのですか？〉

「会いました」

松岡が返答すると、阪がため息を吐《つ》いた。

〈彼にはちょっと手を焼いていましてね〉

阪は声のトーンを落とした。

〈長居氏は元厚生省の人です。ですので、彼の後任は通常ならば労働省出身の番です〉

阪の声を聞きながら、松岡はひそかに手を打った。メガバンクと同じ構図だ。一六年前の中央省庁再編で、多くの役所が組織を一つにまとめた。

医薬品や医療、それに児童福祉などの行政全般を扱っていた厚生省は、労働行政を司《つかさど》っていた労働省と一つになった。金融危機を経て合併を繰り返した都市銀行と同じで、幹部ポストは多くの場合互いの組織から交代で就くのが隠然たる慣習となっている。

〈彼の息のかかった後輩を次官にと、盛んに売り込みを受けていましてね〉

「ということは、旧厚生省ですね」

〈そうです。ただ、私は旧来のたすき掛けをやるつもりはなく、適材適所でと考えています。ふさわしい配置をと考えているのに、長居君に変な動きをされると仕事がしづらい〉

「私も取材は控えたほうがよいでしょうか?」

〈それとこれは別の話です。ただ……〉

「長居次官の露骨なおべっか作戦には乗らないよう、細心の注意を払います」

〈つまらんことに気を遣わせて申し訳ない〉

「とんでもありません」

〈それでは、また秘書から懇談の連絡を入れます〉

「ありがとうございました」

松岡はそう言って電話を切り、安堵の息を吐いた。

取材経験の浅い記者ならば、省庁トップである事務次官の息がかかったペーパーを面白おかしく記事にしていたかもしれない。松岡は何人もの後輩記者の顔を思い浮かべた。だが、病児保育という大きく、重みのあるテーマは今日明日に物事が決まり、方向性が定まるものではない。長年の経験から長居のお土産を棚上げしたが、これが功を奏した。貸しというほどではないが、阪が懸念していた厚労省人事のごたごたに、余計な問題を持ち込むことは、松岡の判断で回避させることができたのだ。

スマホを背広のポケットにしまうと、松岡は足取り軽く国会記者会館に戻った。

6

メモは正確に起こさねばならない。酒井の全身に否《いや》が応でも染み付いた習性だ。自分の意識が集中していた部分のほかにも、なにか手がかりになる言葉を相手が残している可能性がある。

大和新聞札幌《さっぽろ》支局から政治部に配属され、わずかな研修を経ただけで永田町に放《ほう》り出された。直後、先輩記者に言われた。ニュースになりそうな事柄ばかりに意識を取られていると、老練な政治家が発した些細《ささい》なキーワードを聞き逃してしまう。

マールボロを灰皿に押し付けると、酒井は頬《ほお》を両手で張った。緩みかけた気持ちを奮い立たせるように、酒井はキーボードに両手を添え、野本の言葉を再現し始めた。

〈野本：覚悟は本物そうだな。それに相楽さんからもある程度話は聞いた〉

〈酒井：どんな話でしょうか〉

ほんの数十分前の会話の再現だが、酒井は胃袋を強烈な力で握りしめられるような痛みを覚えた。だが、奥歯を嚙《か》み締め、キーボードを叩いた。

〈野本：あんたは、民政党北海道連幹部の娘と一緒だったそうだな（探るような目付き、好奇の眼差し）〉

野本の表情を思い起こすと、息苦しくなってきた。だが、自分の過去を抉《えぐ》る会話の中にも、今後の取材の糸口が隠れているかもしれない。

〈酒井：元妻は道警記者クラブの受付をしていました。赴任して半年ほどで互いに惹《ひ》かれあうようになり、私が道庁クラブに異動したとき、正式に付き合いを始めました〉

今、自分は蒸し暑い新宿の地下街にいるが、周囲がピンと張り詰めた冬の札幌の空気に変わった気がした。いや、不意に寒気がわいてきたのかもしれない。

〈野本：彼女の父親が道連の幹部で、道議会のドンだと知って近づいたのか？〈引き続き探るような視線〉〉
〈酒井：違います。気立てがよく、機転が利く子だと初めて会った時に好印象を抱いただけです。それに彼女の兄が道議の地盤を継ぐことも決まっていました〉
ここまでメモを起こしたとき、瞼《まぶた》の裏にセミロングで色白の女の顔が現れた。たおやかな笑みを浮かべた女の顔が、小刻みに変わっていく。二重の瞼から一筋涙を溢《こぼ》したあとは、眦《まなじり》が吊《つ》り上がり、顔を紅潮させながら叫び始めた。
〈野本：政治部に配属されて一年半後、その義理の兄が不慮の事故で亡くなった〉
相楽が知らない話を野本は知っていた。
〈野本：失礼ながら、民政党事務局で議員たちの身体検査をやっていたことがある。人様の裏側をほじくるのは悪い癖でね〉
野本が淡々と告げた。
民政党北海道議連が道央地域の首長選挙の応援に出かけたときだった。見通しの良い国道で無謀運転してきた若者グループの車両が、義兄の乗ったワンボックスカーと正面衝突し、死者三名、重軽傷者五名を出す大事故が起きた。義父の名代として助手席にいた義兄は、対向車の直撃を受けて即死だった。
〈野本：その頃、あんたは官邸記者クラブで官房長官番だった。当然、あちこちから跡取りになるように声がかかった〉
当時の官房長官は、今の民政党総務会長の駒井要三《こまいようぞう》だった。個別の裏懇談では、しばしば道連の話題を振られたが、酒井自身は曖昧《あいまい》な受け答えに終始した。しかし、義兄の突然の死によって完全に潮目が変わった。四十九日が過ぎたころから、官房長官の駒井と当時の民政党幹事長から頻繁に呼び出され、次期道議選へ義父の後継として出馬し、その後は国政に打って出るよう熱心に勧められた。その度に妻と相談した。政治家の家に生まれ、政治の裏表を知り尽くし、父親の元から離れたがっていた妻は、いずれ東京に戻ることが決まっていた酒井を伴侶《はんりょ》に選んだ。だが、義兄の死は妻の心も一八〇度変えた。

強く兄を慕っていた妻は、官房長官や幹事長、そして義父と同じように強く酒井に政治家への転身を願うようになった。

〈野本：道議を経て、国政進出という話もあったようじゃないか。民政党公認で出馬すれば、赤バッジの先生になれた。なぜピカピカの道を選ばなかった？　政治家になりたくて永田町を走り回っている記者がたくさんいるじゃないか（身を乗り出し、しつこく尋ねる）〉

野本の言葉を聞きながら、何人もの同業他社の記者たちの顔が浮かんだ。表向きは政局を取材していたが、裏に回れば露骨に幹事長や党職員に擦り寄り、媚《こび》を売っていた連中だ。秘書を経て政治家を選ぶ道があるように、政治家と常に行動を共にする記者から転身する術《すべ》もある。

芦原首相の亡き父もかつて新聞記者で、時の宰相で現首相の祖父のような大物政治家をマークする立場から国政に転じた。だが、酒井にはそんな気は一切なかった。家業の不動産業務は父と兄たちが切り盛りしていたし、自由に仕事を選べと幼い頃から父に言われ、自分なりに記者という仕事を選んだだけだ。

中学生の頃に名画座で見た『大統領の陰謀』に感銘を受け、米紙記者が記した原作本を貪るように読んだ。あの時から、権力者を辞任に追い込むほどの力を持つジャーナリストになりたいと思うようになった。政治家との距離が近すぎる日本のジャーナリズムでは、映画に登場したような硬派な記者はいなかったが、政治家に媚びへつらう他の連中とは一味もふた味も違う切り口で記事を書いてきたという自負もあった。

〈酒井：私はあくまで記者、ジャーナリストですから〉
〈野本：そんな青臭い理屈が永田町で通ると思ったのか？（突き放したような目つきと口調）〉
〈酒井：同じことを会社の大先輩に言われました〉
ここまでメモを書いたとき、不意にキーボードを打つ手が止まった。同時に、かつての妻と白髪《しらが》の男の顔が入れ替わった。当時、政治部の筆頭デスクだった田所《たどころ》だ。舌打ちすると、キーボードに指を叩きつけた。
〈野本：大手紙の政治部なんて、どこも政治家と癒着することしか考えていない。幹事長が国政にと薦《すす》めたのだから、大和も会社として後押ししたんじゃないのか？〉
〈酒井：先生もご存知の田所に言われました。『政治家になる身だったら、最強の取材ツールを備えたも同然。コネを使って転身前にネタを取りまくれ』と発破をかけられました〉
朝刊最終版が降版《こうはん》された午前二時近くだった。田所はほろ酔い加減で国会記者会館の大和新聞の専用部屋に現れ、他の記者たちがいる前で酒井にそう言い放った。
〈酒井：派閥べったり、有力者べったりの田所先輩とはソリが合いませんでした。あのときの一言で、踏ん切りがつきました〉
〈野本：奴はなにを言った？〉
〈酒井：私が国政に転じたら、最高のネタ元になったはずなのに。他社も同じことをやっている、そう言って露骨に舌打ちされました〉
あの場所にいたのは、田所だけではなかった。現在、大和新聞の政治部長に上り詰めた当時の官邸サブキャップ、阿久津《あくつ》も同様だった。
田所と阿久津はカバーしていた民政党の派閥が対立を繰り返していたことから、社内でも派閥の理屈を持ち込み、常にいがみ合う犬猿の仲として知られていた。それだけに、阿久津は自分の肩を持ってくれるものだと確信していた。だが、阿久津も普段と同じ口調で冷たく言い放った。
〈おまえにその気がないのなら、俺が婿に行きたいくらいだ。記者を手玉にとるポジションに行けるのに、なぜそんな青臭いことを言う〉
永田町には永田町なりの取材ルールがある。そんなことは頭では理解していた。しかし、夜討ち朝駆けの回数を秘書にカウントされ、対立する派閥のメモを横流ししてまでウケの良い番記者になることへの抵抗感は払拭《ふっしょく》できなかった。
〈酒井：政治家を嫌っていた元妻は、人が変わったように後継になるよう私を説得しました。そうこうするうちに、彼女との溝は埋まらないほど深くなりました〉
〈野本：悪いことを聞いてしまったな（眉根《まゆね》を寄せたものの、政治家特有の作り笑い）〉
〈酒井：先生のような方に嘘をつけば、たちまち見抜かれてしまいます。それよりも、自分の腸《はらわた》をさらけ出したほうが、本気だということを理解していただけると思った次第です〉
〈野本：（無言、満足げに頷く＝探るような目付きは消える）おまえさんの肝の据わり具合はわかった〉
野本はぶっきらぼうに言うと、突然ソファから立ち上がった。恰幅の良い体は思いの外軽やかに動き、野本は執務机の引き出しを開けると、なにかを携えて酒井の前に戻ってきた。
〈野本：（古い茶色い革手帳をめくり始める）狙っているのはこういうことか？〉
無骨な印象とは裏腹に、野本が記していたメモの文字は丁寧で読み取りやすかった。
〈酒井：当時の派閥の金の流れですね〉
酒井の視線の先には、当時の民政党の派閥の名前が記され、その下に数字が並んでいた。
〈野本：蛇《じゃ》の道は蛇《へび》。俺なりに調べた大まかな資金の流れの見取り図だ〉
〈酒井：これだけはスマホで写真を撮らせていただけませんか？〉

〈野本：俺の名は絶対に明かすなよ〉
酒井はスマホのカメラをメモ帳に向け、何枚もページをめくった。
〈野本：額は大まかだが、派閥ごとにきちんと裏を取った数字だ。しかし、問題があるぞ〉
〈酒井：どういうことですか？〉
〈野本：これをどうやって筒美ルートの金だと証明するつもりだ？〉
〈酒井：民政党の職員ＯＢを当たれば、台帳の写しの類《たぐ》いが出てくるのでは？〉
〈野本：（鼻で笑いながら）昔は派閥事務所のテーブルに札束が山積みされているような大雑把《おおざっぱ》な時代だったさ〉
かつて政治部時代に、ＯＢの記者たちから同じような話を聞いたことがあった。曰《いわ》く、総選挙前になると、派閥所属議員の秘書たちが素手で札束をつかんでいた、あるいは、秘書ばかりか運転手までが動員され茶封筒に現金を詰めていた……といった逸話《いつわ》だ。
〈野本：クラスター事件からもう四〇年も経《た》った。こんな形でメモに残している人間は少ないし、死んでしまった者もいる。それにも増して、この手の裏金は一切記録に残さない〉
〈酒井：しかし、先生ご自身がメモをお持ちではありませんか〉
〈野本：これは俺の性分だし、いざという時のために保険をかけたまでだ。しかし、あくまでも伝聞にすぎん。裏金が裏金たる所以《ゆえん》はこういうところにあるんだ〉
酒井は、野本の言葉に黙り込んでしまった。表に出せない金だから裏金。記録をつけてしまえば、意味がなくなってしまう。
〈野本：昔から裏金の類いは金庫番を務める私設秘書が一括管理するものと決まっている。議員自身、金庫のダイヤル番号さえ知らない〉
〈酒井：金庫番が交替すれば次の秘書にマニュアルやら通帳やらを引き継ぐのでは？〉

〈野本：（強く首を振る）絶対にしない。通帳なんてもってのほかだ。裏金を銀行に預けた段階ですべて終わる。口座情報は税務署に知られ、敵対する派閥や野党に話が抜けてしまうからな。あくまで現金のままにしておくのが鉄則だ〉

昭和の時代ならいざしらず、今は平成の世の中だ。現在は政治家の金は可視化されている。政治資金収支報告書という万人が閲覧できる台帳にすべて記載するのが決まりだ。

議員の収入には大きく分けて六つの道筋がある。一つ目は、議員歳費だ。国庫から毎年約二二〇〇万円が支払われる。このほか、国庫からは文書通信交通滞在費という名目で年間に一二〇〇万円が支給される。

大政党に所属していれば公認料、そして派閥のボスから餅代《もちだい》が入る。ここまでは一年生議員であろうが、ベテランであろうが大差はない。問題は、パーティー券収入と献金だ。

献金については、企業や団体からの金は政党や政党が届け出た政治資金団体に入る。個人からの献金は政治家の資金管理団体へという具合だ。だが、企業・団体からの金を政党経由で政治家本人の資金管理団体に移すのは自由であり、使途も限定されているわけではない。週刊新時代や大手紙で政治と金の問題が追及されるのは、資金の使途が不適切であると認められたときだ。

例えば、献金を遊興費で使ったような場合だ。これらは政治資金収支報告書を丹念に洗えば出てくる性質のものであり、野本が言うような裏金、クラスター事件で闇に消えた金とは性質が全く異なる。言い換えれば、多分に秘書や会計係の単純ミスの範疇《はんちゅう》を出ない。

〈野本：未だ政治には金がかかる。領収書のいらない金の需要はなくならないものだ〉

〈酒井：各派閥の歴代金庫番の秘書をしらみ潰しに当たるしか手段はありません〉

〈野本：いきなり会いに行って教えてくれるような案件でないことは、記者であるおまえさんが一番よく知っているだろう〉

〈酒井：どなたかをご紹介いただけませんか？　秘密は厳守します〉

〈野本：俺にも仁義ってものがある。居酒屋を紹介するようなわけにはいかんのだ〉

〈酒井：それなら、なんらかの糸口を見つけてきたらいかがでしょうか？〉

〈野本：見つけられればの話だがな〉

〈酒井：約束していただけますか？〉

〈野本：（無言で頷く）〉

　一気にメモを打ち込むと、酒井はノートパソコン脇にあったコップの水を飲み干した。氷がすっかり溶け、温《ぬる》くなった水で喉《のど》を潤すと、酒井はスマホを手に取った。リダイヤルの画面を出し、一番頭にあった名前をタップする。

〈はい、大畑《おおはた》です〉

「ネタの端緒をつかんだ」

　酒井が低い声で告げると、電話口で唾《つば》を飲み込む音が聞こえた。

〈取りかかっている仕事はありません。いえ、例の件のために体を空けています〉

「おそろしく手間のかかる作業をやらなきゃならん」

〈かまいません。どこに行けばいいですか？〉

「永田町の衆議院議員会館前だ」

〈すぐに行きます〉

　大畑が電話を切ると、酒井はまた煙草に火を点した。野本の紹介が得られない以上、また泥臭い週刊誌の手法を使わねばならない。だが、昭和の闇から平成の泥濘《ぬかるみ》の真相を抉《えぐ》るには、それ以外の方法を知らない。忙《せわ》しなく煙を吐き出すと、酒井は煙草を灰皿に押し付けた。

7

〈それでは次のニュースです……〉

曙橋《あけぼのばし》の社宅のダイニングキッチンで、松岡は午前六時の公共放送NHRニュースに耳を傾け、テーブルの上にある主要在京紙の一面をチェックし始めた。

〈不適切会計に端を発した経営問題で重大な岐路にある三田《みた》電機についてです。昨日は政府も同社の経営状況に重大な関心を示していることがわかりました。阪《さか》官房長官は昨日午後の会見で次のように述べました。『三田電機は半導体や原子力発電事業など我が国の基幹とも言える技術を有する企業であり、新たな支援候補と慎重に提携交渉を進めていくものと動向を注視している』……〉

昨日、松岡もこの会見に出席していた。阪は経産省の官僚が用意した想定問答をすらすらと読み上げた。

「三田電機はいったいどうなるのかしら。レギュラーでエッセイ書いている婦人誌の広告主なんだけど、家電の扱いがなくなったらしいの。だから取材経費切り詰めろって言われて苦労してる」

トーストにバターを塗りながら、妻の藍子がため息を吐《つ》いた。

「当座は骨と皮だけになっても生き残るさ。潰《つぶ》れたら困る人がたくさんいるからな」

大和の経済面にある三田電機の記事に目をやりながら、松岡は吐き捨てるように言った。

「もう結論は見えているって意味？」

コーヒーを一口飲んだ藍子が言った。

「実質的に国家管理じゃないか。さっき阪さんも言っていただろう」

「国家管理だなんてそんな物騒なことになっているの？」

「政府要人として言えるのはあそこまでってことさ」

松岡は大和の政治面をめくった。

渦中の三田電機に関する阪の発言は、先ほどの公共放送と同様、差し障りのない言葉を松岡が短く政治面向けの記事にした。たとえ藍子とはいえ、阪が語った本音を明かすわけにはいかない。

〈三田の危機は、経済産業省の失政と表裏一体です。このまま三田が野垂れ死にするようなことになれば、メーンバンクのほか、裾野《すその》の広い下請け、孫請け企業の経営を直撃します。株式の上場廃止はなんとしても阻止せねばなりません。政府としては、ソフトランディングを望んでいます。もちろん、原子力政策の責任者だった歴代経産省の幹部たちには、いずれ三田の経営者と連座してもらいますがね。今はあまりにタイミングが悪い。提携交渉がどう転ぶにせよ、今死んでもらっては困ります〉

昨夜プリンセスホテルのラウンジで開かれたトップリーグ四人組の裏懇で、阪は三田電機についての所感を淡々と語った。

阪の両目は笑っていなかった。裏懇メモは古巣の経済部には渡していない。政治部のデスクにも上げなかった。昨晩、裏懇に参加したメンバーは互いにアイコンタクトを交わし、このネタを手元で管理する限定メモにしたのだ。

仮にこれが大和や他社の政治部デスクに渡れば、必ず情報が他所《よそ》に染み出す。経産省が煮え切らず、三田電機をゆっくりと安楽死させる方策が永田町で決まっていない以上、政府高官、すなわち阪の本音は特大の負のインパクトを株式市場に与えてしまう。

他紙の政治面と経済面を斜め読みして顔を上げると、藍子が頬杖《ほおづえ》をつき、松岡の顔を凝視していた。

「パパ変わったよね。経済部にいた頃は、そんな上から目線で話すことはなかった」

「持ち場が変わったからだ。それに、阪さんには目をかけてもらっている。他の記者が入り込めない場所に行き、今までと違った景色を毎日眺めていれば、話し方くらい変わるさ」

松岡が言うと、藍子が首を振った。

「そういうことじゃないの。今まではスクープ取るために泥臭い取材やっていたじゃない。最近は訳知り顔っていうか自分が偉くなったみたいな口ぶりだから。ちょっと感じ悪いよ」

「書きたくとも書けない立場になった。政治部と経済部は違うんだから仕方ないだろ」

松岡が言い返すと、今まで黙ってパンを齧《かじ》っていた沙希が口を開いた。

「パパもママもゴハン」

二人を見比べながら、沙希が頬を膨《ふく》らませた。

「沙希の言う通りだ」

テーブルの上のマヨネーズを取り、松岡はレタスとトマトのサラダにかけた。

「今日は忙しいのか?」

気を取り直して訊《き》くと、藍子が頷《うなず》いた。

「映画の宣伝であの監督が昨夜来日したの。六本木のホテルで一時間もらえたから、インタビュー頑張るわ」

藍子は米国のアカデミー賞を何度も取ったアメリカ人監督の名を告げた。

「配給会社と通訳の人に半年間ずっとアプローチしてきたの。雑誌にいた頃は映画評の担当やっていたから、彼は憧《あこが》れの人なんだ」

「インタビューの時間は大丈夫なのか?」

松岡は保育園に沙希を迎えに行く時間帯を気にした。藍子が映画を愛しているのは学生時代からよく知っている。それだけに、取材に専念させてやりたかった。午後の定例官房長官会見が波乱なく終われば、一時的に官邸クラブを抜け出して沙希を迎えにいくのも可能だと伝えると、不安そうだった藍子の顔にようやく笑みが戻った。

「お昼前のアポだから余裕よ」

藍子が弾んだ声で言ったときだった。突然、沙希が泣き出した。と同時に異臭が食卓の周囲を覆った。

「どうしたの、沙希ちゃん？」

異臭の正体は沙希の大便だ。沙希が二歳になった頃からオムツ外しのトレーニングを始めた。夜間はオムツを着けているが、日中は自分でトイレに行くと言葉に出し、藍子か松岡がつきそう。今は起きがけでまだオムツを着けている時間帯だ。

「ちょっと、変かも」

顔をしかめながら藍子が言った。子育てを経験すると、食事中であろうとこういう事態にはなんども遭遇する。藍子が発した変という言葉に松岡も思い当たるフシがある。

「下痢っぽいかもな」

通常の幼児の便とは違うすえた臭《にお》いが周囲に漂った。

「沙希ちゃん、おなか痛いの？」

藍子が優しく言うと、首を振った。

「痛くないもん！」

鋭い声で叫んで、沙希がさらに激しく泣いた。

「もしや……」

松岡が右手を沙希の額に当てると、じっとりとした汗と熱を感じた。

「保育園でウイルス性の夏風邪《なつかぜ》が流行《はや》り始めたって連絡帳に書いてあったから……」

藍子の声がみるみるうちに萎《しお》れていく。

「痛くないもん！」

再度、沙希が叫んだ。

「だってお熱ありそうだぞ」

じんわりと右手に熱が伝わってくる。手を離し、食卓脇《わき》の戸棚にむかう。棚の一番上に薬箱があり、中にはデジタルの体温計がある。

「お熱ないもん！」

松岡の様子を見ながら沙希が言った。

「一応測ってみよう」

「やだ！」

松岡は体温計を取り出すと、体を沙希に向けた。

「大事なことだ。ちゃんと測ろう」

「やだ！　絶対やだ！」

「まさかこんなタイミングかよ」

思わず松岡が口にすると、視線の先には眉根を寄せた藍子の顔があった。

「病児保育の件、調べてくれるって言ってたよね？」

阪と病児保育の重要さを話し合い、実際に厚労省の担当課長にも取材した。それらの事柄は藍子に少しだけ伝えていた。だが、早朝に出かけ、深夜に帰宅する忙《せわ》しない生活に追われ、近隣の施設の詳細を調べる余裕はなかった。

「忙しかったんだ」

「家で仕事しているからって、私は遊んでいるわけじゃないのよ」

藍子が声を荒らげた。

「わざと忘れていたわけじゃない。そんな大きな声を出さなくてもいいじゃないか！」

売り言葉に買い言葉で松岡が応じたとき、突然沙希が両手でテーブルを叩《たた》いた。

「お熱きらい！　パパとママが、喧嘩《けんか》するもん」

体温計のキャップを外したとき、沙希の放った言葉が松岡の耳を鋭く刺激した。

8

「酒井さんは今日何人に当たったんですか？」

「五人だが、全《すべ》て空振りだ」

酒井は首を振り、飲みかけのビアジョッキを一気に空けた。いつの間にかビールを冷酒に変えていた大畑は、湯気を立てる大ぶりのシウマイを一口で平らげた。

「おまえ、この暑さの中でシウマイ一気食いかよ」

先ほど酒井も一個食べたが、箸《はし》でシウマイを突くとたちまち熱い肉汁が溢《あふ》れ出した。毎回大畑の旺《おう》盛《せい》な食欲には驚かされる。

「肉汁シウマイ、このお店の隠れ人気メニューで有名ですよ」

大ぶりのシウマイを頰張《ほおば》ったまま、大畑が言った。

「シウマイを食べたあと、豚しゃぶに突入するのが肉女子の定番でして」

大畑が言った直後、割烹着《かっぽうぎ》姿の二人の女性店員が七輪と大きな鉄鍋《てつなべ》をテーブルに運んできた。

東京メトロ四谷三丁目駅から曙橋方向に少し歩くと、小さな飲食店が連なる荒木町《あらきちょう》に出る。杉大門《すぎだいもん》通りという大仰《おおぎょう》な名前とは裏腹に、車一台がようやく通れる小路が新宿通りと外苑《がいえん》東通りをまっすぐに貫く。通りの中程に、大畑がよく利用するという豚しゃぶで有名な小料理屋がある。

「暑いときこそ鍋、それもビタミンB豊富な豚肉が一番です。肉体疲労のほか、我々のような頭脳労働者にも効くんですから」

そう言うが早いか、大畑は綺《き》麗《れい》に盛り付けられた薄切りの豚肉と大量の白髪《しらが》ねぎを湯にくぐらせ、特製の甘辛タレにくぐらせた。

酒井も同じ要領で豚肉を軽く湯に通し、口に放《ほう》り込んだ。七輪と鉄鍋から発せられる熱気の中、甘みのある豚肉とネギが口の中で溶けていく。同時に、額から容赦《ようしゃ》なく汗が滴り落ちるが、少しも嫌な感覚ではない。

「たまにはこういう飯もいいな。歩き回ってヘトヘトだったからな」

「スタミナだけが自慢の私も疲れましたよ。冷房の効いた議員会館と蒸し暑い赤坂一帯を行ったり来たりでしたから」

小ざっぱりとした風貌《ふうぼう》の大畑は、ほとんどノーメイクに近い。文芸誌の編集部に在籍していたころは名門女子大の出身らしく流行りの服で着飾っていたが、眼前の後輩記者は一切の飾り気を封印し、猛然と豚肉と格闘中だ。

「最近、デートだの彼氏の愚痴だのを話さないよな」

酒井が訊くと、大畑が顔をしかめた。

「悪い、嫌なこと訊いたか?」

「今は仕事が俄然《がぜん》面白くなってきているので、そんなこと考えるヒマはなくなりました」

大きく息を吐き出し、大畑が言った。どこか晴れ晴れしているように見える。グラビアページや企画物の担当が希望だった大畑だが、やはり見所はある。誰もが嫌がる地道な聞き込み、張り込みもこのところ率先して引き受けてくれる。

当事者に会えば、ズケズケと前に出て訊きにくいことも容赦なく切り込む。あと二、三年はテレビ屋の彼氏のことなど忘れろ。そんな言葉を飲み込み、酒井は口を開いた。

「一昨日《おととい》、社長から出た一斉メール読んだか?」

酒井の言葉に大畑が箸を止めた。

「なんかありましたっけ？　ネタ元からの連絡ばかりチェックしていたので」

「あれだよ、品行方正にしろって中身だ」

「そんな話を誰かが給湯室でしていた気がします」

一昨日、週刊新時代の五代前の編集長で、現在は社長に上り詰めたかつての名編集者から一斉メールが発せられた。

一昨年から新時代は芸能人や政治家のゴシップで世間の度肝を抜いた。一方、偉そうなことを記事に書いておいて、身内にスキャンダルでも起これば特大のブーメランとなって返ってくる。同業他社が互いに身内のボロを探っているだけに、気を引き締めろという内容だった。

「それで、永田町では脈がありそうな奴はいたか？」

酒井が江戸切子のグラスに冷酒を満たしてやると、大畑が首を振った。

「週刊新時代の名刺切っただけで、ほとんど野良犬状態です」

マニキュアが取れかかった長い指を振り、大畑が犬を追い払うような仕草をした。

「俺も同じようなもんだ」

元参議院議員の野本を訪ねてから五日経《た》った。酒井は政治記者時代に世話になった民政党議員の古株秘書のもとを訪れ、大畑を紹介した。同時に、有力議員やかつての議員たちの中で金庫番と呼ばれる秘書たちの動向を探った。

「金庫番のリストは二〇人分集まりましたけど……」

箸休めの赤カブ漬けを突《つつ》きながら、大畑が不満げに言った。

「俺の方は四〇人しかない。愚直に一つ一つ潰していくしかない」

野本が有力なネタ元を紹介してくれなかったため、金庫番を務める秘書たちを根気強く調べ上げ、一人一人つきあいを深めていくしか方法はない。

しかし、ここ二、三年は新時代がスクープを連発している副作用で、脛《すね》に傷がある者が多い永田町では予想外の苦戦が続いている。

「これだけウチが警戒されているとは知りませんでした。最初に会った秘書さんから警報でも出たんじゃありませんか?」

「それはない。彼にはいくつも貸しがあるからな」

元義父の世話になったベテラン秘書は、政治部時代からなにかと情報を流してくれる心強い存在だった。

あるとき、秘書の事務所の同僚が都内のスナックで酔客と殴り合いの喧嘩《けんか》騒動を起こして検挙された際、社会部の同期に頼んで記事化を見送ってもらったことが縁で、関係がさらに深まった。その後、酒井が週刊誌記者に転じてからも、この秘書が仕える議員の酒場での乱痴気騒ぎを報じなかったことを恩義に感じてくれるようになったと酒井は明かした。

「もう少しの辛抱だ。池袋や蒲田《かまた》でやった泥臭い取材が実るのを待つしかない」

「こうして滋養補給させてもらっていますから、文句は言いません」

大皿半分ほどの豚肉を平らげ、大畑が頷いた。そのとき、テーブルの隅に置いていた酒井のスマホが振動した。画面を見ると、馴染《なじ》みの名前があった。酒井はすかさず通話ボタンを押した。

「課長、どうも。例の店はどうでしたか?」

〈まあな〉

電話口で、湾岸署刑事課長が笑っていた。

〈ちょっと面白いネタがあってな。今、時間あるか?〉

「もちろんですよ」

〈今日、交通課の白バイ乗りが変な奴を捕まえた〉

酒井は目の前の大畑に目配せすると、足元のショルダーバッグから取材ノートとペンを取り出した。

〈うちの管内でいつもネズミ捕りやる場所があるのを知っているか？〉

「首都高出口から一般道につながる直線ですよね」

〈そうだ。そこで運転しながらスマホで電話していた上、二〇キロオーバーだったんで、恰好《かっこう》の獲物だった〉

白バイとスピード違反。どんな話が出てくるのかさっぱりわからないが、ガセやつまらないネタを流すような人物ではない。努めて明るい声を作りながら、酒井は先を促した。

〈電話の理由とお台場に来た理由を聞いたそうだが、頑として口を開かなかったらしい〉

「なにか事情でも？」

〈白バイ乗りによれば、サイレン鳴らしたらひどく慌てていたらしい。そわそわの具合がひどいんで、ウチの若い衆は薬関係を疑った。それで、署に応援要請があってな、ぶらぶらしていた俺が真っ先に臨場《りんじょう》したというわけだ〉

酒井は著名な芸能人やスポーツ選手の顔を思い浮かべた。他の記者が半年以上かけて追っている薬物常習を疑われる有名人たちだ。ペンを握ったまま、酒井は右手でスマホと口元を覆った。

「それでパケでも出てきたんですか？」

小声で訊くと、刑事課長が鼻で笑った。

〈そっち方面じゃない〉

「助手席に有名な女でも？」

〈違うよ。あんまりそわそわしてやがったし、身分も明かさない。免許証の提示だって渋ったくらいだ。ちょっと怖い声だして、所持品検査とトランクの中身確認を任意でやった〉

刑事課長は、本部捜査一課で長年強行犯を追った経験を持つベテランだ。常に人を疑う刑事眼で、ドスの利いた声も出す。大概の人間は任意という形で押し切られてしまう。

〈グローブボックス等々には不審物はなかったんだが、案の定トランクにブツがあった〉

「なんでした？」

〈カップ麵《めん》の空き段ボールに現金《げんなま》が入っていた〉

段ボールに現金というキーワードに酒井は敏感に反応した。

「いくら入っていました？」

〈正確に数えたわけじゃないが、使いこんだ万札が輪ゴムで束ねられていた。そうさな、一二〇〇、三〇〇万円はあったと思う〉

「なぜ数えなかったんですか？」

〈任意だったしな。電話したいって言うから使わせたら、同僚を名乗る野郎が現れた〉

「同僚？」

〈白バイ乗りがパクったのは、バッジの関係者だ〉

バッジと聞き、暴力団かと思った矢先だった。刑事課長が声のトーンを低くして言った。

〈マル暴の金バッジじゃない。永田町のバッジのことだ〉

永田町という言葉が鋭く酒井の耳を刺激した。

〈ながら運転で速度超過していたボンクラは議員秘書だった。血相変えて駆けつけたのはそいつの上司で、私設秘書だと名乗った〉

「誰の秘書でしたか？」

酒井が尋ねると、刑事課長は声のトーンを落とし、民政党現幹事長の名前を告げた。

〈民政党幹事長の筆頭秘書さまによれば、セダンのトランクに積んでいたのは党務に関する金だとよ〉

「党務ですか……」

〈間違いなくそう言った。でな、まさか幹事長秘書に切符切るわけにもいかんから、その場で逃してやった。どうだ、怪しいと思わんか?〉

「ぷんぷん臭います。課長、今度は例の店の回数券を進呈します」

〈そうくるだろうと思ってな、おまえのために、特別にナンバーを控えておいた〉

そう言うと、刑事課長はくぐもった声で品川ナンバーの番号を告げた。

「ありがとうございました。またよろしくお願いします」

〈くれぐれも俺から聞いたとは言うなよ〉

礼を言って酒井は電話を切った。スマホをテーブルに置くと、大畑が顔を寄せてきた。

「なにかありました?」

酒井は今しがた聞いた事柄をかいつまんで大畑に伝えた。

「なんでお台場?　しかもラーメンの箱なの」

「党務に関する金なら、銀行に電話すれば支店長が揉《も》み手《で》で運び込むはずだ。このご時世、振込を使わないのは不自然だ」

「となれば、裏金?」

「そう読むのが自然だ」

酒井は書き込んだメモを大畑に向けた。

「明日の朝一で陸運局へ行け」

「品川……このナンバーで持ち主の照会ですね」

「一応、党の車なのか、幹事長の個人事務所の所有物なのかの確認を頼む。それから……」

「運転していた秘書の洗い出しですね」

酒井がノートを閉じると、額に汗を浮かべた大畑が手を挙げた。

「お願いします！　しゃぶしゃぶ用のお肉追加！」

オーダーを終えると、大畑が口元に不敵な笑みを浮かべていた。

9

荒木町でたらふく豚しゃぶを食べた翌朝、酒井は九段下の編集部に顔を出したあと、永田町へ向かうため本社前でタクシーを拾った。

運転手に行き先を告げ、発車した直後、ショルダーバッグに入れていたスマホが震えた。取り出して画面を見ると、大畑の名前が光っていた。

〈例の車は幹事長の個人事務所の所有物でした〉

豚しゃぶのあと、酒井は大畑を連れて麻布十番に向かった。行きつけのスナックで午前二時近くまでカラオケを歌い、大声で笑いあった。酒量もそれなりにかさんだが大畑の声に二日酔いの気配は微《み》塵《じん》もない。

〈運転していた人間も調べましたよ〉

「どうやって調べた？」

〈あれだけ永田町を歩き回ったんです。私だってネタ元の一人や二人は育成しましたから。そしたら名前が割れました〉

「珍しくお色気攻撃か？」

〈セクハラで訴えますよ。とにかくお知らせしておきます。運転手の名前は……〉

酒井は揺れる車内で取材ノートを取り出し、大畑の声をそのままノートに刻み込んだ。

「西牟《にしむ》田昌三《たしょうぞう》、五八歳で間違いないな」

〈出身は宮崎県の都 城《みやこのじょう》、幹事長が所属する派閥『志誠会《しせいかい》』で何人もの議員に仕えてきたベテランです。二〇歳の頃から事務や運転手を務めてきたそうです〉

「その野郎のことを調べろ。俺はこれから永田町で古いネタ元に会うから、訊いてみる」

〈今夜はなんのお肉にしますか?〉

「成果次第でうまいもんたらふく食わせてやるよ」

〈約束ですからね〉

電話を切って周囲を見ると、タクシーはすでに永田町に入っていた。国会議事堂横、警視庁警備部の装甲車のような鎧《よろい》をまとったバスの横に停車させると、酒井は永田町に降り立った。


国会議事堂と大通りを挟んで反対側にある衆議院第一議員会館の六階。首相官邸を見下ろす窓辺の部屋で、酒井は旧知の人物と顔を合わせた。

選挙区の名産品のポスターが貼《は》られ、芦原首相とのツーショット写真も額装されている。また、事務所の至るところには小さな米俵のフィギュアや地元自治体のゆるキャラの縫いぐるみが置かれ、政治家が大好きな鉢植えの蘭《らん》も飾られている。

「チューさん、お久しぶりです」

酒井が切り出すと、ごま塩頭の男が顔をしかめた。

「もう秘書じゃないんだ。金子《かねこ》先生と呼べよ」

「大変失礼しました、チューさん」

酒井が軽口を叩くと、金子忠正《ただまさ》が相好を崩した。

「酒井を相手に議員ぶってもしかたないな」

民政党所属の衆議院議員の金子は、五〇歳と若手の部類に属する議員だ。大学卒業と同時に中国地方選出の代議士秘書となり、一〇年前に跡取りのいない議員の死去に伴い、地盤を引き継いだ。現在は当選二回で党の様々な委員会に所属し、雑巾掛けと呼ばれる党務に汗を流していると金子は言った。

「こんな明るい時間におまえが永田町に来るなんて、いったいどんな風の吹き回しだ？」

「ちょっとした調べ物がありましてね」

大和新聞を辞めてからは、知り合いの記者に会うのが億劫《おっくう》で永田町を訪れるのはいつも夜と決めていた。それも議員会館などではなく、近隣のホテルや喫茶店がほとんどだ。

酒井が大和で駒井官房長官をカバーしていたとき、所属派閥から派遣され、駒井のほかに他の閣僚の仕事をこなしていた金子と知り合い、意気投合した。

酒井が口の堅い記者だと知ると、金子は政局の節目ごとに裏筋の読み方を披露してくれた。以来、週刊誌に転じてからも一年に一、二度の割合で酒食を共にしてきた。

「民政党のことならなにも喋《しゃべ》らんぞ。このところ週刊新時代にはろくなことを書かれていないからな。野党絡みのネタなら女関係、金絡みでいくつか話せるぞ」

金子が笑みを浮かべて言った。

「民政党や野党のネタではありません。少しだけ、志誠会所属議員のチューさんに訊きたいことがありましてね」

取材ノートをショルダーバッグから取り出すと、酒井はいきなり切り出した。

「志誠会、いや、現幹事長の私設秘書で西牟田さんという人物をご存知ですよね」

金子の表情が一変した。選挙戦の最終盤で開票速報を睨《にら》むような顔つきだ。

「なぜあんな奴のことを？」

「秘書時代の先輩で間違いないですね？」

「あんな詐欺師と一緒にされては困る」

吐き捨てるような口調だった。

「どういう意味ですか？」

「あいつくらい金に汚い人間は見たことがない。なぜ調べている」

眉根を寄せた金子が身を乗り出した。

「昨日都内の湾岸署管内でスピード違反をやりましてね」

「どの辺りだ？」

「首都高の出口と一般道がつながる地点、直線です。高速の感覚で一般道を走ってしまうので、割と知られた摘発ポイントと聞きました」

酒井が言うと、金子が探るような目つきになった。

「それで西牟田は切符を切られたのか？」

「幹事長の私設筆頭秘書が駆けつけて事なきを得たようですが……」

「ですが、の次はなんだ？」

「西牟田さん、携帯電話で通話中にスピード違反したようです。要するにダブルの違反でした。否応《いやおう》無く白バイに停《と》められたそうですが、その後は態度が悪かった上に当初は名乗りもしなかったようで、ちょっとした騒ぎになったと風の便りに聞きました」

酒井が答えると、金子が舌打ちした。

「なにが風の便りだ。おまえのことだから、湾岸署にネタ元がいるんだろう？　それでなにが起こったんだ」

「筆頭秘書さんが駆けつけるまでの間、任意で車内検索が行われたそうです」

検索という言葉を告げると、また金子が舌打ちした。

「何が出てきた？」

「カップ麺の段ボールに入った現金で、一二〇〇、三〇〇万円ほどあったようです」

酒井が言うと、金子がため息を吐いた。

「まだなにかネタ持っているんだろ？」

「駆けつけた幹事長の筆頭秘書は、積んでいたのは党務に関係する金だと言ったそうです」

酒井の言葉に金子がまた顔をしかめた。

「どう考えても怪しくありませんか？」

酒井がさらに問うと、金子がわずかに頷いた。

「誰が考えてもそうなるわなあ」

諦《あきら》めたように、金子が天井を仰ぎ見た。

「そうなるとは？」

「奴は志誠会の汚れ仕事を担当する専任だよ」

金子は小声で言った。

「汚れ仕事とは具体的にどのようなことを？」

酒井が問い返すと、金子が睨み返した。

「大和の政治部にいたくせに、素人《しろうと》みたいなことを訊くんだな」

「永田町の現場を離れてから時間が経っていますので」

肩をすくめて言うと、金子が眉根を寄せた。

「表に出せない金を扱う役回りだ」

「裏金という意味ですよね」

「どうとでも解釈してくれ」

突き放した言い振りだった。

「政治資金収支報告書がザルだってことは知っているだろう。だが、新時代のようなメディアが目を皿にして粗探ししているご時世だ。昭和の頃とは違って、派閥事務所に札束積み重ねるなんて芸当はもうできない」

「存じております」

「それでも、政治には裏がある。揉め事を収めてもらう、口利きを頼む、選挙でやばそうだったら実弾を投入する……そんなときは、派閥の裏方を一手に引き受けているわけですね」

「西牟田さんは、派閥の裏方を一手に引き受けているわけですね」

「ヤバい任務が多いからな。誰もやりたがらん。つまり、いざという時にはトカゲの尻尾《しっぽ》になってもらうからな」

金子の話を聞き、酒井は納得した。

志誠会には何人もの知り合いがいる。議員だけでなく秘書にしても未《いま》だにつながっている人物は二、三〇人いる。だが、西牟田という名前に接したことは一度もない。いや、知らなくて当然だったのだ。

「奴はトカゲの尻尾という立場を逆手に取った。油断も隙《すき》も無い野郎だよ」

唾棄《だき》するような言い方だ。実務を知り尽くし、裏表の機微にも通じた金子がそこまで言うにはそれなりの理由があるはずだ。

「彼はなにかやったんですか?」

「コレだ」

金子が右手の人差指をくいくいと動かしてみせた。

「派閥が秘《ひそ》かにプールしていた金に手をつけた」

金子は隣室にいる秘書たちを意識してか、さらに声のトーンを落とした。

「いくら抜いたのかは知らんが、奴はポンと二〇〇〇万円の中古マンションを買った」

金子によれば、西牟田の購入資金の出所を疑った税務署から住所確認の細かい問い合わせが入り、悪事が発覚したのだという。

「なぜ未だに勤務しているんですか。明確な横領じゃないですか」

「表に出せない金だって言っただろう。派閥で税理士をつけて、マンションの購入資金の出所はなんとかごまかした。志誠会として身内の恥を党内外にさらすわけにはいかん」

「そんなことを許していたら、好き勝手やり放題じゃないですか」

酒井が言うと、金子が強く首を振った。

「ケジメに関しては、永田町はマル暴よりきっちり詰めることを知っているか?」

金子はドスの利いた声で言った。

「奴が手伝いに入ったある首長選挙を使って、派閥がケジメをつけた」

「使ったとは?」

「選挙が綺麗ごとじゃないことくらい知っているだろう。奴が事務所で用意した茶封筒をいくつかこっそり懐に入れる瞬間をな」

平然と話す金子を見て、酒井は肩が強張《こわば》っていくのを感じた。

「まさか通報したんですか?」

「するわけないだろう。当選した首長もパーになるからな。要するに、おまえは常に監視されているぞって無言のメッセージを送ったんだよ」

「その気になればいつでも警察に突き出すという意味ですか?」

「同時に、奴の愛人が住んでいるマンションの外観写真もおまけで送ったそうだ」

喫茶店でブレンドのコーヒーをオーダーするような調子で、金子が言った。

「ということは、彼は恐妻家ですか?」

「筋金入りだ。西牟田はある地方議員の三女と結婚した。元々はどこの馬の骨かわからんような男だから喜んで結婚した。田舎の名士に頭は上がらん。愛人に入れこんでいることがバレたら、離婚されたうえに、派閥の仕事も取り上げられるからな」

「相変わらず怖い町ですね」

「週刊新時代のエース記者に言われる筋合いはないよ」

話を聞き、酒井は深く頭を下げた。

「助かりましたよ。ついでに、西牟田氏の連絡先、自宅《ヤサ》の住所とか教えてもらえませんか」

金子が背広から手帳を取り出し、ページをめくった。

「出所が俺だってことは絶対に明かすな」

金子の声を聞きながら、酒井は素早く手帳のページをスマホのカメラで撮影した。

「情報源《ソース》を守るのはいろはのい、です」

酒井が軽口を叩くと、ようやく金子が普段の顔に戻った。

「なぜ西牟田のことをそれほど熱心に調べるんだ。なんども言うが、奴は民政党にとってトカゲの尻尾でしかない。新時代がスピード違反の揉み消しを記事にするようなバリューはない」

「おっしゃる通りです。ただ、まだ調べの途中でして。チューさんと言えど、取材の全容を明かす段階にはありません」

「デカいネタなのか？」

「細いネタは好みではありませんから」

酒井が言うと、金子がため息を吐いた。

「先ほどお台場の道路と言ったとき、チューさんはなにか反応しましたよね？」

酒井が尋ねると、金子が顔をしかめた。

「そうだったか……」

「なにがあるんですか？」

ほんの一〇分ほど前、金子は湾岸署というキーワードに反応し、白バイに捕捉《ほそく》された地点にこだわった。

「これ以上は勘弁してくれ。悪く思わんでくれよ」

「バラす人間に見えますか？」

「そういうレベルの話ではない。俺も噂でしか聞いたことがない。不確かなことを軽々しく話すわけにはいかないんだ」

そう言うと、金子が口を真一文字に閉ざした。

かつて大和の記者時代、金子が教えてくれたネタで何度も窮地を救われた。逆にいえば、噂という名のパズルのピースをひたすら収集し、それを大きな絵画に組み直すのが政治記者の仕事の一つだった。金子は噂というピースを供給してくれる重要なネタ元の一人であり、噂を積極活用して記者という駒《こま》を操った人間だ。

「西牟田、そしてお台場。この二つになにか共通する事柄があるんですね？」

酒井はさらに畳み掛けた。しかし、金子は口を閉じたまま、なにも答えない。こんな金子の表情を見るのは初めてだ。

「西牟田は派閥の裏仕事を専門に扱う特命担当の秘書。そしてお台場にはたとえ警察につかまっても口を開かないだけの重要任務があった。そういうことですよね」

「想像するのはおまえの勝手だ」

金子が吐き捨てるように言った。よほど明かされたくない重大な秘密が潜んでいる。旧知のネタ元の異変を感じ、酒井はそう確信した。

「チューさんだから明かしますが、今追っているネタが弾《はじ》けたら、寝た子を起こすことになりかねない、そう警告されたこともあります」

酒井は野本の渋面を思い出しながら言った。酒井の言葉で、金子が眉根を寄せた。とっさの反応に、酒井は確信を強めた。

「かつて、先輩記者からこんな話を聞きました」

そう言うと、酒井は二〇年以上前に世間を騒がせた政界ネタの話を始めた。大手ゼネコン数社が永田町だけでなく地方政界まで幅広く裏金をばら撒《ま》き、閣僚経験のある大物議員や複数の県知事が逮捕・起訴された一件だ。

「社会部の人間から聞いたのですが、立件の決め手になったのは、ワープロ黎明《れいめい》期のちょっとした凡ミスだったそうです」

酒井が話しても、金子は腕組みして一切口を開かない。わずかな事柄でも言質《げんち》を取られまいとしているのがわかる。

「収賄側で立件された代議士秘書は、個人事務所の職員に対してワープロの記録用に使ったフロッピーディスクを粉砕した上で、焼却するよう徹底して指示を出したそうです」

酒井の言葉に、わずかに金子が頷いた。

「ただ秘書は普段まったく機械に触らぬ人だったそうです」

酒井が言うと、金子がもう一度頷いた。

「東京地検特捜部は、押収したワープロ、それにどうでもよいフロッピーを押収しました。フロッピーを事前に粉砕していた秘書は一安心したそうですが、これにはオチがあります」

酒井は記憶を辿《たど》りながら話した。先輩記者から聞いた話によれば、特捜部の検事はワープロに付属していたインクリボンに着目し、そこから裏金を受領した際に書いた覚書とメモの痕跡《こんせき》を見つけ出し、大物代議士逮捕の決定打にしたというのだ。機械に疎い秘書の盲点だった。

「今回のネタにも、こんなホットスポットがあるかもしれない。針穴ほどの小さな点かもしれませんが、そこをピンポイントで突けば一気にダムが決壊する、そう信じています」

酒井が言うと、金子がため息を吐いた。

「俺のところに来る前、誰に会った？」

「そんなこと明かせないのは、チューさんは知っているはずです」

「あえて訊いている」

「あちこちで殺される、気をつけろと注意喚起していただいております」

「俺の予想が正しいなら、ダムが決壊したときのインパクトは絶大だ。間違いなく政権がひっくり返る。おまえにその覚悟はあるか？」

「もちろんです」

「一点だけ注意しておく。新時代のエースが永田町関連のネタを追っている……これだけでも町の住人たちがざわつく」

金子の言葉に、酒井は頷いた。政治部にいた頃と事情は変わらない。官房長官番を務めていたとき、駒井に気に入られて酒井と他社の記者の三名だけがトップリーグの扱いを受けた。

当時の駒井がなにを考え、どこに行き、誰と会ったのか。その動向を知っていたのは酒井を含めてたった三人だけだ。記者たちだけでなく、有力議員やその取り巻きたちまで駒井の本音を知ろうと画策し、トップリーグの一人、酒井の動向に神経を尖《とが》らせた。

酒井自身、どれほど駒井の懐深くに食い込んでも、あくまで中立の姿勢を心がけていた。だが、周囲はそう受けとってくれなかった。自分が取材に動くたび、さざ波がたち、ときに永田町という小さな池に大きな波紋が広がることさえあった。

幸いなことに、ここ二、三年は酒井を中心とした記者たちの活躍で新時代は業界トップの地位を不動のものにした。しかし、官房長官番のときよりもはるかに取材の軌跡は思惑を集めることになる。信頼している金子でさえ、西牟田のことを訊いてきた酒井の行動をいやでも注視するだろう。

「細心の注意を払います。ご安心ください」

「呉々《くれぐれ》も俺に火の粉がかかるようなことはやめてくれよ」

金子が真顔で言った。酒井は頭を下げて議員会館の応接室を後にした。廊下に出ると、エレベーターホール近くの給湯室に向かい、酒井はスマホを取り出した。メモリを呼び出し、画面をタップする。

〈通話中……〉の表示が二度点滅したあと、電話がつながった。

〈大畑です〉

「俺だ。これから言う住所に西牟田の自宅《ヤサ》がある。あと、個人の携帯電話番号は……」

スマホを掌《てのひら》で覆いながら、酒井は矢継ぎ早に指示を飛ばした。

10

午前の官房長官定例会見が終わった後に官邸クラブに入り、松岡はベタ記事を書く城後《じょうご》にアドバイスを与えた。その後はすぐさま官邸を飛び出し、向かいにある国会に向かった。

朝方に自宅で起きた騒ぎのおかげで食事を摂《と》り損ね、極度の空腹だ。

松岡は国会中央食堂に飛び込むと、券売機で日替わりメニューのラーメンと半チャーハンのチケットを買った。

出来上がりを待つ間、松岡は周囲を見渡した。大きなホール状のスペースはレンガ作りとなっている。清潔なクロスがかけられた丸テーブルと大きめのダイニングテーブルが並ぶ。中華のほか、日本そばや寿司《すし》、洋食となんでもオーダーが可能だ。

周辺に飲食店が極端に少ないため、食堂は忙しい永田町の住人たちが重宝する場所となっている。経済部時代、国会取材に来た際に一度使ったが、政治部勤務になってからは二日に一度は利用するヘビーユーザーとなった。

松岡のような記者のほか、秘書や国会職員に交じり、現役の国会議員と丸いテーブルで相席になる機会も多い。

食券番号を呼ばれた松岡はカウンターで定食を受け取り、丸テーブルに着くとあっという間に平らげ、一息ついた。

壁の大時計を見ると、午後一時〇五分になっていた。夕刊最終版用に書いた記事は一時間前に校了されたが、まだ体内時計が問答無用でけたたましいベルを鳴らすタイマーのように動いている感じがした。

七時間前、松岡と藍子は娘の沙希の前にもかかわらず、大声でやり合った。

大切な独占インタビューを控えた藍子、そして議員宿舎前で阪をつかまえようと考えていた松岡は、互いに声を荒らげた。だが、沙希の泣き声が大きくなるとともに、松岡は我に返った。主要紙やテレビニュースでは大きな事件事故報道の類《たぐ》いはなく、政治ニュースにしても阪の見解をいち早く聞かねばならないような話題は一つもなかった。

インタビューが終わるまでであれば、松岡が沙希の様子をみていることが可能だと提案すると、藍子もようやく冷静さを取り戻した。

その後、松岡と藍子は沙希の世話をしながら慌ただしく動いた。藍子はインタビュー実現に尽力した通訳に電話を入れ、時間の前倒しが可能か問い合わせを入れた。

一方の松岡は、キャップの野水《のみず》の携帯電話を鳴らし、のっぴきならない事情を説明し、なんとか午前の会見を後輩の城後にカバーしてもらえるよう手配を済ませた。その後は阪の秘書の宮崎《みやざき》にショートメールを入れ、定例会見の欠席を伝えた。

次いで、社宅近くの小児科医院に連絡し、診療開始時間前に診察してもらえるよう手配した……スマホの通話履歴を見つめ直した松岡は、慌ただしく過ぎた半日を振り返った。

沙希の下痢は保育園で流行りはじめたウイルス性のものではなく、食べ過ぎが原因と診断された。幸い、通訳の尽力によってインタビューが予定より一時間早く始まり、藍子は急ぎ帰宅した。保育園を休んだ沙希を藍子に預け、松岡は入れ違いに仕事へと向かったのだ。

同じような思いをしている家庭は、数百万に近い数で存在する。共働き世帯が安心して仕事に向かえる受け皿をきちんと整備してもらわねば、働き盛り世代は全員が疲弊する。

スマホの画面を通話履歴からスケジュールに切り替え、次に厚労省を訪れる日程を確認すると、松岡は頭を無理やり切り替えた。

足早に食堂を出て国会記者会館へ向け、巨大な建物の外に出た。通用門脇の守衛に会釈して通りに出ると、聞き覚えのある声が後方から聞こえ、交差点の手前で松岡は足を止めた。

「もうどぎつい記事は勘弁してくださいよ」

「若手の仕事です。私なんか、ロートルで役立たずですからもう政界ネタは無理です」

振り返ると、松岡の視線の先に秘書のＩＤカードをぶら下げた中年の男と、グレーのポロシャツ、コットンパンツ姿の男が談笑していた。

ポロシャツの男は、ショルダーバッグを斜め掛けにし、笑みを浮かべている。次第に二人の声が近づく。松岡は二人に背を向けるか、声をかけるか逡巡《しゅんじゅん》した。

「あれ、松岡さん」

そうこうするうち、中年秘書がいきなり声をかけてきた。官房副長官の秘書だ。このところ松岡が阪に食い込んでいることをいち早く察知し、最近は頻繁に食事に誘ってくるようになった狡猾《こうかつ》な男だ。

「どうも、お世話さまです」

松岡が答えたとき酒井と目が合った。

「たしか、お二人は……」

「ええ、松岡は大和時代の同期です」

笑みを浮かべ、酒井が秘書に言った。

「松岡さんはこのところ永田町で台風の目なんですよ。知っていますか？」

秘書が酒井に言うと、松岡は慌てて二人の間に割って入った。

「とんでもないです。まだ異動したばかりですから」

「阪さんがあれだけ気に入った記者は珍しいって、官邸の中でも評判なんだよ」

秘書の言葉に酒井が反応した。

「異動って、松岡が政治部に？」

「他社に移ったのが何人か出た。それで経済部、国際部、社会部から三人がいきなり異動させられた」

松岡が答えると、酒井はわずかに首を傾《かし》げていた。

「異動直後といえば、大和なら最低半年間は総理番じゃないのか？」

酒井が怪訝《けげん》な顔で言った。

「どういうわけか官房長官から番に指名された」

「阪さん直々にということか？」

「ああ」

松岡の答えに、酒井がわずかに顔をしかめたような気がした。

「どうした？　なにか気になるのか？」

松岡が尋ねると、酒井が首を振った。

「いや、俺のいた頃に比べて随分仕組みが変わったと思ってさ」

兜町《かぶとちょう》で酒井と会ったのはほんの一カ月前だ。あのとき、自分はサブキャップとして秋の異動で霞《かすみ》が関《せき》の中核、財務省の担当を狙《ねら》っていた。

だが、今は財務省を飛び越して政権中枢である官房長官に張り付いている。酒井は、松岡がキャリアアップの過程を一足飛びにしたことを敏感に察知したのだ。

「酒井は取材で永田町に？」

「違うよ。この前、閣僚の金に関してうちの若い記者が刺激的な記事を書いたから、あちこちに挨拶して回っていた」

「あいさつとは？」

「皆さんとは良好な関係を持ち続けたいから、今後ともよろしくって意味だ。所詮《しょせん》週刊誌だから、こうして老い先短い記者が頭を下げて帳尻《ちょうじり》合わせしている」

酒井は自嘲《じちょう》気味に言った。松岡は元同期の顔を凝視した。互いに歳《とし》を重ねた分だけ角《かど》が取れた。酒井の顔は元同僚ではなく、明らかに他社の人間に対する表向きの顔だ。それが証拠に醒《さ》めた目つきをしている。

「新時代が特大スクープ出すときは、こっそり教えてくれよな。俺、永田町では新参者だから、懇談に出るときに手土産が必要だ」

酒井と同じように、松岡も他社の人間の顔で返した。

「わかった。そのかわりに、官房長官の裏懇メモをよろしく」

酒井が愛想笑いで言った。中年秘書は交互に顔を見比べ、肩をすくめた。

「二人とも怖いことだけはしないでくださいよ」

そう言うと、秘書と酒井は連れ立って官邸の方向の横断歩道を渡った。二人の背中を見つめながら、松岡は考えを巡らせた。

わざわざ昼間に顔を見せるということは、記事の対象となる人物に直当たりしてコメントを取る、もしくは正面切って記事を載せることを通告するなど、事態が切迫しているのではないか。あるいはその前段階として、なんらかのスクープに酒井が肉薄しているかもしれない……。

交差点に目をやると、官房副長官秘書の背中が官邸の通用口に吸い込まれていくのが見えた。だが、酒井の姿はない。地下鉄駅の方向か。あちこち目を向けるが、酒井の姿はどこにもなかった。

11

永田町の議員会館に金子を訪ねてから五日後だった。酒井は会社の古い張り番用セダンを本社の車庫から持ち出し、東新宿のマンション脇に停めた。

酒井は腕時計に目をやった。時刻は午後一一時半、新宿の明治通りの内側にある古い低層マンション前は人通りが極端に少なくなった。抜弁天《ぬけべんてん》に通じる職安通り側から問題の男は帰宅するはずだ。

酒井はダッシュボードに置いたタブレット端末を見やった。画面には待ち人の顔写真が表示されている。

西牟田昌三、五八歳。エラの張った輪郭、細く吊《つ》り上がった眉と一重の目が特徴的だ。どこか狐《きつね》のような風貌《ふうぼう》だ。四日前から張り付いている大畑によれば、西牟田の身長は一六五センチ程度で、中肉中背。どこにでもいそうな中間管理職のサラリーマン風だという。

酒井がタブレットと車窓を交互に見ていると、ダッシュボードに置いたスマホが震え始めた。画面には大畑の名が光った。

〈酒井さん、今どこですか？〉

「西牟田の自宅《ヤサ》前にいる。どうした？」

〈西牟田、愛人《イロ》と渋谷のラブホを出て二〇分前に地下鉄に乗りました。あと二、三分で東新宿駅からすぐにそちらに現れるはずです〉

「了解、直に当たる」

酒井がそう言って電話を切ろうとすると、大畑が言葉を継いだ。

〈今日は幡ヶ谷《はたがや》のおしゃれな居酒屋に寄って、その後は定番の渋谷のラブホでした。すぐに写真を転送しますね〉

「でかした」

電話を切り、一分ほど経ったときだ。スマホが再度振動した。メール着信の合図とともに、スマホのランプが点滅した。メールの添付ファイルを開くと、大畑が言った通りの写真が一〇枚届いた。居酒屋の小上がりで、髪をきつくカールさせた派手なワンピースの女の手を握る西牟田の姿が鮮明に写っていた。その他にも、道玄坂近くのホテルに手を繋《つな》いで入るシーン、そして二時間半後に出てくる場面も鮮明に撮影されていた。

今日の分だけでなく、過去四日分も写真データはある。カールのきつい水商売風の女だけでなく、西牟田はあと二人の女と逢瀬《おうせ》を重ねていた。どこにそんな金があるのか知らないが、羽振りが良い。また派閥の金に手をつけているのかもしれない。

スマホの写真ファイルを閉じ、ハンドルに体を預けて車外の様子を探る。近所の交番の若い巡査が警らしたのは一時間前で、再度この地域に来るのはあと三、四時間後のはずだ。

周囲を観察してから三分ほど経ったときだった。職安通りの方向から、住宅街に通じる小路に人影が見えた。助手席に置いた暗視用の双眼鏡を取り上げた。焦点倍率を合わせながら覗《のぞ》き込むと、ワイシャツ姿の男が見えた。徐々に人影が近づく。倍率を上げると、エラの張った輪郭がわかる。西牟田だ。

双眼鏡を助手席に放《ほう》り出すと、酒井はスマホを手に取り、セダンを降りた。人影がさらに近づき、乾いた靴音も明瞭《めいりょう》に聞こえるようになった。セダンから離れ、酒井は西牟田との距離を詰め始めた。西牟田は足早に低層マンションに向かう。歩幅を合わせながら、酒井も歩く。

「こんばんは」

距離が五メートルほどになったとき、酒井は声をかけた。西牟田はすぐに足を止めた。

「なんですか？」

酒井を見つめる細い両目が、さらに吊り上がっていた。

「西牟田さん、お帰りをお待ちしておりました。私、こういう者です」

スマホの明かりで手元を照らしながら、酒井は名刺を手渡した。

「週刊誌の記者さんがなんの御用でしょうか？」

「少しお話を伺えませんか」

そう言うと、酒井は届いたばかりの写真ファイルをスマホの画面に表示した。

「ここ数日、ずっと西牟田さんを観察《こわば》しておりました」

画面を向けると、西牟田は肩を強張らせた。

「なぜ私を？　一介の秘書のことを書いても、誰も興味をもたないはずです」

西牟田はさらに目を吊り上げ、掠《かす》れ声で答えた。

「ご自宅でお話をとも考えましたが、まずいですよね」

酒井は白熱灯の光が漏れる三階の角部屋に目を向け、言った。

「だから、俺のことを記事にしても……」

西牟田の声が完全に上ずっていた。

「記事にするかどうかは、我々が判断します。その前に色々とお話を聞かせていただきたいのです。これからファミレスで小一時間ほどいかがですか？」

「何を知りたい？」

「立ち話ではなんですから、いかがですか？　お時間がなければ、機会を改めてまたお願いにあがりますが」

酒井の言葉に、西牟田が観念したように頷いた。酒井は素早く助手席側に回り、ドアを開けた。双眼鏡やショルダーバッグを後部座席に放り投げ、西牟田の座るスペースを確保した。

「二四時間営業の店はいくらでもあります。それとも、私が知っているお店、例えば、女の子がお酌をしてくれるようなところがよろしいですか？」

酒井が言うと、西牟田は強く首を振った。

「早めに済ませてくれませんか」

「それではコーヒーを飲みに参りましょうか」

助手席のドアを閉め、酒井は運転席に着いた。エンジンをかけると、すぐに西牟田が口を開いた。

「女遊びなら、バッジの連中の方がもっとよろしくやっている」

「そのようですね」

酒井は短く答えたあと、口を噤《つぐ》んだ。言葉数を少なくする方が、相手の恐怖心は募る。どこまで、なにを知っているのか。本当に記事にされるのか。今までなんども直撃取材を敢行した。自分の手札を見せずとも、ほんの些細《ささい》な声がけで取材される側はパニックに陥る。助手席で肩を強張らせた西牟田も他の人間と同じだ。

「家内に知られるとまずいんです。なんとかしてもらえませんか」

「あと少しでファミレスです」

東新宿の細い小路をいくつも抜け、酒井はセダンを明治通りに向けた。都心の幹線道路沿いには、二四時間営業の店がいくらでもある。明治通りを池袋方向に走り出す。

「有名な議員の弱みだって知っている。女絡み、金関係。いくらでもネタは出す」

西牟田が懇願調で言った。

「残念ながら私が興味を抱いているのは西牟田さんなのです」

低い声で告げると、西牟田がため息を吐いた。

セダンは空いた明治通りを走り続け、高田馬場駅に通じる早稲田通りの交差点にさしかかった。

「あそこにしましょう」

進行方向の左側にある和食レストランの青い看板を指し、酒井が言うと助手席で観念したように西牟田が頷いた。

「小腹が空かれているようでしたら、うどんか寿司でもどうですか。体力を使われたあとですから、入りますよね?」

体力の部分に力を込めると、西牟田が項垂《うなだ》れた。

「私はコーヒーですが、どうぞご遠慮なく」

ウインカーを左に出し、酒井は明治通りからファミレスの駐車場にセダンのノーズを向けた。

12

「ドリンクも本当にラストですからね」

黒いベストに蝶《ちょう》ネクタイのボーイ長が苦笑いしながら言った。

「それじゃあ、紹興酒《しょうこうしゅ》の小ボトルをあと二本だけ」

松岡の真横に座る日本橋テレビの林《はやし》が答えると、ボーイ長は右手でピースの形を作り、もう一度苦笑した。

「林ちゃん、強いわね」

松岡の対面にいるNHR《日本放送連盟》の岩館《いわだて》が肩をすくめた。手元には生《き》の紹興酒がなみなみと入ったグラスがある。岩館の細面の顔に酔いの気配は微塵もない。岩館も林も政治部在籍が長いベテランだ。日頃、政治家や秘書たちと懇親会と称した飲み会を続けているうちに、酒が強くなったのだろう。

松岡は店名物の担々麵《たんたんめん》を平らげると、紹興酒に口をつけた。国会記者会館を出たとき、阪番のトップリーグを形成する女性記者二人とばったり会ったのが食事のきっかけだ。皆、夜回りのあとで夕食を摂り損ねたことがわかり、記者会館から五分ほど歩いた。特許庁近く、外堀通りに面した永田町住民御用達の老舗《しにせ》中華レストラン太和殿《たいわでん》に入った。

午後一一時とラストオーダーが遅い上、ボーイ長と顔馴染みとなれば、今晩のように三〇分程度はラストオーダーを遅らせてくれるなど、融通もきく。

「今日の阪さん、いつものようにあまり喋らなかったね」

追加の紹興酒を手酌でグラスに満たしながら、林がため息を吐いた。

「国会が開いていないから、仕方ないわよ」

つまらなそうに岩館が言った。松岡はひそかに腕時計に目をやった。時刻は午後一一時半をまわった。二時間半前プリンセスホテルで会費制の裏懇談が開催されたが、普段通り〝口下手〟を演じる阪は言葉数が少なく、メモに起こすような内容はなにもなかった。

番記者同士で他愛もない話をするのは気が引けたが、沙希の突発的な不調でいつ懇談を欠席するかもわからない。メモをもらう日がくるかもしれないし、トップリーグ内の和を保つ必要もある。そう考え、松岡は深夜の食事につきあった。

「閉会中はこんなペースなんですか?」

「国政選挙が近いとか、スキャンダルで不穏な空気でも広がらないかぎり、いつもこんな調子よ。でも、松岡さんは政策取材で忙しいみたいだけどね」

岩舘は政策の部分に力を込めた。

「あれはたまたま自分の生活がかかっているもので」

「いいわね、リア充は」

「こんな生活していたら、結婚なんかできないんだから、当たっても仕方ないじゃない。松岡さんは元々時間にゆとりのある経済部にいたんだもん」

肘をつきながら、林がグラスの紹興酒を一気に空けた。一応庇《かば》ってくれているが、林も松岡のここ数日来の記事を快く思っていないのは明らかだ。

三日前、松岡は独自ネタを朝刊の一面に載せた。

〈都市部の私立保育園に補助拡充　月額最大一〇〇万円、今後増額も視野に〉

四日前、厚労省の曽根から連絡を受け、二時間ほど単独のレクを受けた。

東京や大阪、名古屋など大都市圏で運営している私立保育園は、ターミナル駅周辺に入居するケースが多く、高額な家賃に苦しんでいた。地道な聞き取り調査で苦しい経営実態を把握していた曽根らが一年近く政界や財務省に働きかけ、新たな補助制度の実現がほぼ確定したというのだ。レクのあと、財務省の担当者らにも内々にヒアリングを行ったのち、松岡は記事を書いた。

松岡の記事が出た翌日、同業他社の新聞が夕刊で同じ内容を報じ、公共放送や民放各社も一斉に後追いした。

「我が家は区立の保育園に入れましたけど、私立は大変です。とても他人事《ひとごと》とは思えないテーマなので、ずっと取材してきただけです」

松岡が答えると、岩舘が口を開いた。

「役所を回るとき、阪さんの口添えがあったんでしょう?」

「いえ、特別なことはなにも」

松岡は小声で答えた。本社に上がると言って姿を消した中央新報の深見も嫉妬《しっと》深いが、岩舘も同じだった。松岡は薄ら笑いでごまかした。

「松岡さん、他に狙っているテーマとかあるの?」

林の問いに、松岡は首を振った。

「政治部の仕事を覚えるのにいっぱいいっぱいですから、育児支援以外は無理です」

「その程度にしておいた方がいいわよ。同じ番の中でも、これだけああだこうだ言われるんだから」

そう言うと、林が岩舘に顔を向け、ペロリと舌を出した。林なりに気を遣ってくれているのはわかるが、たちまち岩舘の顔が紅潮した。

「帰るね。私だって手持ちのネタの一つや二つあるんだから」

せわしなくバッグを弄《いじ》り、岩舘は財布から五〇〇〇円札を取り、テーブルに置いた。

「失礼、お先に」

つっけんどんに言うと、岩舘はさっさと席を立った。取り付く島がないとはこのことだった。足早に出口に向かう岩舘の背中を目で追うと、ボーイ長の驚いた顔が見えた。

「彼女、プライドが人一倍高いからなあ」

ため息を吐きながら林が言った。

「最初にあいさつしたときからそんな気配はありましたけど……」

松岡がそう答えたときだった。テーブルに置いていた松岡、そして林のスマホがほぼ同時に振動した。取り上げて画面をタップすると、政治部の社内メールが表示された。

「仲良しクラブの定例食事会、終わったみたいね」

「林さんも動静の連絡でした？」

林が液晶画面を松岡に向けた。日本橋テレビの総理番が記した〝首相動静〟が見えた。

〈午後一一時三一分　都内ホテルの個室ラウンジを出る。同行者は大和新聞・田所特別コラムニストら大手マスコミの……〉

田所のほか、中央新報、NHRなど主要マスコミの幹部記者、編集委員や政治部長らの名前が連なっていた。

「麻布の超高級寿司店のあとは、ホテルのバーか。これだけ頻繁にやると、世間の風当たりもきつくなるわ」

舌打ちしながら林が言った。

「御社はどなたか参加されたんですか？」

松岡が訊くと、林が首を振った。

「ウチは歴代政治部長が別派閥の担当だったから、未だに芦原さんには警戒されているみたい。官邸キャップが必死に巻き返し図っているけど、ハードル高いわ。そりゃそうよね、みんな足掛け一〇年単位で芦原さんやその周辺との関係築いていたんだから」

一〇年という言葉を聞き、松岡は深く頷いた。政治部の仕事は人対人が基本だ。一人の政治家が有力者に成長するまで時間がかかる。政治記者の嗅覚《きゅうかく》でこれはと思った人物に狙いを定め、つきあいを始める。互いの本音をさらし、腸《はらわた》も見せ合うくらいの気概《きがい》がないと関係は深まらないとキャップの野水が言っていた。

芦原は好き嫌いのはっきりした人物だ。その証拠に、政権運営に批判的なメディアの幹部との面会や会食は極端に少ない。幸い、大和は田所が二〇年以上芦原をカバーしてきた縁で、特オチを食らうようなことはない。

「今晩の懇親会の中身、なにか面白いことがあったら教えてもらえないかな?」

松岡のグラスに酌をしながら、上目遣いに林が言った。

「もちろんですよ」

紹興酒を一口舐《な》め、松岡は答えた。経済部の取材ではあり得ない話だが、ここは勝手が違う政治の世界だ。番記者同士で支え合わないと、すべての取材対象をカバーできないのだ。松岡がいないところで阪がなにか重要な発言をしたとしたら、真っ先に林の携帯を鳴らす。

「こんな強がりキャラでやっているけど、部長の人事査定を気にしているんだから」

林がわざとらしく肩をすくめたとき、店の入り口方向から低い男の声が響いた。

「鶏《とり》の汁そばをお願い」

「これはこれは、お久しぶりです」

ボーイ長の甲高い声に、松岡は目を向けた。恰幅の良い白髪の男が歩いてきた。田所だった。松岡は席を立ち、大先輩記者に頭を下げた。

「松岡君じゃないか」

「懇親会、お疲れさまでした」

松岡が言うと、田所は笑みを浮かべた。同時にテーブル席の林に目をやった。

「たしか日本橋テレビの……」

田所の声に、林が反応した。

「よろしければ、汁そばが来る前に紹興酒はいかがですか?」

林が猫なで声で告げた。

「それでは、遠慮なく」

田所は先ほどまで岩舘がいた席にどっかりと腰を下ろした。顔はかすかに赤らんでいるが、口調は冴《さ》えている。歴戦《れきせん》の政治記者の顔だ。

「あの、差し支えなければ……」

ボーイ長が運び入れた真新しいグラスを田所に渡すと、林が酌をした。

「懇談の中身かい？」

「ウチはいつも入れてもらえないので」

恐縮したように林が言うと、田所が頷いた。

「こういう時はお互いさまだ。要点でいいかな？」

田所が快く応じると、林が素早く取材ノートをテーブルに載せた。

「まずは日中関係に関して。例の南シナ海の問題について、総理はいつものように強気の持論を展開して……」

田所が話し始めると林は熱心にペンを走らせた。

「通常の言い振りとの相違点はありませんでしたか？」

「特段なかったね。あとは北朝鮮問題だが……」

田所が要領よく話し続けていると、松岡のポケットでスマホが振動した。取り上げてみると、短いメールが入っていた。

〈宮崎です。荒木町の例の店で長官がお待ちです〉

テーブルの下で素早く返信すると、松岡は口を開いた。

「すみません、娘がちょっと……」

いくら持ちつ持たれつとはいえ、阪の素顔に触れる機会を林に譲るつもりはない。

「そうか。早く帰ってあげなさい」

店の勘定が書かれた札を手元に引き寄せながら、田所が言った。松岡は頭を下げ、席を立った。

13

「コーヒーがお二つ。ご注文は以上でよろしいですか？」

無愛想なウェイターが酒井と西牟田の前にカップを置いた。

「ありがとう」

そう返したきり酒井は口を閉ざし、対面の席にいる西牟田を睨んだ。

「政調会長の甥《おい》っ子ですがね、実は不正に大学へ入りましてね。友人の秘書によれば、裏金として二〇〇〇万円ほど医学部の教授に包んだそうです」

忙しなくテーブルを指で叩きながら、西牟田が早口で言った。

「そうですか」

酒井が素っ気なく答えると、西牟田は唇を舐め、言葉を継いだ。

「前幹事長の件はいかがですか？　すっかり世間の注目度はなくなりましたが、一時は相当に重篤な状態だったのです」

西牟田はスマホを取り出し、写真ファイルを画面に呼び出した。

「これは集中治療室で意識不明だったときの写真です。これを新時代に載せれば、インパクト大ですよ」

西牟田が差し出したスマホには、人工呼吸器を装着した中年男性が写っていた。額の後退した具合から前幹事長の川谷だというのは分かる。だが、この種の写真は、早い段階で編集部が入手しており、目新しさはない。スマホを押し返すと、酒井は口を開いた。

「興味ありませんね」

低い声で言うと、怒られた子供のように西牟田が視線を泳がせた。

取材相手を追い詰めるときは、極端に口数を減らす方がよい。怯えた相手は沈黙に耐えきれず、絶えずなにか言葉を吐き出す。だが、眼前の西牟田は肝心なネタをまだ話さない。もうしばらく圧迫しながら様子を見る。そう決めた酒井はコーヒーを口にし、マールボロに火を点《とも》した。言葉を発せずとも、力関係を見せつけることが肝要だ。

「煙草吸われますか?」

酒井はゆっくりとマールボロの箱を西牟田に向けた。西牟田は慌てて首を振る。

「一〇年前に禁煙しました」

「久々にどうですか? 気持ちを落ち着かせるのに煙草は有効ですよ」

西牟田は首を振り続け、煙草の箱を酒井の手元に押し戻した。

「六日前、お台場に行かれましたよね」

酒井が尋ねると、西牟田が真一文字に口を閉じた。今までのおもねるような表情が消え、開き直った詐欺犯のような顔つきで、西牟田が言った。

「なんのことですか」

「もう一度訊きます。六日前、お台場に行かれましたよね」

酒井の問いかけに、西牟田が眉根を寄せた。

「あんたに答える筋合いはない」

ぶっきらぼうに答えると、西牟田は横を向いた。

「党務で行かれたとか聞きましたが、違いますか?」

酒井の問いかけに西牟田が小さく舌打ちした。

「なぜそんなことを尋ねる？」

「民政党本部は永田町の一等地にあります。なぜ党務の関係がお台場にあるのか、素人にわかりやすいように教えていただきたいと思いましてね」

そう言うと、酒井はマールボロの煙を天井に向けて吐いた。眼前の西牟田の眉間の皺《しわ》が一層深くなる。

「なにが狙いだ」

西牟田の顔が徐々に変わり始めた。頬がわずかに紅潮し、小刻みにテーブルを叩いていた指は、いつのまにか握り拳《こぶし》になり、甲にいくつも血管が浮き出ている。西牟田の様子を冷静に観察していると、不意にチューさんこと金子議員の言葉が頭をよぎった。

〈ダムが決壊したときのインパクトは絶大だ。間違いなく政権がひっくり返る〉

西牟田の表情の変化は、金子の言葉を裏付けるものに他ならない。東京湾の埋立地に放置されていた古い金庫が昭和の一大疑獄の解明につながり、平成の政界の背骨を引き剥《は》がす。

「情報源秘匿《ひとく》の原則を曲げるつもりはありません。まして、あなたの私生活のことをとやかく言うつもりもありません」

酒井はゆっくりと告げ、西牟田の顔を見た。額にうっすらと汗が滲《にじ》んでいる。

「もう一度うかがいます。お台場には党務に関するなにがあるのですか？」

「あんたに教えるいわれはない」

「お台場にはお金が湧《わ》き出る泉《いずみ》でもあるのですか？」

酒井が言うと、西牟田が目を見開いた。

「西牟田さんは民政党全体の裏方仕事を長年務められたとうかがいました。今は便宜的に幹事長の下におられますが、実務はあくまで水面下の専門家だ」

酒井の言葉に西牟田が小さく頷いた。依然、その目は大きく開いたままだ。

「お台場に行った日、どうして古いお札を運んでおられたのですか?」

西牟田がごくりと唾を飲み込んだ。

「なぜそんなことまで知っている?」

「記者ですから。方々に協力者がいます」

「汚ねえな。あのときの警察か」

「綺麗《きれい》ごとばかりでは、週刊誌の記者は務まりません。そろそろ本当のことを教えてくださいませんか」

酒井が言うと、西牟田が観念したように口を開いた。声のトーンは極端に低い。

「選挙が近い」

コップの水を一気に飲み干し、西牟田は北関東にある都市の名を明かした。

「あそこは昔から革新系が強い地盤ですね。私はかつて大和の政治記者でした。未だ永田町周辺には様々な情報源《ソース》が健在です」

「その中からお台場の金のことを聞いたのか?」

酒井は頷いてみせた。西牟田が値踏みするような目つきで言った。

「どこまで知っている」

「危険だから近づくな、そう警告する人が何人もいました。ただ、正直なところなにが危険なのか、その具体的な中身がわかりません」

酒井が言うと、西牟田が深く息を吐き出した。

「俺の他にもあと五、六人同じような汚れ仕事専門の秘書がいる」

「秘書さんたちは、金が湧き出す泉の水源をご存知だということですよね」

「水源とか言われても、詳しいことは知らされていないし、知りたくもない。ヤバいことだってわかっているからな。万が一パクられるようなことがあっても、肝心なことを知らなければ自供もできない」

額に浮き出た汗をハンカチで拭《ぬぐ》いながら西牟田が答えた。どこまでが本当なのか、酒井はもう一度西牟田の顔を凝視《ぎょうし》した。

西牟田は派閥が秘《ひそ》かにプールした金を着服し、マンションを買うような、大胆かつずる賢い人間だ。そんな人間が危険を承知で仕事をこなしているからには、ある程度のことを知っているはずだ。

「泉の源泉はかつてのクラスター事件、筒美ルートの裏金ではないのですか?」

酒井の言葉に西牟田が目を剝《む》いた。

「だから、俺はなにも知らんし、知らされてもいない」

西牟田の口から飛び出た唾《つば》の粒がテーブルに落ちた。

「ある代議士は、あなたたちのことをトカゲの尻尾だと言っていました。そこまで蔑《さげす》まれてもこの仕事を続ける意味とはなんでしょうか?」

「新時代の記者なら、俺のことを調べてきたんだろう?」

西牟田の声にはある種の凄《すご》みがあった。頷き返すと、西牟田が言葉を継《つ》いだ。

「三〇年以上も政治の裏世界にどっぷり浸かった。この歳では転職も無理だし、他の世界で生きる術《すべ》を知らない」

「つまり、危険を承知されているという意味ですよね」

「そうだ。これ以外の仕事を知らん」

西牟田は覚悟を決めたように告げた。

「現幹事長は、旧・中垣内派の流れをくむ人ですね」

「それがどうした?」

「私の取材によれば、かつて弱小派閥だった中垣内派が党内勢力を拡大するにあたり、クラスター事件の裏金を使っていた事実が浮かび上がってきました」

酒井は傍《そば》に置いたショルダーバッグから取材ノートを取り出した。ページを開き、テーブルに載せると、西牟田が身を乗り出して覗き込み始めた。

「起点はここです」

酒井は見開きページの中心に人差指を立てた。

〈民政党派閥チャート〉

元参議院議員の野本のメモを元に、酒井自身がプレゼン用のソフトを使って描いた一覧表だ。野本がメモした金額をベースに、社の書庫にあった政治関連の資料を首っ引きで調べ丸二日かけて作ったものだ。

民政党は一九五五年に既存の保守系の二党が大同合併してできた政党だ。その大元は、民主人民党、もう一方は政策立憲党で双方の名前から一文字ずつ取って「民政党」ができた。酒井はチャート図の中で、旧政策立憲党に連なる派閥の上に人差指を置いた。

「中垣内氏は、派閥の始祖である辰野二郎《たつのじろう》氏に見込まれ、派閥を継承しました」

辰野二郎の文字の横には、派閥の名称である〈夏草会《なつくさかい》〉の囲みがある。辰野の下には矢印で中垣内、その次のボスは河辺美津男《かわべみつお》と歴代の民政党有力者の名が連なる。そして現在の領袖《りょうしゅう》は現幹事長だ。

「この金額に注目してください」

酒井は歴代のボスの名前の下に記した小さな数字を指した。

「河辺の代で約五〇億円、その後次第に数字は減ってきていますが、裏金はまだ残っている。着実に裏の金庫番の秘書の間で申し送りがされてきたのではありませんか?」

酒井が顔を上げると、西牟田が顔色を無くしていた。

「こんな流れがあったなんて、俺は本当に知らないし、知らされてもいない。もちろん、紙に申し送りを残すなんてこともない」

西牟田はなんども首を振った。今まで紅潮していた頬が白く変色していた。

酒井は中垣内の派閥の隣、〈八日会《ようかかい》〉の欄を指した。派閥を興したのは現在の芦原首相の祖父に当たる浜康介《はまこうすけ》だ。その下には福本《ふくもと》、芦原と歴代の首相や党、重要閣僚を経た政治家の名前が八人連なる。

「私の情報源によれば、他の派閥にはそれぞれ三〇億円近い金が配分されたはずです」

酒井は〈夏草会〉、〈八日会〉のほかにも、田巻元首相が中興の祖となった〈水曜研究会《すいようけんきゅうかい》〉や他の有力派閥の欄をなんども人差指で叩いた。その度に西牟田は肩を強張らせる。

「あなたは筒美ルートの裏金を一手に引き受けた夏草会系の秘書です。泉の根源はどういう組織ですか？　それくらいは知っているでしょう？」

酒井が声を低くして尋ねると、西牟田が唇を噛んだ。

「取材源の秘匿は絶対です。答えてください」

声をさらに潜め、酒井は西牟田との間合いを詰めた。

「噂では魂心会の残党が作ったノンバンク、いや高利貸しみたいな業者が資金を秘かに管理していると聞いたことがある」

絞り出すような声で、西牟田が明かした。

酒井は魂心会というキーワードを頭に刻んだ。戦後最大のフィクサーと称された筒美が作った政治結社であり、その組織には反共勢力に対抗するための武闘派組織としてヤクザ者も含まれていた。暴力団と高利貸しは相性の良い組み合わせだ。

「それで、あなた自身はトータルでいくら運びましたか？」

「もうこの辺で勘弁してくれ」

懇願口調で西牟田が言う。だが、ここで止めるわけにはいかない。

「今回、あなたは白バイに捕まったとき一二〇〇万円程度を車に運んでいた。永田町流に言えば、レンガ一つにコンニャクが二つです。このようなことをなんどやりましたか？」

酒井は強い視線を西牟田に送った。クラスター事件が世間を騒がせていた当時、永田町では賄賂や裏金のことをクッキーという隠語で表していた。一クッキーが一〇〇〇万円だ。酒井が永田町取材に駆け回っていた頃は、一〇〇〇万円はレンガ、一〇〇万円はコンニャクと呼ばれていた。あまり上品とは言えない永田町特有の隠語は、札束の厚みに由来している。

「……ここ一〇年で一〇回か一五回かもしれない」

「配送に関する記録簿、あるいはメモは？」

「そんなもん、あるわけないだろう。回数はその程度だ」

西牟田の声が萎《しお》れた。一回で一〇〇〇万円として一〇回ならば一億円、一五回ならば一億五〇〇〇万円となる。西牟田の証言に幅があるのは仕方ないが、彼が運んだのは二、三億円と見積もれるだろう。他にも同じ仕事をした秘書がいるとすれば、未だに残っているのは一〇億、いや二〇億円程度か。

酒井はさらに尋ねた。

「それでは、他派閥の裏仕事をこなす秘書の名前と連絡先を」

たちまち西牟田が顔を歪《ゆが》めた。

「魂心会の残党が絡んでいるんだ。他所《よそ》の話を漏《も》らしたら、本当に消されてしまう。こんな裏方稼業だが、最低限の仁義ってもんがある」

他所の話、という部分に酒井は反応した。確実に他派閥担当者を西牟田は知っている。

「どうしても話していただけないとなると、こちらも考えがあります」

酒井はそう言うと、テーブルに置いたスマホを取り上げた。素早く通話履歴を操作し、大畑の名の上でタップした。通話ボタンを押し、会話が西牟田に聞こえるようスピーカーフォンにした。幸い、大畑はツーコールで電話口に出た。

「俺だ。今、話せるか？」

〈急ぎですか？〉

「例の西牟田さんの写真を急いでプリントして、今晩中にバイク便でご自宅に配送できるようすぐに手配してくれ」

〈もうすぐ編集部に戻ります。あと一時間もあれば、マンションに私自身が届けます〉

大畑の声を聞き、酒井は顔を上げた。西牟田の顔が硬直していた。

「勘弁してくれ」

酒井を拝むように両手を合わせ、西牟田がなんども頭を下げた。

「大畑、配送は俺が指示するまでお預けだ」

そう言うと、酒井は電話を切った。ついで取材ノートのページを一枚切り取ると、ボールペンとともに西牟田の手元に差し出した。

「派閥の名前、あるいは議員の名前とその裏仕事専門の人たちのお名前を」

低い声で言うと、西牟田が弾かれたように紙にペンを走らせた。右肩上がりの癖の強い文字で、次々と西牟田はメモを記していく。

「もし嘘だったら、部下が問答無用《もんどうむよう》でお宅に伺います」

「嘘なんてついてない」

西牟田が書き上げたメモを酒井に押し戻した。

「取材にご協力いただきまして、感謝いたします」

紙を受け取り、酒井は頭を下げた。すると舌打ちした西牟田が口を開いた。

「俺たちみたいな使い捨てばかり狙うなんてやり方が汚い」

「なんとでもおっしゃってください」

酒井がメモをバッグにしまうと、西牟田がテーブルを叩いた。

「こんな汚《よご》れ仕事をやって、のし上がったバッジだっているんだ」

西牟田が意外なことを言い出した。酒井は取材ノートを広げ、ペンを手にした。

「議員という意味ですね」

「今は政権中枢ですました顔をしているが、汚れ仕事の功績で成り上がった」

西牟田の言葉に強い怒気《どき》がこもっていた。

「ちなみに、その名前は?」

酒井が訊くと、西牟田がペンを取り上げ、ノートによく知る人物の名前を書きなぐった。

「この人が裏仕事をやっていた?」

「いまどき看板も地盤もないのに長年あのポストに居座っている男だ。裏返せば、それだけの功績があったってことだ」

西牟田の両目が真っ赤に充血していた。酒井はもう一度、書きなぐられた文字を睨んだ。予想外の大物の名前が酒井の網膜《もうまく》に焼き付いた。

14

「総理は目標達成が後にずれることを大変気にされています」

お気に入りのバーボンを一口含むと、阪が言った。わずかに眉根が寄っている。

「例の〝東京死んじまえ〟ですか」

「内心相当応《こた》えています。彼は子供がいませんから、その分親の気持ちがわからないと言われるのが相当にきついのです。ただ、女性の就業率が高まる以上、待機児童問題は解消しません。当初目標より後ずれして二〇二〇年度くらいになるかもしれません」

阪は低い声で言った。

待機児童問題が昨年の国会で火を吹いた際、野党に追及された芦原は軽くいなしたように松岡の目には見えた。だが、こうして女房役とも言える官房長官が芦原の内面を明かすと、政治家の多様な心の内が見えてくる。

荒木町の裏通りにある薄暗いジャズバーには、柔らかなトランペットの音色が響いている。前回訪れたときと同じで、店は貸し切りで、マイルスの奏でるバラードの響きとは不釣り合いの屈強なＳＰがドアの前で待機している。

松岡が合流した直後から、阪は育児支援策の話を始めた。阪の言った目標達成の後ずれとは、芦原が在任期間中に全国の待機児童をゼロにすると宣言したことだ。

「問題の根は深いと言わざるを得ません」

阪の言う通りだと思った。松岡は、自分の政治部在任期間中、育児支援に関する政策を追いかけることを決めた。以降、松岡は厚労省や内閣府、そして各紙のバックナンバーなど関連する資料を読み漁《あさ》っていた。

そもそも政府が待機児童ゼロを主張し始めたのは、一五年以上前に遡《さかのぼ》る。〈待機児童ゼロミッション〉、〈新・待機児童ゼロミッション〉、〈待機児童ゼロ特別プロジェクトチーム〉、〈待機児童解消加速化プロジェクト〉……ここ十数年の間に、相次いで施策が打ち出された。しかし、いずれも効果は不十分と言わざるを得なかった。

実際、自分が当事者になってみるとその効力が薄かったと感じざるを得ない。松岡も沙希を新宿区立の認可保育園に入れるまで二年間、私立に預けていた。

いや、児童数が二三区内でも相対的に少ない新宿区はまだ状況がましだった。公立はもちろんのこと、無認可の私立にも入れない児童の数は全国で二万五〇〇〇人以上にのぼる。

だが、実際問題として待機児童の数は減らない。

昨年の国会会期中に、保育園に子供を入れることができず、復職できないと嘆いた都内に住む一人の母親が〈東京死んじまえ。保育園に入れなければ、家族の将来計画が潰《つぶ》れる〉と悲痛な思いをブログで訴え、これが幅広い層の共感を集めて国会前のデモに発展する事態になった。

「総理は本気です。母親が安心して働く環境がなければ個人消費は回復しません。ひいては、この国の景気が本当の意味で浮揚《ふよう》することもないわけです」

「こちらも一生懸命取材させていただきます」

「主要紙や週刊誌は政権の揚げ足取りばかりです。とくに週刊新時代のように重箱の隅を突《つつ》くような論調はこの国のためになりません」

阪は新時代の部分に力を込めた。先日、酒井という同期が在籍していると伝えたことを阪は覚えていたのだ。

「かつての同期に会ったとき、長官のお言葉をそのまま伝えます」

そう答えると、松岡の頭の中に国会前で偶然会ったポロシャツ姿の酒井の顔が浮かんだ。あの時、酒井は闇僚の資金問題のあと始末としてあいさつ回りをしていると明かした。だが、本当にそうだったのか。

「新時代のネタはいつも刺激が強すぎます。それより、今日来ていただいた本題に入りましょう」

阪はバーボンの横にあるチェイサーの水を口に含み、言った。

「本題とは？」

「単独インタビューのオファーです」

「私が長官にお話をうかがうということですか？」

「私など毎日定例会見していますから、読者は興味がないはずです。それより、大切な人を忘れていませんか？」

阪がいたずらっぽい調子で言った。忘れているとはどういう意味か。

「残念ながら、わかりません」

「彼には会っておいた方が良いと思いますよ」

阪は背広の胸ポケットから小さな手帳を取り出し、万年筆をページに走らせた。

〈川谷浩一《かわたにこういち》〉

文字を見た瞬間、松岡は阪の顔を見た。官房長官は満面の笑みを浮かべていた。

「バスケの事故のあと、集中治療室におられるとしか……」

「その通りです。しかし、彼は元々国体に出場するようなスポーツマンでした。懸命なリハビリを繰り返し、驚異的な回復を遂げたそうです」

阪は手帳のページを繰った。すると、小さな写真が挟まれていた。病院のベッドの上に起き上がり、にこやかに笑う川谷前幹事長だった。

「一昨日《おととい》、筆頭《ひっとう》秘書を務める妹さんが送ってくださいました。その際、大和さんに感謝しているとおっしゃっていました」

なるほど、と思った。たしかに前幹事長の川谷を巡る動静は、このところ主要紙には一行も載っていない。政治家という職業柄、常に有権者の前に姿を見せていなければならない宿命がある。そのために、自らの回復をアピールしたいのだ。

「合同新聞の飛ばしの件、そしてうちの記事にですか？」

「そのようです」

ほんの一カ月前のことだが、松岡には随分前のように思えた。経済部から政治部への異動を告げられ、右も左もわからずに出社した際のことだ。まさに川谷の動静を巡る騒動に遭遇し、松岡は政治部の異質な仕事ぶりの洗礼を浴びた。

「あのときは部長の阿久津が……」

「政治部長にインタビューをお願いするわけにはいかないでしょう」

いずれにせよ、川谷が大和新聞に恩義を感じてくれているのは間違いない。おそらく、阿久津が筆頭秘書に連絡を取り、最終確認して合同新聞の誤報《ごほう》を潰したのだ。だが、前幹事長とはいえ、川谷は党本部を取り仕切っていた人物であり、官邸の中枢で政権全体を差配する阪と特段《とくだん》仲が良いという話は聞いたことがない。

「なぜ長官にお話が？」

松岡が疑問を口にすると、阪が頷いた。

「私が地方議員になる前、あちこちの代議士事務所で秘書というか書生《しょせい》をやっていたことをご存知ですか？」

「インタビュー記事を読みました。そうか、秘書時代に？」

「川谷さんの妹さんは、ある派閥の事務所で秘書をしていた私を、とりわけ可愛《かわい》がってくれた縁がありましてね」

阪がそう言ったときだった。ドア前に待機していたＳＰが静かに歩み寄った。その手には阪のスマホがある。

「長官、お電話です」

阪の表情が一人の政治家から官房長官の顔に変わった。

「阪です……」

スマホを掌《てのひら》で覆うと、阪が静かにスツールを離れた。薄暗い店の隅に向かうと、阪は二、三言小声で通話し、電話を切った。

「失礼しました」

「もしお急ぎの用件がありましたら、私は帰宅します」

「厚労省の事務次官からでした」

眉根を寄せながら阪が言った。

「こんな時間に事務方トップが？」

「私は内閣の要《かなめ》です。霞が関の官僚たちには二四時間いつでも連絡可能だと伝えてあります。それが官房長官の仕事ですからね」

阪は至極真っ当なことを言ったが、その表情は今ひとつ冴えない。

「岩舘さんともあろう記者が軽はずみなことをしたようです」

阪が眉根を寄せた。

「軽はずみとはどういうことですか？」

岩舘はトップリーグ記者の四人の中で一番阪番歴が長い。阪の慎重な性格はもとより、永田町や霞が関のバランスを一番知っている人物だ。その岩舘が軽はずみな行為をし、しかも阪が機嫌を損ねている。

「厚労省の次官がわざわざ報告を入れてきた、ということに意味があります。これ以上はＮＨＲの編集権に関わることですから教えることはできません」

阪がそう言って口を噤《つぐ》んだ。

「誤報という意味ですか？」

「明日の定例会見でその辺りは周知します。大和新聞は後追いなどしないでください」

阪はグラスのバーボンを一気に空けた。

「まだ連絡が入りそうです。これ以上はせっかくの酒が不味《まず》くなります。引き揚げましょう。川谷さんのインタビューについては、うちの宮崎から連絡を入れさせます」

阪がスツールを降り、出口に向かった。松岡も慌《あわ》てて鞄《かばん》を取りあげ、後を追う。無表情なSPが分厚い木製の扉《とびら》を開け、店の外の安全を確認する。視線でSPが大丈夫と告げると、阪、そして松岡は店の外に出た。

「赤坂には来ない方がいいでしょう。NHRの話が漏れ出し、誰かが当てに来ているかもしれません」

SPに先導《せんどう》されながら、阪はゆっくりと雑居ビルの階段を下る。

「太鼓判《たいこばん》をいただいている以上、枕《まくら》を高くして眠れます」

「それがいい」

阪がそう告げた直後だった。唐突に阪が歩みを止めた。松岡が前方を見ると、SPが軽く手を広げ、阪の行く手を遮っていた。

「少しお待ちください」

SPの大きな背中越しに、松岡は周囲を見た。

「突然で失礼いたします」

SPの前方から、いきなり男の声が響いた。

「どなたですか?」

阪が言うと、もう一度声が聞こえた。

「少しお話を」

阪と暗闇《くらやみ》から現れた男の声が交錯したときだ。松岡の記憶と男の声、そして顔が一致した。なぜこの場所にいるのか。

「下がれ！」

SPが声の方向に一歩踏み出した。暴漢から阪を守る態勢だ。暗い夜道だけに、SPも普段より警戒心が強くなっている。このままではSPが強硬手段に出てしまう。

「酒井じゃないか」

松岡の声に、強張っていたSPの肩が少しだけ緩んだ気がした。

「松岡か？」

SPの巨軀《きょく》の脇から、怪訝《けげん》な顔の酒井が現れた。松岡、そして酒井の様子を見比べながら、阪が口を開いた。

「大丈夫です。怪しい人間ではありません」

すると、行く手を阻んでいたSPが体を反《そ》らした。そこにはチェックのボタンダウンシャツにコットンパンツ姿の酒井がいた。

「長官、彼がかつての同期、週刊新時代の酒井記者です」

酒井が名刺を差し出した。代わりに、SPがそれを受け取り、阪に手渡した。

「藪《やぶ》から棒にどんなご用ですか？　この場所は誰にも知られていないはずです」

「これでも記者の端くれです。長官に直にお尋ねしたいことがありまして」

抑揚を排した声で酒井が応じる。酒井は阪の顔を強い視線で見ていた。一方の阪も動じる様子はない。

「官邸広報を通してください。初対面の記者にノーアポで対応することはありません」

「お言葉ですが、いつになるかわからない返答を悠長に待つことはできません」

酒井がぶっきら棒な口調で言った。

「酒井、失礼じゃないか」

「松岡には関係ないことだ。長官、一つだけよろしいでしょうか?」

酒井はなおも食い下がる。ＳＰが再び肩をいからせ始めた。

「松岡さんの顔に免じて、特別に一つだけお話をうかがいましょうか」

阪が言うと、酒井の目つきが変わった。眦《まなじり》が上がり、口元が引き締まっていた。

「人払いをお願いしても無理そうですね。ならば一つだけ。お台場の泉に関してお話をうかがいたかったのです」

酒井の声は思い切り低かった。お台場の泉とはなにを指すのか。酒井は松岡にとって意味不明な言葉を阪に当てた。

「おっしゃっている意味がよくわかりません」

阪は普段通りの口調で答えた。だが、松岡がその横顔を見ると、こめかみがわずかに動いたのに気づいた。

「次回はぜひ一対一《サシ》でお願いします」

口元に薄ら笑いを浮かべたあと、酒井は一礼して荒木町の暗闇に消えた。

「どういうことでしょう?」

松岡は阪に言った。

「さっぱりわかりません」

肩をすくめながら、阪が言った。もう一度、松岡は阪のこめかみに目をやった。やはりまだ少し血管が動いている。

「仁義を切りにきたのではないですね」

「ええ、あれでは肯定も否定もできませんからね。それでは、川谷さんの件は近々、宮崎から連絡させます。私はこれで赤坂に帰ります」

阪はそう言うとSPを伴い、足早に大通りの方向に歩みだした。後ろ姿に頭を下げたあと、松岡は考えを巡らせた。

酒井は手当たり次第にネタを取材対象者に当てるような間抜けな記者ではない。今は他人がいたから、阪になんらかのキーワードを当てたのだ。週刊新時代がエースを動員して阪にぶつけるネタとはなにか。酒井は一対一《サシ》とも言った。肝心なネタを当てるときは、一対一《サシ》で、いや阪がそうせざるを得ないような、なんらかのネタをつかんだのだ。

松岡は腕時計に目をやった。午前零時をわずかに回った時刻だった。NHRの岩舘がなにか記事を書いたようだが、阪は誤報と切って捨てた。他に抜かれるようなネタはない。そもそもほんの一分前まで、自分は阪本人と一緒だったのだ。松岡は背広のポケットからスマホを取り出した。連絡先のアプリを起動させ、メモリを繰る。目的の名前を見つけると、松岡は迷わずタップした。

15

杉大門《すぎだいもん》通りの中程にある雑居ビルの密集地帯で、松岡はスマホの地図アプリと目の前の建物を見比べた。

画面の赤ピンと現在地を示す矢印が一致した。看板を見ると、指定された〈アバンティ〉というスナックは地下一階にある。

薄暗いビルの中、細く勾配《こうばい》が急な階段を下ると、店からカラオケに興じる男女の声が漏れ出してきた。階段を下り、アニメや漫画《まんが》のキャラクターのステッカーがべたべたと貼《は》られたドアを押し開けると、喧《やかま》しい歌声が耳に飛び込んできた。

「いらっしゃい！」

入り口の左側、カウンターの中から茶髪の中年女が松岡に言った。カウンター席には髭面《ひげづら》の男や奇妙な刈《か》り上げスタイルの女性らが一〇人ほど陣取り、思い思いに酒を傾けている。通路を挟んだ狭いボックス席には男女のグループが座り、古い昭和歌謡《かよう》をデュエットしていた。

「酒井という男が来ているはずなんですが」

カウンターに手をつき、内側のママらしき茶髪女に大声で尋ねる。

「一番奥のテーブルにいるわよ」

火の点《つ》いたタバコを指に挟んだまま、女は薄暗い店の奥を指した。

煙草の煙が充満する二〇畳ほどの店内で、カラオケの曲に合わせて天井のライトの色が変化する。その度に、紫煙が赤や黄色に変わる。目を凝らし、松岡は奥の方向を見た。

壁には漫画のキャラクターがあちこちにマジックで手書きされている。落書きというには巧みすぎる線ばかりで、その横にはサインがある。

「こっちだ」

カラオケが間奏に差し掛かったとき、酒井の声が聞こえた。松岡は声の方向に歩を進めた。すると、階段下に当たるいびつな形の二人がけの席に酒井の姿があった。右手には煙草、小さなテーブルにはロックグラスが二つとナッツを載せた小皿、深緑色のウイスキーのボトルとアイスペールがある。

「ずいぶん賑《にぎ》やかな店だな」

「ひそひそ話をするにはちょうどいい。静かなジャズバーばかりが店じゃない」

酒井が思わせぶりな笑みを浮かべ、言った。

「どうして阪さんの隠《かく》れ家《が》を？」

「週刊新時代は芸能人や政治家の密会ネタを頻繁《ひんぱん》に載せるメディアだ。政府の要人といえど、隠れ家を探すのなんて朝飯前《あさめしまえ》だ」

抑揚を排した声で酒井が言った。

「ここはどういう店だ？」

「客のほとんどは漫画家やアシスタント、編集プロダクションの連中で俺たちとは完全に畑違いだ。内緒話に関心を持つ奴は一人もいない」

互いの額《ひたい》がぶつかりそうなほど狭い席で、酒井が言った。

「ロックでいいか？」

「ああ」

松岡が答えると、酒井は煙草を口にくわえ、手慣れた様子でグラスに氷を放り込み、スコッチウイスキーを注いだ。

「いきなり会いたいって言うからびっくりしたよ」

グラスを松岡に手渡しながら、酒井が言った。

「このあいだは話せなかったし、あんな形だったからな」

「新時代がどんなネタ追っているのか探《さぐ》ってこい、阪にそんな風に言われたのか」

煙を吐き出し、酒井が言った。松岡は慌てて首を振る。

「俺は番記者だけど、スパイじゃない」

「まあいい。それで、お忍びの店に一対一《サシ》で呼び出されるようになった気分はどうだ？」

「なぜ短期間でこんなに官房長官に気に入られたのか、心当たりがない」

松岡は正直な心持ちを告げた。

「強いて言えば、初めて官房長官の定例会見に出たとき、ズケズケと周囲が尋ねないようなことを質問した。それが珍しい、いや、他の記者の刺激になるとも言われた」

松岡が答えると、酒井が口を開いた。

「俺も官房長官番だったから気持ちはわかる。他の記者を差し置いて、一対一《サシ》になる。最初のうちは天にも昇る心地だった。他社の番記者から羨望《せんぼう》と嫉妬《しっと》の眼差《まなざ》しを一身に集めるなんて、経済部や社会部では絶対経験できないからな」

手元のロックをぐいぐいと飲みながら酒井が言った。

「だが相手は政治家だ。それも阪という一癖《ひとくせ》も二癖もある遣り手だ。せいぜい注意するんだな。知らず知らずのうちに、いや、もう取り込まれているぞ」

酒井の言葉に、松岡は左右に首を振った。

「大和や他社の政治部がどういう仕組みで回っているのかもまだわからない。ただ、俺は政局記者ではなく、政策記者としてやっていこうと思っている。番犬のような政局記者、大先輩の田所さんのようになるつもりはない」

「政策記者？　官房長官にべったりでそんな悠長なことができると思っているのか。永田町はそんなに甘くないぞ」

「現に政策取材はやっている」

松岡は背広のポケットからスマホを取り出し、大和新聞のネット版を画面に呼び出した。何度か記事をスクロールし、目的の場所で指を止めた。

「この前書いた独自記事だ」

私立保育園に対する補助金増額の記事は一面に載った。自分自身も育児の一端を担う父親であり、待機児童や病児保育の問題はとても人ごとではない。目的意識を持って取材を始めたら、阪が興味を示したのだと酒井に明かした。

「育児支援は内閣の重要政策だからな。官房長官が電話一本かければ、厚労省の事務次官や担当局長がすっ飛んでくる。おこぼれに与《あずか》ったんだな」

もう一口スコッチを喉に流し込みながら、酒井がつまらなそうに言った。

「おこぼれは言い過ぎじゃないか？」

「それもそうだな」

酒井が悪びれた様子もなく肩をすくめた。

「それはそうと、どうして会社を辞めた？」

「一身上の都合ってやつだ」

「他の同期も心配していた。この際、真相を教えてくれないか？」

「おまえが急に会いたいと言い出したのはそのためか？」

酒井の目つきがさらに鋭くなった。

「いや、話の流れというか……」

「公私ともに政治が嫌になっただけだ。昔を懐かしむようなヒマな稼業じゃないんでね」

そう言うと酒井はテーブルの灰皿に目をやった。

松岡のおぼろげな記憶によれば、酒井は札幌支局時代に道警記者クラブの受付にいた地元の女と結婚した。たしか道議の娘だったはずだ。

公私の公とは大和の政治部のこと、そして私の方はその元妻ということなのだろう。離婚したことは他の同期から知らされた。道議の娘とどのような経緯があって別れたのかは知る由もないが、相当な出来事があったのだろう。

酒井は煙草を灰皿に押し付けた直後、また新たな一本に火を点した。さらに問いかけようとしたが、全身からなにも訊くなというオーラを発している。だが、訊かねばならない。

「阪さんに会った直後、お台場の泉って言ったよな。どういう意味だ？」

松岡の問いかけに、酒井が顔を上げた。

「敵と味方に別れちまったからな。そんな大事な話を明かせるわけがないだろう」

「敵は大げさじゃないか」

「敵じゃないなら、阪の一挙手一投足、キャップに上げないメモでもくれるのか？」

「それはできないけど」

「それなら、中途半端な仲間意識で物を言うのはやめてくれ」

酒井を覆う鎧《よろい》は予想以上に堅牢《けんろう》だ。松岡はストレートに尋ねた。

「あの週刊新時代が追うからには、相当なネタだろう？」

「明かせないものは明かせない」

「永田町とお台場って、随分ミスマッチじゃないか？」

「そのギャップの分だけ、世間が驚く。今言えるのはこれだけだ」

酒井がぶっきら棒に言った直後だった。テーブルにあった酒井のスマホが震えた。ちらりと見えた画面には、〈大畑〉という人物の名があった。酒井は躊躇《ちゅうちょ》なくスマホをタップした。

「わかった。すぐに戻る」

つっけんどんに通話を終えると、酒井が立ち上がった。

「仕事が入ったから帰る。ここは俺の名前でツケがきくから、好きなだけ飲んでいけよ」

酒井はスコッチのボトルを松岡の手元に置き直し、席を立った。

「阪さんにアポ入れる必要があるなら、俺が秘書に頼んでみようか？」

ショルダーバッグを斜め掛けにした酒井の背中に向け、松岡は言った。すると酒井が足を止め、振り返った。

「最後の最後で仁義を切るとき、優秀なトップリーグの記者に頼むかもしれん」

そう言い残すと、酒井は足早に店の出口に向かった。目で酒井を追うと、店のドアの前で一旦、足を止めた。

「酒井、なにかあるのか？」

松岡は大きな声で言った。だが、酒井はこちらを振り返ることなく、無造作にドアを開けた。

最終章　トップリーグ

一

「酒井《さかい》、メシ食《く》ってるのか？」

電話の着信音が鳴り響き、バイク便のライダーがひっきりなしに出入りする編集部で、校了間際《まぎわ》のゲラを抱えたデスクの茂森《しげもり》が、酒井の傍《そば》で立ち止まった。

「適当に食ってますから」

「目の下のくまがひどいし、頬《ほお》も一段と痩《こ》けた」

「ぜひとも差し入れお願いします」

「わかった、栄養ドリンクをダースで入れる」

軽口を叩《たた》いた茂森が突然膝《ひざ》を折り、酒井のデスク傍で声を潜《ひそ》めた。

「どうだ、まとまりそうか？」

「だいぶ作業が進捗《しんちょく》しました。あと二週間程度で行けると思います」

「なんとしても臨時国会の直前にぶつけたい。頼んだぞ」

茂森がどぎつい本音《ほんね》を吐《は》いた。

九月上旬にさしかかり、新聞や週刊誌は毎年恒例の〝ネタ涸《が》れ〟が続いていた。政府要人をはじめ、新時代にメシの種を提供してくれる芸能人たちが夏休みに入り、週刊誌の米びつたる獲物が東京にいない。

　茂森の言った臨時国会前という時期は大正解だ。今、政治家は自分の選挙区に帰り、地元有権者に媚《こび》を売るのが忙しく、永田町からいっとき関心が離れている。今月末に開会する臨時国会にしても、大きな目玉となるのは経済政策と東アジアの外交問題くらいで、国の屋台骨を揺るがすような喫緊《きっきん》の課題はない。

　そんなタイミングでクラスター事件の暗部を抉《えぐ》る記事が放たれれば、永田町だけでなく日本中が震撼《しんかん》する。

「こんなデカい獲物、一生に一度出会えるかどうかです。手柄で茂森さんを編集長にして現場から追放しなきゃいけませんから、死ぬ気でやりますよ」

　茂森と同様、酒井も本音をぶつけた。

「その意気だ。右の頭、中吊《なかづ》り用に、派手《はで》でかい見出し付けてやるからな」

茂森はいつものダミ声に戻り、原稿が遅れ気味になっている他の記者に発破《はっぱ》をかけるため、別の席に向かった。

　茂森の言った〈右の頭〉とは、新時代特有の言い回しだ。由来は電車の中吊り広告にある。週刊誌はスクープが命だ。その中身によって売れ行きが大きく左右される。右の頭とは、一般読者が一番目を付けやすい場所である右の端に大きな文字でスクープ記事の見出しを刷り出すことだ。

　右の頭は、代々政治や経済の硬めのスクープ記事が置かれる。一方の左の頭は、芸能やスポーツ界のスキャンダルがトップとなる。右が硬派、左が軟派系という位置付けだ。

　荒木町《あらきちょう》で阪《さか》に直当《じかあ》たりを試みてから二週間が経《た》った。大畑《おおはた》との共同作業で、西牟田《にしむた》以外の民政党の金庫番担当秘書に接触し、続々とネタが集まった。

　一週間前、クラスター事件の埋もれた真相を追っている旨《むね》を筆頭デスクの茂森に明かした。日頃《ひごろ》は傭兵《ようへい》組や酒井のような社員記者に嫌味ばかり言う上司だったが、スクープを連発した往年のスター記者は事の重大さを瞬時に察した。

報告を入れて以降、茂森は様々な部署に極秘で指示を出し、酒井と大畑のコンビをサポートしてくれるようになった。

「戻りました」

大きな革《かわ》のトートバッグをデスクに放《ほう》り投げ、大畑がため息を吐《つ》いた。

「成果はバッチリです」

大畑の顔がどことなく沈んでいた。二日前から、大畑は民政党の大派閥・寛川会《かんせんかい》の三代前の金庫番を訪ね、福岡に飛んでいた。

バッチリと言うからにはなんらかのネタを取ってきたに違いない。だが、その表情は冴《さ》えない。いつもなら得意げに戦果を披露するのだが、今日に限ってはその気配がない。

「さては、男と別れたか？」

「ええ……こんなにあっけないものかなって」

机に片肘《かたひじ》をつき、大畑が額にかかった髪をかき上げた。目元にうっすらと涙が滲《にじ》んでいる。手元にはスマホがある。

「もしやメールで？」

「別れたいって伝えたら、即座に返信がありました。潮時《しおどき》だね、ですって。二年半も続いていたのに」

いつも威勢の良い大畑の声が掠《かす》れ始めた。

「世界中の半分は男だ。代わりはいくらでもいる。今は仕事に集中しろ」

「もっとましな慰め方ないんですか」

かすかに洟《はな》をすすりながら、大畑が天井を仰ぎ見た。

「バツイチのオッさんに慰めてもらっても、おまえのためにならん。さっさと報告しろ」

先ほど放り出したバッグからノートパソコンを取り出し、大畑が酒井の隣席に座った。画面をのぞきこむと、酒井が教え込んだ要領でびっしりとメモが並んでいた。

〈堀慶彦《ほりよしひこ》七二歳、元寛川会金庫番（地元代議士秘書）サシ……〉

大和の政治部時代、酒井はなんども寛川会の事務所へ取材に出かけた。旧田巻派《たまきは》の水曜研究会が党人派の巣窟《そうくつ》で有名だった一方、寛川会は中央官庁の高級官僚出身者が多く、公家集団とも揶揄《やゆ》されていた。政策に関する取材では所属議員だけでなく、秘書たちも熱心にレクを施してくれた思い出がある。

水曜研究会など泥臭い印象が強かった派閥に比べれば、スマートでクリーンな政策集団だが、やはり政治には金がかかるという現実は他の派閥と同様だったのだ。

「この堀とかいう爺《じい》さんは話してくれたのか？」

「今まで調べてきた中身と内容はほぼ一緒です」

大畑は艶《つや》がなくなったネイルで画面を指した。鮮明な液晶の中心には、〈筒道商会《つつみちしょうかい》〉の文字がある。その横には、下唇の厚い白髪《しらが》の老人の顔写真が見える。

戦後の大物フィクサー筒美が主宰した政治結社〈魂心会《こんしんかい》〉の残党で、金融の裏表に通じた中瀬森松《なかせもりまつ》という老人がオーナーを務める街金業者だ。大畑は、蒲田《かまた》の暴力団幹部、福原幸純《ふくはらこうじゅん》と中瀬が魂心会の同期入会で密接なつながりがあったとも言った。

「かつて堀氏もお台場にある筒道商会に出入りしていたそうです。運んだ金の累計は約五億円だったとか」

筒道商会が四〇年前に開業し、都心から離れた新橋の外れに事務所が置かれた。その後、湾岸部の開発とともにお台場の目立たない商業ビルに入居し、陰から永田町を支えたのだという。酒井は自分の取材ノートを広げ、寛川会の欄に大畑の言った数字を書き込んだ。

「ほかには？」

「堀氏がとんでもないことを言い出しました」

大畑が声を潜めたと同時に、酒井は顔を上げた。先ほどまで落胆していた大畑だが、今は目が生きている。取材記者の顔に戻っていた。

「他に流れた先はないのか、そんな風に水を向けたんです。そしたら彼、〈あっちもえげつない〉ってポロっと言ったんです」

「どの派閥のことだ？　それとも無派閥の連中にまで金が流れていたのか」

酒井が訊《き》くと、大畑が強く首を振った。

「てっきり私もそうだと思いました。昔の労働政策党って覚えていますか？」

「まさか、野党にも？」

「そのまさかです」

大畑が画面をスクロールした。

「野党の裏金担当者の名前も聞き出してきました……」

酒井は画面に現れた人名を無意識のうちにノートに書き写した。と同時に、古いロゴが頭に浮かんだ。

鉄のハンマーと肩を組む労働者を模《かたど》った労働政策党の党旗だ。労働政策党、通称労政党は、他の左派政党とは毛色の違う野党、中道左派として知られた。東海地区の自動車、電機産業の労組出身の政治家が主な創立メンバーで、昭和の時代には春闘相場の裏に必ず労政党と民政党の裏取引がささやかれた時期があったのだと先輩記者に教えられた。現在は最大野党の進歩党に合流している。

「なぜ労政党にクラスター事件の金が流れた？」

「堀氏によれば、東西冷戦の名残りだそうです」

大畑の言葉をノートに刻みながら、酒井は記憶をたどった。旧労政党は、戦後急速に勢力を拡大させた、末端の労働者に支援された左派政党とは別の意味合いを持つと聞いたことがある。共産党を筆頭に、戦後は旧東側諸国から支援を受けた左派政党が力をつけ、保守勢力と米国が危機感を強めた。そのため、左派勢力を分断するため、日本の有力大企業と比較的近い位置にいた労働者のリーダーを集め、労政党が作られた。御用組合ならぬ御用政党に近い存在だと言い切る先輩記者もいた。

複数の記者から聞いた話によれば、米国の情報機関から創立に関《かか》わる資金の一部が提供されたとの観測も根強い。大畑が取ってきた堀という老人の証言は、こうした噂話《うわさばなし》が本当だったとの裏付けになる。

現在の最大野党である進歩党は、党の幹事長や政務会長を務めるベテラン議員が労政党の流れを汲《く》む派閥から選ばれている。あと二週間後、本当に記事を世に送り出したあと、永田町は蜂《はち》の巣をつついたような大騒ぎとなる。当然、野党進歩党も現政権への批判を強める。

だがその翌週には、その野党の中枢《ちゅうすう》にも裏金が流れていたとするだめ押し記事が掲載される。日不銀の総務部特命担当で理不尽《りふじん》な殺され方をした故・久保《くぼ》民男《たみお》の言葉が頭をよぎった。

〈従順な家畜の駱駝《らくだ》であろうが、限界はある。重い行李《こうり》をいくつも運ぶことができても、最後は藁《わら》一本載せただけで背骨が折れてしまうこともある〉

力が極端に弱くなったとはいえ、民政党の主要な派閥が現在も選挙資金や揉《も》め事の解決のために、裏金を利用している。まして野党進歩党の一部でも、昭和の一大疑獄にまつわる金を連綿と受け取っていたことが詳《つまび》らかになれば、久保が言った通り、政界の背骨は粉々に砕ける。

心の中で久保に頭を下げると、酒井の頭の中に原稿用紙スタイルのパソコン画面が浮かんだ。言論構想社独自のワープロソフトで、青い枠線でマス目が仕切られている。

今回の企画は、ドキュメントタッチで綴《つづ》る。

まずは取材の発端となった事柄を冒頭に据える。東京港湾部の東京五輪関連施設の工事で発見された古い金庫、そして聖徳太子《しょうとくたいし》の一万円札から記さねばならない……。

考えを巡らせていると、いきなり肩をつかまれ、酒井は我に返った。

「ちょっと、聞いてますか、酒井さん」

目の前に頬《ほお》を膨らませた大畑の顔があった。

「張り番の収穫が飛んできました」

大畑が思い切り声のトーンを落とし、言った。

「また画《え》が撮《と》れたな」

茂森の提案で、酒井と大畑が割り出した各派閥の金庫番秘書五名の動向を、二四時間フルに監視するチームが一〇日前、秘《ひそ》かに編成された。ワンボックスカーに運転手とカメラマンが常駐し、これに付随《ふずい》する形で隠し撮りに長《た》けたバイクのライダーが加わって一チームとなる。交代要員まで含めれば三〇名近いスタッフが五人の秘書たちを追っていた。

「見せてみろ」

酒井は大畑の手からノートパソコンを取り上げ、画面を凝視した。旧水曜研究会から連なる民政党の大派閥、有賀《ありが》派の金庫番が映っていた。

「西牟田のおっさんはラーメンだったが、こっちはポテトチップスの箱かよ」

画面の中に、小ぶりの段ボール箱を抱える背広姿の男がいる。背後には、お台場の泉の看板が入っていた。

「よくやった」

画面を見ながら、酒井は思わずそう口にした。有賀派の金庫番、巽智《たつみさとし》の背後には、「筒道商会」の毛書体の看板がある。

2

大畑が調べ上げたデータによれば、筒道商会は魂心会の残党、中瀬森松という老人が実質的オーナーの街金業者だ。登記と信用調査会社のデータによれば、中小企業向けの手形割引や小口融資が主業務だが、ここ数年はほとんど開店休業状態となっている。

筒道商会の存在を割り出したのは、酒井だった。有賀派の秘書巽に接触した際、西牟田と同じように行動監視から得た裏の顔を本人にぶつけ、ネタとの交換条件にしたのだ。

西牟田が女に弱みがあったように、巽のウィークポイントは賭《か》け事だった。巽は歌舞伎町《かぶきちょう》の裏通りや赤羽や上野の闇《やみ》カジノに頻繁《ひんぱん》に出入りしていた。

西牟田の女遊び自体は違法ではなかったが、巽のものは単独でも新時代のトップ記事となり得る第一級のネタ、立派な犯罪行為だ。法案審議が停滞し野党が攻勢を強めているような政局であれば、代議士の首が易々《やすやす》と飛ぶ。

だが、酒井は巽と取引し、筒道商会の情報を選んだ。張り番チームが交代でお台場にある商業ビルの小さな事務所を監視し始めると、これまで主要な三つの派閥の担当秘書が現れた。複数のベテランカメラマンが近隣のマンションやビルから超望遠でその姿を捉《とら》えたほか、事務所近くの植え込みに仕込んだ小型のカメラをスマホでリモコン操作しながら撮影した分は、一五〇〇枚近くに達した。

この中には、あの西牟田の姿もあった。三日前、酒井は撮影したデータを携え、再び自宅マンション前で西牟田を待ち受けた。

前回と同様、明治通り沿いのファミレスに入り、さらに西牟田、いやネタとの間合いを詰めたのだ。

〈筒道商会は、金庫番の秘書たちから「源泉《げんせん》」との隠語で呼ばれてきた〉

お台場に再度現れた自分の写真を見た瞬間、西牟田は観念したように話し始めた。日本は温泉が豊富なことにかけた「源泉」という隠語は、記事の中で十分なインパクトを持つ。話を聞きながら、酒井は企画記事の成功を確信した。さらに話を訊《き》くと、派閥の秘書の年齢や、担当した時代で隠語が変わってきたのだという。

〈源泉かけ流し〉

西牟田が低い声で話したことを、酒井は今も鮮明に記憶している。

〈時の幹事長が選挙や揉め事で〝天の声〟を発すると、金庫番の代表が連絡を入れ、金を都合してもらう仕組みだ。歴代幹事長が交代する際、金庫番の秘書の間で、口頭で引き継ぎが行われてきた……〉

吐き気がするような話だった。だが、様々な思惑や噂が一人歩きし、金とポストのためなら平気で他人を蹴落《けお》とし、罠《わな》にはめる永田町ならば十分にあり得る話だ。

「そうですね」

「主だった派閥の金庫番が全員揃《そろ》うまで、張り番の連中に頑張ってもらうしかないな」

現在、筒道商会の前で姿を捉えたのは三人だ。大畑が新たに入手した野党分も絶対に写真が必要だ。

「あとは筒道商会にいくら金があったのか、そしてどこにどれだけ流れたのかを調べる必要がある」

酒井が言うと、傍の大畑が眉根《まゆね》を寄せた。

「どうやって証明しますか？」

「なんとか筒道商会の中瀬、あるいはスタッフに口を開かせるしかないだろう」

大畑に答えたものの、直当たりしても到底口を割るとは思えない。絶対に話を漏らすな。筒道商会側に情報が抜けた場合、即座に弱みを誌面に反映させると西牟田や巽に釘《くぎ》を刺してはいたが、絶対ではない。新時代が接触しているとどこからか情報が漏れる危険は常に考えておかねばならない。あと二週間程度の間に打開策を考える。

「私、あとはデータの整理をやりますから」

「家に帰らなくていいのか？」

「寂しい独り身ですから」

おどけた表情を作ってはいるが、大畑の顔はどこか寂しげだった。

「仕事に集中しろ」

そう言って酒井は手元の取材ノートをめくった。初めて西牟田と会ったときのメモが目に止まった。

〈今は政権中枢ですました顔をしているが、汚れ仕事の功績で成り上がった奴がいる〉

西牟田の言葉には、強い怒りの棘《とげ》があった。もう一枚ページをめくる。

〈阪義家《よしいえ》〉

自分で書き留めた文字がある。とんでもない名前が出てきた。急ぎ金子議員の携帯を鳴らし、阪が出歩きそうな場所を五つほど聞き出した。

行きつけの神田の整体院を回ったあと、酒井は荒木町に急行した。金子は内閣府の政務官を務めていることから、阪の秘書から立ち回り先を聞いていたのだ。

あの日、お台場の泉という言葉を発したとき、ポーカーフェイスの阪のこめかみがわずかに動いた。経験に照らせば、当たりのサインだ。

あとはどうやって阪に言い逃れをさせず、歴代金庫番秘書たちと幹事長たちの隠し事を認めさせることができるか。

一旦《いったん》取材ノートを閉じると、酒井はノートパソコンを開いた。首相官邸のホームページには、定例会見の動画ファイルが残っている。阪のわずかな表情の変化を今から研究しても無駄ではない。

酒井は一カ月と少し前のファイルをクリックした。だらだらと国際情勢を訊く記者、金融市場の値動きの公式見解を求める外資系メディアの記者……音声の背後には、キーボードを叩く無機質な音が響き渡る。酒井が在籍していたころより、キーボードの音が多くなっている。それだけ各メディアは深い取材をしなくなったのだ。

〈大和新聞の松岡と申します！〉

突然、よく知る声がノートパソコンの小さなスピーカーを震わせた。

〈与党民政党の幹事長人事を巡って、情報が錯綜《さくそう》する場面がありました。官房長官のご見解を聞かせてください〉

モニターの中に響く松岡の声は押しが強かった。

政治部経験が長い記者ならば、こんな馬鹿な質問を公の場ではしない。あまりにも直球すぎるのだ。二週間前、松岡はこう言った。阪に気に入られた要因として、ズケズケと質問したことが奏功した……しかし、この程度であの策士として知られる阪が松岡を一本釣りするとは考えにくい。

〈政府を代表してコメントする事柄ではありません〉

阪の返答は模範解答であり、つっけんどんだった。画面の中で、松岡がなおも食い下がっていた。なにを青臭いことを尋ねるのか。他社の政治記者は苦々しく思ったに違いない。この手の話は懇談の場でさらりと訊くのが永田町の流儀《りゅうぎ》だ。

政治部に異動したばかりの松岡は、記者として当たり前のことを質問したのだが、これが永田町では一番嫌われる。座の空気を壊すからだ。だが、このやりとりでも松岡が気に入られたということはありえない。

ノートパソコンの小さなスピーカーに意識を集中させ、酒井は松岡と阪のやりとりに聞き入った。やはり、松岡はなにか勘違いをしていたのだ。そう思った瞬間だった。

〈あと一つだけ……東京のベイエリアで金庫が発見されましたが、官房長官はどう感じられましたか？〉

松岡が発した質問に、酒井は自分の肩がこわばっていくのを感じた。

〈警察の都合で、亡くなった婆《ばあ》ちゃんの尊厳を傷つけるわけにはいかない〉

目の前のノートパソコンでは、眉間に皺《しわ》を寄せた阪の顔が映っている。だが、酒井の耳には、十数年前に松岡が怒鳴った言葉が反響した。

3

「それでは、今晩はこの辺でお開きにしましょうか」

薄い水割りの入ったグラスをテーブルに置くと、阪が穏《おだ》やかに言った。これを合図に、近くのバーカウンターにいたプリンセスホテルのウエイターが特別個室のドアに移動した。

「岩舘《いわだて》さんはお休みでしょうか。午前と午後、定例会見にもお姿がありませんでしたけど」

中央新報の深見《ふかみ》が阪に尋ねた。

「詳しい話は存じ上げませんが、NHR《日本放送連盟》の官邸キャップによれば彼女は報道局を離れ、人事担当の部署に昨日付で異動されたようです。後任はまだ決まっていないとか」

普段と変わらず抑揚のない声で言うと、阪は革張りのソファから立ち上がった。

「おやすみなさい」

松岡がその後ろ姿に声をかけると、阪はわずかに右手を挙げ、そのまま特別個室をあとにした。

「異動？　公共放送の定期異動は初夏だけどな」

ハンドバッグを取り上げながら、日本橋テレビの林が首を傾《かし》げた。一人欠けた松岡ら阪番トップリーグの三名は、ゆっくりと特別個室を出た。

「やっぱりあのニュースらしいね」

　したり顔で深見が言い、顎《あご》で夜景の見える一般ラウンジを示した。松岡と林は顔を見合わせたのち、頷いた。内輪で情報交換をしようというサインらしい。深見の先導でカップルや商談中のビジネスマンがまばらにいるラウンジに移動すると、松岡ら一同は窓際のボックス席に着いた。慣れた様子で深見が水割りを頼むと、林が声を潜めた。

「いつぞやの裏懇のあとで、岩館ちゃんが啖呵《たんか》切ったの」

　林の言葉に、あの日は不在だった深見が眉根を寄せた。松岡は特許庁近くの中華レストランでの顛《てん》末《まつ》を話した。

　名物の担々麵《たんたんめん》を食べ終え、一同が紹興酒《しょうこうしゅ》を飲んでいたときのことだ。松岡のスクープが話題に上ると岩館がむきになり、中座したのだ。

〈政府・与党、待機児童と病児保育関係の補助金を大幅拡大へ＝次期国会で最優先審議〉

　翌日正午の公共放送ニュースで、岩館が国会をバックに生中継してスクープの中身を読み上げた。松岡が厚生労働省の事務次官からもらった民政党の朝会資料をベースにした記事に他ならなかった。

　岩館がむきになって帰った直後、阪と一対一《サシ》で会った。そのとき、岩館がなにか報じるつもりであろうことは知っていた。しかし、まさか生煮えの資料に多少の肉付けをしただけで中継を行うとは思いもよらなかった。

「あの全国中継《ぜんちゅう》のあと、午後の定例会見で阪さん機嫌悪かったもんね」

　林が水割りを飲みながら言った。午後の定例会見で、阪は質問が飛ぶ前に岩館の報道を自ら切って捨てた。

〈一部で育児支援に関する報道がなされましたが、政府として一切関知しておらず、決定しているものはなにもありません。誤報です〉

トップリーグ組のほか、他社の官邸クラブ詰め記者には事前に官邸報道室からレクがあり、岩舘の報道は完全なる誤報だと周知《しゅうち》されていた。このため、阪の発言に再質問する記者は誰一人いなかった。野水キャップによれば、阪が「誤報」という極めて強い言葉を定例会見で使ったのは初めてだという。普段は憶測《おくそく》、あるいは誤解に基づく情報などと記者の逃げ道を残すのだが、それだけ阪が怒っていたということだ。あの報道以降、岩舘は裏懇談への出入りを禁じられた。

「彼女、厚労省幹部や官邸スタッフが制止したのに、聞く耳を持たなかったようだね」

深見が言った。

「民政党の厚労族の朝会用資料を下地にしたようだけど、肝心の財源の裏取りがなっていなかったみたいね」

林が松岡を見ながら言った。

「財務省の了解という意味ですよね」

「慎重な彼女らしくないやり方だったそうよ。新任の松岡さんに水をあけられるのが怖かったんだろうね。せっかく何年もかけてトップリーグに上り詰めたのに」

「僕のせいですか？」

「永田町のジェラシーはえげつないから」

厚労省の事務次官が直接阪の電話を鳴らしたことを、この二人は知らない。しかし、なんらかの手段で、岩舘の行動と報道の顛末を阪、あるいは秘書の宮崎から聞いたのだろう。二人は平然と話しているが、テーブルの下では猛然と蹴《け》り合っている。

「公共放送は次期会長の人選に入っているから、官邸を刺激したくないのよ」

「あそこは特殊な組織だから、絶対に官邸には逆らえない」

深見はＮＨＲの予算を国が握り、国会中継の有無にまで政府の意思が働くのだと言った。災害や事件に惜しみなく予算とマンパワーを注ぎ込むＮＨＲだが、ここ数年は政府の完全なコントロール下に置かれていると林も付け加えた。

「そういう事情もあるんですね」

先輩格の二人を立てる意味で、松岡は大げさに頷いてみせた。

「芦原総理のトップリーグも松岡さんの存在を気にしているみたいよ」

グラス横のナッツを頬張《ほおば》りながら、林が言った。

「だって、大和一社だけ川谷さんの単独インタビュー取ったんだから」

「あれはたまたま上の斡旋《あっせん》があったからですよ」

とっさに松岡は上司の紹介だと嘘《うそ》を言った。老練な二人には阪の口利きだとバレているかもしれないが、口が裂けても真相を話すわけにはいかなかった。

一週間前、都内の私立病院の特別病室で民政党前幹事長の川谷と面会した。鮮やかな黄色のポロシャツを着ていたが、川谷の背中にはコルセットが装着され、未《いま》だに自分一人では身動きが取れない状態だった。リハビリの効果でなんとか普通の会話ができるようになったため、川谷は最近の政局を独自の視点で切り取り、次期国会の問題点や注目すべきポイントを語ってくれた。

「それにしても、川谷さんの顔色はよかったね」

深見が言うと、林も頷いた。社のカメラマンと相談した結果、撮影データに若干の修整を加え、目の下のクマを消して痩《こ》けた頬を少しだけ膨らませた。本来ならばやってはならないことだが、政治部長の阿久津《あくつ》による強い働きかけがあり、写真部のデスクが折れた成果だった。逆に考えれば、阿久津と大和は川谷に恩を売ったことになる。

「それにしても、平穏すぎるね」

深見がため息交じりに言った。

「野党はぐだぐだだし、週刊誌が大きなスキャンダルをぶつけてくるわけでもなし。次の臨時国会も平穏なんじゃない」

次第に話題が尽きてきた。深見と林が露骨《ろこつ》に腕時計に目をやっている。

「今日のところは私が」

ウエイターが置いていった革製の伝票ホルダーを取り上げると、松岡は愛想笑いを浮かべた。

「悪いね」

深見はそう言うとさっさと席を立った。

「今度は私が出すわね。ありがとう」

林もハンドバッグを持ち、席を離れた。トップリーグが一人欠けた。NHRから追加補充されるのか、それとも別の社の人間が昇格してくるのかはわからない。ただ一つだけ言えるのは、それはあくまで阪のさじ加減一つなのだ。

革製の伝票ホルダーをめくると、一万二〇〇〇円の文字が見えた。高級ホテルのラウンジでは、薄い水割りを一人一杯ずつ飲んだだけで途方もない金が飛んでいく。会社の名義で領収書を頼むか逡巡《しゅん》《じゅん》していると、松岡の前に人影があった。

「その伝票、俺が引き受けるよ」

顔を上げると、チェックのシャツを着た男が立っていた。

4

「酒井じゃないか」

「座ってもいいいか」

深見が座っていた席に酒井が腰を下ろした。ウエイターが近づき、水のグラスを置く。

「バーボンのロックを二つ、銘柄《めいがら》はお任せします」

酒井はオーダーを出したあと、伝票を手元に引き寄せた。

「恒例の裏懇談が終わったようだな」

酒井は周囲を見回し、言った。

「阪さんを張っていたのか？」

「そんなに警戒するなよ」

松岡が言葉を選んでいると、酒井が言った。

「俺に会いに来たのか？」

松岡が訊《き》くと、酒井が首を振った。

「元同期を当てにするほど落ちぶれちゃいないよ」

「それじゃ、なんのために？」

松岡が言ったとき、ウエイターがロックのグラスを二人の前に置いた。酒井は烏龍茶《ウーロンちゃ》を飲むように、グラスのバーボンを喉《のど》に流しこんだ。

「随分ご活躍のようだから、元政治記者としてアドバイスしようと思ってさ」

グラスを置いた酒井が真面目《まじめ》な口調で言った。

「アドバイスとは？」

「NHRの岩舘は永遠に報道局に戻れない」

松岡の心の奥を見透《みす》かすような視線で、酒井が言った。

「予算や会長人事絡《がら》みの一件があるから、育児支援絡みの誤報は痛かったみたいだな」

松岡が答えると、酒井がふんと鼻を鳴らした。

「そういう情報が取れるようになったんだな」

先ほど深見から聞いたばかりだとは言えない。だが、こんな世間話をするために、多忙な週刊誌記者がわざわざ姿を見せるとは思えない。

「本当の用件はなんだ？」

松岡は手元のグラスを取り上げ、ほんの一口だけバーボンを口に入れた。荒木町のバーで飲んだ芳《ほう》醇《じゅん》な味わいとは違い、甘ったるいだけの香りが鼻に抜けた。

「忠告しておこうと思ってな」

「どういう意味だ？」

「前にも言ったが、阪は永田町で一番狡猾《こうかつ》な男だ。深入りは危険だ」

ぶっきら棒に告げた酒井は、もう一口ぐいとバーボンを飲み込んだ。

阪は人見知りを装うなど、自分の本性をなかなか外にさらけ出さない政治家だ。しかし、松岡が接した感触では、狡猾は少しニュアンスが違う。芦原政権が長期化するとともに、官邸に権力が一局集中するようになった。政権発足当時から官房長官を務める阪のもとには、人事や外交、経済とあらゆる情報がもたらされる。〝政府首脳〟という官房長官の真意や本音が頻繁に漏れれば、政権運営に支障をきたす。このため阪は慎重に言葉を選び、トップリーグの記者たちにも滅多に本音を明かさない。

狡猾というイメージは、なかなか本音を漏らさない阪の真意をはかりかねた政治家や秘書、あるいは官僚が勝手に意地悪なイメージを膨らませているだけなのだ。

「それは言い過ぎだと思う」

松岡が言うと、酒井が強く首を振った。

「川谷前幹事長の単独インタビュー、あれは阪の口利きだな？」

突然、酒井が言った。たしかに紙面には松岡の署名が載った。しかし、当然のことながら誰のアレンジで単独インタビューが実現したとは一切書いていない。

「そんなこと言えないのはわかっているだろう」

「阪と川谷の秘書はかつての仕事仲間だ。最近、とみに露出が減っていた川谷は焦っていたから、阪に相談した。それで最近甲斐甲斐《かいがい》しく寄ってくる松岡に、阪は恩着せがましくネタを落としてやったというわけだ」

「ご想像にお任せするよ」

図星だと悟られぬよう、松岡はグラスを手に取った。

「なぜこの時期に川谷がインタビューに出てきたのか、おまえそこまで考えたのか？」

「療養が長引いたし、リハビリも効果をあげている。政治家としては、有権者に顔を見せるいい頃合《ころあ》いだったからだろう」

川谷がコルセットをまだ外せない状態にあることは伏せた。

「それが本当だったら、背広着て事務所に座る写真を撮らせるのが政治家という生き物だ。だが、川谷はまだベッドの上だ。車椅子《くるまいす》と介助がなけりゃ一人で出歩くこともままならない。そんな段階で姿を晒《さら》すからには、それ相応の理由があるんだ。そこまで読まなきゃ永田町の記者としてはまだまだだ」

そう言うと、酒井がショルダーバッグから一枚のゲラ刷りを取り出し、テーブルに載せた。ゲラ刷りの欄外に週刊新時代・初校のスタンプが押してある。

〈閣内の暗闘が地方で炸裂《さくれつ》　どうなる代理戦争、首長選挙三連戦〉

松岡はゲラ刷りを手に取った。

九州の市長選、県議会の補欠選挙などで阪が推薦する候補者と、九州が地盤の磯田《いそだ》副総理兼蔵相が推す候補者が真っ向から対立しているとの記事だ。

「この手の話だったら、俺も地方紙の記事に目を通している」

松岡が言うと、酒井が舌打ちしながら文末を指した。

〈閣内権力闘争のほか、この選挙には重要な意味がある。現在療養中の川谷氏は、民政党の大派閥寛川会のトップであり、かつて袂《たもと》を分かった磯田氏とは浅からぬ因縁があり……〉

ゲラの文字を目で追いながら、松岡は喉が渇《かわ》いていくのを感じた。たしかに、芦原の女房を自認する阪と、かつて総理の座まで上り詰めたキャリアを持ちながら、芦原の後見役だと公言した磯田のバランスは微妙だ。本来、総理経験者は格下の閣僚ポストには就かないのが慣例だが、磯田は副総理での入閣を買って出た。

「今、かつての大寛川会再結成に向けた機運が出ているのを知っているか？」

酒井が声を潜め、言った。

「いや……」

「だから、政治家の言うことを丸呑《まるの》みしたら危険だ。阪は磯田を牽制《けんせい》するために、おまえを出しに使った。大和新聞に恩を売ると同時に、川谷にもいい顔をして、大寛川会再結成で主導権を取りたい磯田を強く牽制した」

「なぜ、そんなことを教えてくれるんだ？」

「だから言っただろう。阪はとてつもなく狡猾だ。それに、もう一つある」

「なんだ？」

一瞬だが、酒井の眼差《まなざ》しに迷いの色が浮かんだ気がした。

「おまえは、以前こう言った。阪に気に入られたのは、定例会見でズケズケ質問したからだってな」

「あれ以外には考えられない」

松岡が答えると、酒井が深いため息を吐《つ》いた。

「大いなる勘違いだ」

存外に強い口調だった。

「おまえが出た最初の定例会見の中に答えがある」

酒井が松岡を強い視線で見据えていた。

あの時、永田町の温《ぬる》い空気に耐えきれず、そして阪という政治家の人間性を確かめるために川谷の動向を巡る報道の感想を尋ねた。

「酒井の考えすぎだ」

松岡が言い返すと、酒井はゆっくり首を振った。

「おまえ自身がその答えを見出《みいだ》したとき、芦原内閣は倒れている」

そう言うと、酒井はバーボンのロックを一気に飲み干した。

「いったいなにを言いだすんだ？」

「俺が倒すからだ」

言いたいことだけ言うと、酒井は伝票を持って席を立った。

「どんなネタを追っている？」

酒井が振り向いた。

「商売敵《しょうばいがたき》に言えるわけないだろう。とにかく阪には気をつけろ」

「本当は別に俺になにか伝えたいことがあるんだろう？」

「阪に深入りするな、それだけだ」

不機嫌そうに告げると、酒井は会計カウンターに歩き出した。

内閣を倒す……たしかに新時代ほどのメディアであれば、それは可能かもしれない。しかし、その中身にインパクトがないかぎり、長期政権を続けてきた芦原内閣に隙《すき》はない。仮に屋台骨が揺らぐようなスキャンダルが報じられても、次の政権の受け皿たる野党の進歩党には勢いがない。せいぜい一時的に支持率が下がるだけだろう。

　松岡の予想とは裏腹に、遠ざかる酒井の肩が力強く見えた。背中も大きく感じる。なにかとてつもない取材テーマを追っているのは確実だ。だが、なぜ唐突に姿を見せたのか。松岡には最後まで酒井の真意がわからなかった。

5

　ホテルで松岡に会ってから一週間、酒井はネタの掘り起こしと編集作業に没頭した。

スマホになんどか松岡からの着信があったが、留守番メッセージやメールは残っていない。酒井なりに忠告したが、松岡は依然として阪の本当の顔も真の狙いも知らない。もう一つ、松岡の前に突然姿を見せたのは酒井なりの考えがあった。

　阪の番記者である松岡は、二度も姿を見せたことを必ず阪にほのめかす。阪は絶対に〝泉〟という言葉の意味、そして新時代の記者が現れたことがどういう事態につながるか悟る。逆に言えば、松岡から切羽詰まった連絡がないということは、酒井の追っているネタはまだ官邸に漏《も》れ出していないのだ。

　新時代には五人の政界担当がいるが、今回の取材は徹底して伏せている。官邸や阪から探りが入るとすれば政界担当ということも考えられるが、酒井はあえて阪の前に顔を晒した。なにかを察知すれば、子飼いにしている松岡からの接触が一番の警告となるのだ。

「酒井さん、デカいネタつかんだんですよね？」

　隣席で大畑が声を潜めた。

「今、ラフな記事を書いている。企画は第一弾から四弾くらいまで想定しているが、二番目くらいに使うつもりだ」

「その調子だと、夕ご飯はまた出前のチャーハンですね？」

「一秒でも惜《お》しいからな」

「私も出前に便乗しようかな。今、午後六時ですから、そろそろお腹減《なか》りました」

「それなら注文を頼む」

ノートパソコンの画面を凝視したまま、酒井は答えた。手元の液晶には、午後からずっと取り掛かっているラフの原案がある。

〈……肝心の筒美ルートの存在をどうやって裏付けるか取材チームは腐心した。そんな中、民政党の有力派閥の一つの現役秘書から重要な証言がもたらされた。〉

電話で出前を頼み終えた大畑が横からモニターを凝視していた。

「有力派閥とは、旧田巻派ですね」

「そうだ。水曜研究会から芦原内閣には文部科学大臣と国家公安委員長を出している」

秘書に接近するきっかけは、税務署勤務の長かった民間の税理士だ。

〈政治資金絡み、いや裏金っぽいやつなら一つ心当たりがある〉

赤坂の寿司屋《すしや》に誘い出し、高級な鮪《まぐろ》と希少な吟醸酒《ぎんじょうしゅ》を振る舞ううち、元税務署員の口は次第に滑らかになった。このネタ元は東京国税庁の査察部《マルサ》にも在籍した経験を持つ遣り手だ。地検特捜部と共同歩調を取ったことがあると聞き、五年前から定期的に酒を飲んでいた。

〈あの派閥は、泥臭い連中が多いからなにかと金がかかる。税務調査の一環として、ある怪しい取引に目をつけたのさ〉

税理士の言葉を思い起こし、秘書の語ったメモを横目に見ながら原稿を書き進めた。

〈政治家と裏金。よくある話だ。ここである大物議員（閣僚経験者）が所属する派閥の錬金術の具体例をチェックしてみよう。この派閥の事務局は、二束三文の絵画や骨董《こっとう》の類《たぐ》いを一〇〇万円で購入したのち、言いなりになる古物商の鑑定書を添付して支援者であり、公共事業などの口利き役として恩を売っている地方の中堅土木会社に一〇〇〇万円で売却した。単純計算で九〇〇万円の儲《もう》けであり、政治の世界で頻繁に使われる錬金術の一つだ。派閥関係者の証言によれば、この取引は売買契約書を交わしたうえで、税務処理も適正に行われていた、という。〉

酒井がここまで一気に文章を入力すると、隣席で大畑が首を傾《かし》げた。

「今までウチも他所の媒体も書いてきた裏金と一緒ですよね」

「だが、この後が肝《きも》だ」

そう言うと、酒井は素早くキーボードの上に両手を走らせた。

〈……ここまではよくある永田町の裏話にすぎない。ちなみに同派閥や所属議員の収支報告書を調べたが、錬金術の原資、つまりガラクタ同然の美術品を購入する際の種銭がどこにも記載されていないのだ。関係者は派閥職員のポケットマネーと言うが、薄給の職員がポンと一〇〇万円を支出するとは考えにくい。しかも、ガラクタ同然だとわかっている曰《いわ》く付きの骨董品なのだ。〉

酒井が手を止めると、大畑が頷いた。

「そうか、この種銭が筒道商会からの？」

「そういうことだ。ちゃんと証拠はある」

酒井はテキストから画像ファイルに画面を切り替えた。

「これを見ろ」

〈筒道商会からの一五〇〇万円のうち、三〇〇万円を三等分し、複数の古美術商から絵画、骨董の類いを購入し……〉

画面には、手書きメモをスマホのカメラで撮った画像がある。

「これはどうやって？」

「税理士に鼻薬《はなぐすり》をかがせたら元のデータを送ってくれた。正真正銘の本物だ」

「これって、突破口になりますよね」

「水曜研究会は、筒美ルートの裏金をもらっていただけでなく、これを不法に利殖し、膨らませていた。立派な詐欺だよ」

酒井は写真ファイルをさらに切り替えた。画面には、スマホのカメラで撮影した手書きの文字、そして数字とアルファベットが並んだ乱数表のような画像がある。

「これはなんですか？」

「秘書が残した保険だよ」

首を傾げた大畑に対し、酒井は西牟田がかつて派閥の金を横領していた前科を明かした。

「トカゲの尻尾《しっぽ》だからな。水曜研究会の秘書は、ネコババした疑いがかけられるのを恐れて、筒道商会から運んだ金の紙幣番号を全《すべ》て控えていた。それがこの番号一覧だ」

「これが本当に筒道商会から出たという裏付けは？」

大畑の問いかけに、酒井はショルダーバッグから小さなＩＣレコーダーを取り出し、再生ボタンを押した。

〈この紙幣番号は、お台場の例の源泉《げんせん》から出た金の分ですね？〉

〈間違いない。俺だって人間だ。誰《だれ》に裏切られるかわからんから、万が一のために保険をかけた〉

酒井が停止ボタンを押すと、大畑がなんども頷いた。

「当初予想していたよりも、永田町が腐っていたということですよね」

「そうだ。十週連続で右の頭を張れるかもしれん」

今まで芸能界やスポーツ界、そして政界をなんどもスクープという剣で撫《な》で斬《ぎ》りにした。しかし、ここまで大きなネタ、いや亡くなった旧日不銀の久保の言葉を借りれば、〈駱駝《らくだ》の背を折る〉ような記事をしかけたことはない。

「さて、まだ詰めなきゃならんことがたくさんある」

酒井はノートパソコンを小脇に抱えると、筆頭デスクの茂森の席に向かった。

6

「出し抜かれたわけじゃないんだな？」

「そう思います。毎日秘書の宮崎さんに確認していますから」

首相官邸の一階、半地下のような日当たりの悪い大和新聞のブースで、キャップの野水《のみず》が声を潜めた。

「それにしても一週間以上も裏懇がないなんて、前代未聞《ぜんだいみもん》だぜ」

「赤坂の議員宿舎に戻るのも深夜か未明です。荒木町の隠れ家に現れた様子もありません」

「岩舘のようなヘマはないよな」

「ありません」

松岡が答えると、野水が黙り込んだ。酒井が松岡の前にいきなり現れた晩を境に、阪主催のプリンセスホテルでの裏懇談は一度も開催されなくなった。

「定例会見で異変は？」

「なんら変わったことはありません」

松岡はパソコンで打ちかけの会見要旨メモを野水に見せた。

「臨時国会前で永田町は開店休業状態、党本部にも変な動きはないし、外交面でも懸案はない。官房長官が水面下に潜るような事案はない」

キャップという職責上、野水は永田町全域にアンテナを張り巡らせている。ベテラン議員や秘書、民政党や国会の職員に至るまでにネタ元がいる。日夜、配下の記者三〇名以上から集まる懇談や夜回りメモをチェックし、わずかな異変も見逃さない。永田町で二〇年以上働いた猛者《もさ》が不思議がるほど、裏懇不開催は稀《まれ》なケースだった。

「なにかあったら知らせろ」

野水が薄手のジャケットを肩にかけ、狭い記者クラブから出ていこうとしたときだった。

「よう」

低くくぐもった声が松岡の耳に響いた。残暑が厳しく、日当たりの悪い記者クラブも立ち込めた熱気が抜けないが、その声は周囲の温度を一気に低下させるような冷ややかな響きがあった。

「部長……」

目をやると、政治部長、阿久津がノーネクタイ姿で立ちふさがっていた。

「随分《ずいぶん》ひまそうじゃないか」

阿久津の声に、野水が肩を強張らせた。

「これから偵察に行ってきます」

「紙面は夏枯《なつが》れの真っ只中《ただなか》だ。面白いネタを待ってるぞ」

阿久津の脇を、野水が逃げるようにすり抜けていった。

「松岡、調子はどうだ？」

キャップ席に腰かけると、阿久津が松岡の顔を見た。夏場にもかかわらず、阿久津の顔は白い。一重の瞼《まぶた》は切れ上がり、爬虫類《はちゅうるい》を思わせる。

「おかげさまで、なんとかやっています」

かつて野水が言った〝永田町全体の首位打者〟という言葉が不意に浮かんだ。野水は町中にアンテナを張り巡らせているが、現場を離れていても阿久津にはまだまだかなわないということなのだろう。

「最近の永田町の首位打者は松岡だ」

「そんな、とんでもない」

松岡は慌てて首を振った。育児支援関連の記事だけでなく、療養中の川谷前幹事長の単独インタビューをものにした。だが、臨時国会の開会前で町全体が休眠中といえる状態だけに、手放しで喜べなかった。

「今日は取材ですか？」

阿久津とは間合いが取りにくい。世間話で硬い空気をほぐそうと、松岡は当たり障りのない話を振った。

「俺は管理職で、記者の仕事は現場に丸投げした役立たずだ」

阿久津は自嘲《じちょう》して言ったが、その両目は笑っていない。

「今日は政治部長としての挨拶《あいさつ》回りだ」

大和新聞をはじめ、主要メディアは事業局や営業局が講演会組織を持っている。法外な会員費を徴収して、高級ホテルで定期的に講演会やパネルディスカッションを開催する。今日は政府要人か中央官庁の役人にでも会い、講演の依頼でもしていたのだろう。

「こんな暇な時期だからこそ、松岡の働きは出色ものだ」

「ありがとうございます」

「もっとプロパー組を刺激してくれ」

プロパーとは、地方での修業を終え政治部に直接配属された生え抜き組を指している。

「刺激なんてとんでもない、いつも教えてもらってばかりです」

「この世界、実績が一番物を言う。もっと結果を出せば、松岡の好きなようにさせてやる」

阿久津は好きなように、という部分に力を込めた。

政治部で実績を残せば、本来の志望である経済部の財研に戻してやる、という意味なのか。それとも、政策記者として永田町に残すということなのか。

「自分の見たい景色が見られるまであと少しだ」

景色……特別コラムニストの田所《たどころ》も同じようなことを言った。たしかに、阪と一対一《サシ》になる場面が増え、日本という国を自在に動かすキーマンの一挙手一投足を間近に見る機会が増えた。

「阪さんには大変お世話になっています」

「近い将来、もっと別の次元の景色を見ることになる」

それだけ言うと、阿久津が立ち上がった。

「お帰りですか?」

松岡が告げたときだった。パソコンの脇に置いたスマホが不快な振動音を立てた。慌てて取り上げると、液晶モニターに名前があった。松岡は反射的に通話ボタンをタップした。

「松岡です」

〈秘書の宮崎です。少しお話しできますか?〉

スマホを耳に当てながら阿久津を探したが、すでに記者クラブを後にしていた。

〈阪がお会いしたいと申しております。お時間ありますか?〉

いつも快活に笑う宮崎の声が、どこか上ずっていた。

「どうしたらよろしいですか?」

〈今晩も懇談の時間が取れません。五階までご足労いただけますでしょうか?〉

「もちろんです。いつうかがえばいいでしょう?」

〈突然で恐縮なのですが、これからすぐ、午後六時五分ごろは可能ですか〉

「大丈夫です」

〈午後七時からベテラン代議士の講演会がありまして、阪はその来賓挨拶《らいひんあいさつ》に行かねばなりません。午後六時半程度までとなりますが、よろしいでしょうか〉

「もちろんです」

〈慌ただしくて申し訳ありません。では、五階の受付には話をしておきます〉

松岡は椅子《いす》の背にかけていたジャケットを羽織《はお》ると、小走りで記者クラブを出た。クラブを出て、芦原が毎日出退勤する三階エントランス行きのエレベーターに乗る。

幸い、周囲に他社の記者はいない。その後、三階エントランスでエレベーターを降り、総理番の若い記者たち二〇人近くが待機する上層階行きのエレベーター前まで早足で向かった。

「松岡さんどうしました?」

エントランスとエレベーターホールを隔てる巨大な壁の前に来ると、メガネをかけた後輩の城後《じょうご》に声をかけられた。松岡は無言で天井を指した。すると、城後は何事もなかったように壁の脇、常備している折りたたみ椅子に戻った。だが、その他の記者は好奇の目で松岡を見ていた。上階行きのボタンを押すと、官邸広報室や民政党の職員と一緒になった。同行してエレベーターに乗るのが財界人や主要官庁の役人ならば、たちまち総理番の記者たちに囲まれ、誰に会うのか、どんな用件なのか問い詰められる。幸い、松岡は国会バッジを背広の襟《えり》に付けているので、質問されることはない。ただ上層階への記者の出入りは厳しく制限されているだけに、好奇のほか、羨望《せんぼう》の眼差《まなざ》しを背中に感じた。

「どちらまで?」

エレベーターに乗り込んだとき、広報室の女性職員が尋ねた。

「五階を。宮崎さんに呼ばれました」

松岡が言うと、ためらっていた女性職員が納得したように頷いた。

「失礼します」

五階で扉が開くと、松岡は周囲の面々に断って先にエレベーターを降りた。知らず知らずのうちに足が速まるのがわかる。

エレベーターを降り、三階エントランスを見下ろす渡り廊下状の通路を通り、警護官と官邸職員が控える受付にたどり着いた。すると、松岡の顔を見た瞬間、職員が立ち上がり、言った。

「こちらです。官房長官がお待ちです」

案内されるまま、職員の後について松岡は廊下を進んだ。廊下の角、そして壁にはカメラが設置されている。

今頃、階下の総理番記者たちは壁にかけられた大型モニターで自分の姿をチェックしている。これが芦原の執務室に行くのであれば、〈大和新聞　松岡記者〉という名前が入りと出の時刻とともに翌日の紙面の首相動静に記載される。芦原の部屋の前にもカメラが設置されているからだ。

「失礼します。松岡さんをご案内しました」

明るい色の木製のドアをノックした職員が言うと、中からどうぞと宮崎の声が響いた。

7

西新宿の外れ、山手通りにほど近い台湾料理屋の個室で、酒井は野本《のもと》の小さなグラスに老酒《ラオチユウ》を満たした。

「それでどうなった？」

豚足《とんそく》の煮込みと格闘していた野本はおしぼりで手を拭《ふ》き、グラスに手をかけた。

「裏金を原資にして美術品を購入し、汚れた金をさらに膨らませていた連中については、本筋とは別の企画原稿で徹底的に叩こうと思っています」

「そうだな、格好の週刊誌ネタだ」

老酒を一気に飲み干すと、野本はぽつりと言った。その直後、傍らにあったカラスミ入りの炒飯《チャーハン》に手を付け始めた。

大畑と集めた取材の成果を携え、酒井は野本を食事に誘った。指定されたのは、野本が民政党職員時代から愛用しているという老舗《しにせ》だった。

壁一面に貼られた著名漫画家や映画監督のサイン色紙とクラシックな調度は煤《すす》けているが、あっさりした味付けの台湾料理はどれも絶品だった。

店に入ってすでに一時間程度経った。酒井はカメラマンを動員して主要派閥の金庫番の動向を追い、裏金のありかとなっているお台場の筒道商会の写真を撮った話、いまだに詐欺《さぎ》まがいの行為に手を染めている連中がいると野本に明かした。

しかし先ほどから野本は生返事ばかりだ。運ばれた空芯菜《くうしんさい》の炒《いた》め物や腸詰《ちょうづめ》をがつがつと食べ、一向に酒井の話に関心を示さない。前回事務所を訪ねた際、集めた成果をもとにさらなる助言をと頼んでいただけに、酒井は焦《じ》れ始めた。

「先生、少しよろしいですか？」

炒飯に添えられたスープを啜《すす》る野本に向け、酒井は切り出した。

「なんだ、唐突《とうとつ》に」

蓮華《れんげ》を持ち、野本が不機嫌そうに答えた。

「事務所にうかがった際、糸口を見つけてきたら、なんらかのご助言をいただけるとお約束をいただきました」

「そうだったか」

「そうです」

強い口調で酒井が告げると、蓮華をグラスに持ち替えた野本が首を傾げた。

「おまえさんの取材は、その程度だったか」

ぶっきら棒な口調で野本が言った。

「どの辺りが未熟だったでしょうか？」

奥歯を嚙《か》み締めながら、酒井は尋ねた。

「トップ記者なら、その程度の情報は時間をかければ集められるだろうと予想していた」

野本は手酌で老酒をグラスに満たし、言った。

「前回お邪魔した際は、より深い事情を知る人物、あるいは新たな手がかりをご紹介くださいとお願いしました。今、お話しした内容では足りないと？」

「ああ、小物ばかりだからな」

グラスの老酒《ラオチュウ》を一口舐《な》め、野本が睨《にら》んでいる。どこか酒井を試すような目つきをしている。酒井は必死に考えを巡《めぐ》らせた。取材の成果は、金庫番秘書の個人名を除き、あらかた野本に説明した。さらに新時代の取材の手の内も開示した。だが、野本は満足していない。

「おまえさんが気づかないなら、何も言わん。存分にタダ飯を楽しませてもらう」

野本は再び手づかみで豚足の煮込みと格闘を始めた。野本は明らかに自分を試している。そう感じたとき、先ほど野本が告げた小物という言葉が頭に浮かんだ。

湾岸署管内でスピード違反を犯した西牟田の顔が網膜《もうまく》の裏に現れ、次いで大畑と手分けして当たった各派閥の金庫番の顔がちらつく。いずれも野本から見れば小物に違いない。

〈看板も地盤もないのに長年あのポストに居座っている男だ。裏返せば、それだけの功績があったってことだ〉

明治通り沿いのファミレスで西牟田が吐いた言葉が突如、酒井の意識の中を駆け巡った。あのとき、西牟田は唐突に官房長官の阪の名前を告げた。酒井は顔を上げ、タレのついた指を舐める野本を見た。

「どうした？」

「取材の過程で大物の名前に接しました」

「誰だ？」

「現官房長官、阪義家です」

酒井が答えると、野本がゆっくり頷いた。

「小物ではないな」

「当たりと考えてよろしいですか？」

「おまえさんの腕次第だ」

野本はグラス脇のおしぼりで丁寧に手を拭《ふ》くと、老酒のボトルをつかんだ。

「腕次第とは？」

「まあ、飲め」

野本がボトルを取り上げ、酒井にグラスを空けるよう促した。酒井は香りの強い醸造酒を一気に喉に流し込んだ。

「阪は森山泰造の秘書になってから頭角を現した男だ。職員時代からよく覚えている」

空になったグラスをテーブルに置いた途端、野本が話し始めた。

「毎年、暮れになると幹事長の部屋にいろんな議員の秘書が集まった」

「餅代《もちだい》ですね」

「そうだ。バッジの代わりに秘書が現金を取りに来ることが多かった。親父《おやじ》たちの名代でその気になってくる秘書が多い中、阪は違った」

「どのように？」

「森山先生の躾《しつけ》が良かったんだろうな。目立たず、謙虚だった。それに、幹事長室や控え室の椅子の乱れを直したり、細かい仕事を手伝っていた。地味だが目端《めはしき》の利く男だった」

時折、煤けた天井を見上げながら野本が言った。

「なぜ、阪氏のことを教えてくださるんですか？」

「彼の政治の師匠、いや父親的な存在が森山先生だからだ」

「どういう意味ですか？」

「森山先生は金権とは一切無縁で、民政党議員の中では珍しく清貧《せいひん》の人だった」

野本の真意をつかみきれない。酒井が首を傾げると、野本が口を開いた。

「例の筒美ルートの裏金だが、各派閥の大物議員たちは受け取ったとみられる頃を境に行動が変わった」

野本は老酒ではなく、グラスの水を飲み干し、口を開いた。

「私用の高級セダンを買い替えたり、秘書に臨時手当てを出したり、愛人に住まいを買い与えるような輩《やから》が増えた。一方、森山先生だけはそんな気配が微塵《みじん》もなかった」

当時、党の職員として議員たちの裏の顔を知っていた野本だけに、その言葉には重みがあった。清貧政治家森山に育てられた阪……しかし、西牟田は阪が成り上がったという意味の言葉を吐いた。酒井が黙っていると、野本が切り出した。

「これは想像だ。湾岸エリアに遺棄されていた例の古い金庫だが、森山先生が捨てさせたものじゃないのか」

酒井が予想だにしないことを野本が言った。

「森山先生の親分は金に汚い人だった。そんな親分の命令で一旦《いったん》は分配されてきた金を受け取った。だが、自分の主義主張と合わないとなれば、捨てることも厭《いと》わない人だった」

「しかし、それを確かめる術《すべ》は……」

「おまえが阪へ直当たりするしかないだろう」

野本の言葉を聞き、酒井は荒木町で筒美ルートの隠語《いんご》を阪に当てたときの光景を思い起こした。いつもの能面《のうめん》のような顔だったが、たしかに阪のこめかみが反応した。仮に野本の予想が正しければ、あの金庫は政権中枢にいる阪という要人に直結するネタだ。テーブルの下で、酒井はひそかに拳《こぶし》を握りしめた。

「ひとつだけ忠告しておく。これ以上深い取材を進めると、必ずお前を狙う奴が出てくる」

「覚悟はしております」

「魂心会の強面《こわもて》かもしれんし、通り魔的な奴かもしれん。実際に、森山先生の元秘書と日不銀の人間が殺されたからな」

野本がドスの利いた声で言った。

「後戻りはできません」

「中途半端はいかんぞ。万が一のとき、ネタを託せる人間はいるのか？」

「コンビで取材した記者がいます」

「信頼できるか？」

「もちろんです」

「すでに二人、消されたんだ。敵は相当近くまできているとみた方がいい。同僚だけで心配はないのか？」

「コンビの人間以外、託せる者はいません」

そう言い切ったとき、今まで考えもしなかった男の顔が酒井の頭の中に浮かんだ。

8

「もう少し金の流れについて、どぎつい写真か帳簿の写しのようなブツがほしいな」

編集部隣のがらんとした専用会議室で、茂森が言った。両目は鈍い光を発し、ノートパソコンの画面の原案、そして酒井が持参した資料を丹念にチェックしていた。かつて著名プロ野球選手の薬物汚染や、政治家と暴力団の癒着《ゆちゃく》を暴いたスクープ記者の佇《たたず》まいだ。

「なんとかブツを入手します」

「基本的な流れはこれでいい。絶対に右の頭で押す。編集長の首を締めても俺が押し込む。その代わり、社長賞が出たら一杯奢《おご》れ」

「おやすい御用です」

酒井が軽口で返したときだった。会議室のドアをノックする音が響き、若手の社員記者が顔を出した。

「茂森さんに電話なんですけど」

「急ぎか？　社内の連絡だったら後でかけ直すって言えよ」

思い切り不機嫌な声で茂森が応じると、若手記者が首を振った。

「それが社外です」

「誰だよ？　用件を先に言えよ」

「週刊女性ライフの副編集長です」

茂森が首を傾げ、酒井に顔を向けた。

女性ライフを発刊するウーマン出版は老舗の中堅版元で、レシピ本やファッション誌が主力だ。女性ライフは芸能人のゴシップがウリだが、最近はほとんどスクープらしいスクープを放っていない。もとより、総合週刊誌の新時代とはほとんど接点がない。

「かけ直すから連絡先メモしておけ」

ライバル週刊誌の編集長やデスク、エース級の記者たちならば茂森のスマホにデータがある。急ぎであれば当然のごとく茂森のスマホが振動するはずだ。

「それが、どうしても直接コメントをいただきたいとのことでして」

「なんのことだよ」

舌打ちしながら、茂森がようやく席を立ち、若手とともに編集部に向かった。

酒井も机に広げた資料とノートパソコンを片付け、会議室の明かりを消して自席に向かって歩き出した。

「なんだって！」

会議室を抜け、編集部前の扉を開けたときだった。固定電話の受話器を握った茂森が立ち上がり、素《す》っ頓狂《とんきょう》な声をあげていた。

「なにがあった？」

たまたま扉近くにいた若手記者をつかまえ、酒井は尋ねた。

「とにかく茂森さんのコメントがほしいの一点張りでして……」

編集部の歴戦の面々は、コメント取りには慣れている。記事を書き終え、校正作業をする間、誌面に登場する人物たちに感想を聴く、あるいは肯定、否定の声を拾うのがコメント取りだ。

先ほど大声を出した茂森は、いつの間にか椅子に座り、受話器を掌《てのひら》で覆いながら話を続けていた。なにか大きなネタが女性ライフからもたらされたのか。いや、違う。新人記者はコメントを求められた、と言った。となれば、茂森は堂々と電話の対応を続けているはずだ。日頃豪放な態度の茂森が不自然に声を潜めている。

「なんかあったんですか？」

届いた出前の勘定を済ませながら、大畑が酒井の傍《かたわ》らで言った。酒井との打ち合わせ中、茂森が女性ライフからコメントを求められたと明かした。

「女性ライフ？」

酒井が大畑と首を傾げていると、先ほどの新人記者が声をあげた。

「まじかよ……」

新人記者の手には、若手の人気女優の表紙、ライバル誌の週刊平安《へいあん》の最新号があった。

「なんか抜かれたのか？」

「奴らとんでもない記事ブッこんできました」

「なにが載っている？」

週刊平安は土曜発売だが、祝日の関係で数日早く刊行されたのだ。新人記者の手から週刊平安を取り上げ、酒井は問題のページを開いた。

〈新時代オススメの薬特集、専門医は大反対！　業界べったりの記事は大誤報だ！〉

ここ数週間、茂森とは別のデスクが五名の記者とともに企画特集を組んでいた医療系のネタ、新時代的に言えば左頭の記事が、ライバル誌によって誤報扱いされていた。

酒井は近くの中堅記者の机に置かれていた新時代の最新号を手に取った。裏表紙、出版業界で表４と呼ぶ部分には、日本とスイスの合弁大手製薬会社の広告が載っている。美しいアルプスの写真とともに最近開発された新たな抗がん剤のパッケージが掲載されている。

新時代のメーンスポンサーの広告を見ながら、酒井は神田駅近くの喫茶店の光景を思い起こした。元日銀マンの橋田から日不銀についての話を聞いていたときだ。互いに愛煙家で、健康に害が及ぶことがわかりながら吸い続けていると自嘲気味に言った。

〈様々な分野で新薬が出ていますから〉

橋田をなだめるように言った自分の言葉が頭の中で反響した。

「いくら競争相手だからって、この見出しはないだろう……」

新時代と平安双方の記事の中身を精査する時間は酒井にはなかったが、長い記者生活の中でもこれほど悪し様《あしざま》に他誌を罵《ののし》る見出しはお目にかかったことがない。

「奴ら、どういうつもりだ！」

茂森の隣の席で、企画の責任者を務める別のデスクが怒鳴った。その手にはやはり平安の最新号がある。怒声に驚き、四、五人の記者やスタッフがデスクの周囲に集まり始めた。だが、その横で、茂森はずっと受話器を手で覆い、神妙な顔を続けていた。

9

「失礼します」

秘書の宮崎に先導され、松岡は初めて阪の執務室に足を踏み入れた。

薄茶色の壁紙に覆われた二〇畳ほどの明るい部屋にはいくつも書架があり、新聞の縮刷版や主要官庁が発行した白書の類いが詰まっている。書架の前には重厚な焦茶色の執務机があり、クリーム色の固定電話が二台並ぶ。

電話の横には、かつて阪が仕えた昭和の名政治家、森山泰造の写真立てが見える。太い眉、突き出した顎《あご》は一見強面だが、無骨な輪郭とは裏腹の大きな両目に愛嬌《あいきょう》がある。庶民派大臣として一時期人気を博したことがある政治家だ。ウイスキーを飲むと、阪はしばしば森山を親父さんと呼んだ。

「ご足労いただいて申し訳ありませんね」

簡易な応接セットで官邸スタッフと打ち合わせしていた阪が立ち上がり、松岡に席を勧めた。

官邸スタッフと入れ違いで、松岡は四人掛けのソファ、一人がけの阪と直角になる場所に腰を下ろした。

「特段、これといった用事があったわけではないのです。このところ雑務が重なって、ホテルに行く時間が全く取れなかったので、松岡さんにお詫《わ》びしようと思いましてね」

阪は笑みを浮かべながら言った。荒木町のバーで松岡だけに見せる穏やかな顔だった。

「一応、記者クラブには公の予定を開示していますが、出せないこともあります。私的な集まりや支援者の細々した用事ばかりでしてね。秘書の宮崎も同じで、連絡を怠ってしまいました」

「先ほどもキャップの野水、それに政治部長の阿久津にどやされていたところです」

松岡が告げると、阪が吹き出した。

「本当に雑務が立て込んだだけなのです。それに、阿久津さんはお元気でしたか？」

「相変わらずでした」

阪の笑い声を聞いた途端、酒井の言葉が頭をよぎったが、隣の表情をうかがう限り、忠告は考えすぎだと思える。

〈阪は磯田を牽制《けんせい》するために、おまえを出しに使った。大和新聞に恩を売ると同時に、川谷にもいい顔をして、大寛川会再結成で主導権を取りたい磯田を強く牽制した〉

再び、酒井の言葉が頭蓋《ずがい》の奥で反響した。

元同期の言葉を振り切るように、松岡は周囲を見回した。先ほどまでいた官邸スタッフは姿を消し、秘書の宮崎の姿もない。酒井の言う閣内不和は本当なのか。提示されたネタ、そして紹介案件だけで終わっては記者ではない。

「一つ、うかがってもよいでしょうか？」

松岡が切り出すと、阪が頷いた。

「先般のインタビューですが、磯田副総理を牽制する狙いがあったのですか？」

いつも即答する阪が自分を見たまま、黙りこんだ。今度は頬がげっそりと痩けた岩舘の顔が浮かんだ。

「先週号の週刊底流か新時代に同じような話が載っていましたね」

阪が深く息を吐き出した。

「副総理も私も支援者の事情があります。町や議会ごとに利害関係が複雑に絡み合っています。民政党の東京都連と永田町の場合を考えてください。構図は似ています」

「なるほど」

「政治家にはそれぞれ立場があり、局面が変われば身内でも意見がぶつかることもままあります。しかし、地方選挙の一つや二つで信頼関係が揺らぐことなどありません」

阪の表情は荒木町での顔と一緒だった。週刊新時代も地方紙も、こうして膝を突き合わせるような形で阪の本音を聞く機会は一切ない。リアルな本音を聞き出せることが、トップリーグの特権であり、仕事の本質なのだと松岡は痛感した。つい五分前、阿久津が言った〈別の次元の景色〉という言葉がすとんと腹に落ちた気がした。

「失礼なことを言って申し訳ありませんでした」

「誤解が解けてなによりです」

阪は満足げに言った。これで野水にきちんと裏懇談が不開催だった理由を報告できる。

「そうそう、彼はお元気ですか？　荒木町で突然お会いした週刊新時代の……」

名前が思い出せないのか、阪が天井を仰ぎ見た。

「酒井ですね」

「そうそう、酒井記者だ」

「あれから酒井が阪さんに接触を？」

「いいえ、ありませんよ。ただ、媒体が媒体ですからね。スクープ命の週刊誌記者が突然意味不明な言葉を当ててきたので、少し気になっていたのです」

阪の言葉を聞いたとき、プリンセスホテルで酒井が言った言葉が浮かんだ。

〈芦原内閣は倒れている。俺が倒すからだ〉

酒井は確実に大きなネタを追い、真相に迫っている。だからこそ、阪番の自分に接触してきたのではないか。そんなもやもやした思いがずっと胸の底に沈殿《ちんでん》していた。

「あのとき、酒井は泉がどうとか言っていましたが……」

「おそらく、筋のよくないところから、変な話をつかまされたのでしょう。松岡さんはどう思いますか？」

「私にも全く思い当たるふしはありません」

「酒井記者とはあれから会いましたか？」

穏やかな口調で阪が尋ねた。強い酒をぐいぐい飲みながらも、一切酔った気配を見せず、内閣を倒すと豪語した酒井の醒《さ》めた顔が浮かんだ。

「一度だけ、たしか十日ほど前でした」

「ほう、そうですか。彼はなにか言っていませんでしたか？」

あのとき、酒井は本当に酔っていなかったのか。

〈おまえが出た最初の定例会見の中に答えがある〉

念のためと思い、初めての定例会見の動画を官邸のホームページで見直した。だが、なぜ酒井が強い口調で警告したのか、思い当たることはなかった。

「同期の動向や先輩記者の昇進など他愛のないことを少し話しただけです」

松岡が答えると、阪が満足げに頷いた。

「芦原内閣はもとより、歴代の政権は週刊新時代になんども煮え湯を飲まされました。どうかお手柔らかにと酒井記者にお伝えください」

阪がそう言ったとき、執務室の扉をノックする音が響いた。

「長官、そろそろお出かけのお時間です」

先ほどまでいた官邸スタッフが顔を出した。

「それでは。これから講演会で二〇分間のゲストスピーチをやり、その後は民政党の有力な支持者である製薬業界のお偉方と会食です」

阪は立ち上がり、律儀にスーツの前ボタンをしめた。

「それでは、これで失礼します」

阪に促される前に、松岡は足早に執務室を出た。

10

「編集長とはまだ連絡は取れないのか?」

編集部の大部屋で、新薬特集の担当を務めているデスクが怒鳴り声を上げた。

「飛行機の中らしく、つかまりません」

怒鳴られた新人記者が申し訳なげに話した。その度に企画担当デスクが舌打ちを繰り返し、編集部のムードは一気に険悪になった。

食品偽装企画の担当取材チームとともに、編集長は二泊三日の強行日程で今朝から上海《シャンハイ》に飛んでいる。上海を起点に中国南西部の地方都市を飛行機で乗り継ぐ予定で、先ほどから携帯電話もメールも通じない。本来ならば編集長不在は考えられないが、夏枯れという時期に加え、今回は現地共産党幹部とのアポが取れた。先方が責任者帯同であれば取材に応じると条件を出したため、編集長が担当記者らとともに中国に渡っていたのだ。

「この非常時になんてことだ」

企画担当デスクがまた舌打ちした。

「あれ、茂森さんは？」

大畑が首を傾げている。酒井の企画記事に写真を添付しようと、デザイナーから上がってきたラフな見本を持っている。

「そういえば、さっきも打ち合わせを中座したんだよな」

週刊平安のどぎつい見出しで大騒ぎとなった編集部は、司令塔を欠いた状態だ。攻めは業界一と言われるが、防御は全く慣れていない。筆頭デスクの茂森が編集長不在時の混乱を収束させねばならないのだが、肝心の本人が編集部にいない。打ち合わせを中断してからの茂森は普段と全く違う顔を見せた。いや、動揺していたと大畑に告げた。

「あっ」

特集班の記者やデスクが集まるシマの奥で、男子大学生のアルバイトが素っ頓狂な声を発した。酒井が目をやると、アルバイト学生はファクスの前にいた。

「どうした？」

酒井が大畑とともに駆け寄ると、アルバイト学生はファクスの送付状、そして届いたばかりの用紙を手に取った。酒井は送付状をチェックした。発信元は女性ライフ、宛名《あてな》は週刊新時代編集部の茂森となっている。次いで酒井は届いた本文に目を向けた。

〈スクープ編集者の妻がまさかの泥沼W不倫！　お相手は〝枯《か》れ専《せん》〟人気のマルチ作家！〉

記者やライターが文章を書き、デスクが赤ペンで修正を加えた初校ゲラだ。スタイルこそ新時代とは違うが、届いたばかりのゲラは編集部の一同を驚嘆させた。

傍らにいた大畑が大写しされた白黒写真を指した。刺激的、いや悪趣味な大見出しの横には、直撃取材に驚く相合傘《あいあいがさ》の男女の姿があった。

傘の中、左側に写っているのは、公共放送の歴史ドラマの原作小説を紡ぎ、かつ漫画原作や若者向け映画の脚本までこなすマルチな作家、八田剛志《はったつよし》だ。

だが、ゲラの問題はそこではない。八田はあくまでも添え物、見出しの主語は〈スクープ編集者の妻〉なのだ。酒井はファクスにある女の顔を凝視した。八田はそのまま素顔が載っているが、女は目が黒く塗りつぶされている。芸能人や著名人ではない一般人だからとの配慮だ。しかし、業界関係者ならばその素顔はすぐに浮かぶ。

「茂森さんの奥さんじゃないですか」

大畑が声を潜めた。本来なら、八田は週刊誌がゴシップを取り上げない作家枠に属する。ヒット作を数多く持つ作家は、出版社に多額の収入をもたらす打ち出の小槌《こづち》だ。八田はそのうちの一人であり、かつて新時代でも連載を持っていた八田に関し、スキャンダルを報じることはない。先ほど喧嘩《けんか》を売ってきた週刊平安、その他の主要誌にしても同様だ。

「ウーマン出版は文芸も漫画部門もないですから、作家タブーについては制約が一切ありません」

ため息を吐きながら大畑が言った。

「だから、この主見出しなんだ」

酒井は〈スクープ編集者の妻〉の文字を人差指で弾《はじ》いた。

「彼女は私の元上司ですよ。奔放なキャラは昔からブレていませんけど」

大畑が肩を落とした。一般には知られていないが、茂森と社内結婚した妻のあかねは出版業界ではかなり知られた存在の女性編集者だ。

酒井はもう一度、送付状に目をやった。すると、先方の編集部の書き手が手書きでメッセージを寄せていた。

〈先ほどお電話した件、文末の「　」の部分に使わせていただけるよう、コメントをお願いいたします。送付状に記載した当方の携帯・直通にお電話いただくか、メールを頂戴《ちょうだい》できましたら幸甚《こうじん》です。なお勝手ながら校了の関係上、お返事は……〉

新時代の面々が記事を出す間際、相手に最終的にコメントをもらう際とほぼ同じだった。

「悪夢だな」

酒井が思わずそう漏らしたときだった。編集部の入り口で別の怒鳴り声が響いた。

「みんな集まれ！」

慣れ親しんだダミ声の方向に顔を向けると、顔を真っ赤にした白髪の男が立っていた。先々代の編集長で、現在は出版部門を統括する常務だった。

「女性ライフの件、みんな知っているな？」

乾いた革靴の足音を響かせ、常務が編集部の中心に向かった。シマにいた一〇人程度の視線が一斉に集まる。常務は古い応接セットの前で足を止め、もう一度声を張り上げた。

「茂森夫妻は当分の間、休職とする」

常務の声に、酒井はすぐさま反応した。

「あの、一緒にやっていたネタがあるんですが」

「今日明日に弾ける話か？」

「いえ、あと二週間、いや一週間後かもしれません」

「それなら、中国にいる編集長とすぐさま連絡を取れ。まずかったらこいつに指示を仰《あお》げ」

そう言うと常務は企画担当のデスクを指した。だが、当の本人は強く首を振った。

「俺は週刊平安と全面戦争に入るので、他の企画をみる余裕なんかありません」

きつい返答を聞き、常務が露骨に舌打ちした。

「それなら、別のデスクを見つけろ」

常務が眉根を寄せたとき、編集長席の固定電話が鳴った。学生アルバイトが弾かれたように受話器を取り上げる。

「新時代編集部です。はい、はい。えっ……」

学生アルバイトの顔が再度曇った。酒井はアルバイトの傍に駆け寄り、言った。

「どうした？」

「あの、広告部からすぐに編集長を出せと」

やりとりを聞いていた常務がアルバイトの手から無理やり受話器を取り上げた。

「どうした？　俺だ」

常務は無言で先方の話を聞いているが、たちまち顔が上気する。白髪までもが紅《あか》く染まりそうな勢いだ。

「今、編集長は出張中だ……え、そりゃ本当なのか？」

強い調子で怒っていた常務の声が急速に萎《しぼ》んでいく。

「……わかった。すぐに俺が事情説明に行くと代理店に伝えろ」

常務は力一杯受話器を叩きつけた。

「おまえら、最近スクープ出しているからって油断してないか？」

常務の一喝で、編集部の空気が再度凍りついた。

「あの、今の連絡は？」

酒井は思い切って尋ねた。顔の向きを変え、常務がぎろりと酒井を睨《にら》んだ。

「週刊平安との戦争、それに女性ライフの件で、ここが激怒しているそうだ」

常務は近くにあった新時代の最新号を取り上げ、裏表紙のアルプスの写真を指した。

「身内発の不祥事は絶対にまずい。そこんところを一大スポンサー様がお怒りだ」

業界はもとより、一般社会でも新時代はタブーなしとの認識が定着していた。だが、そんな媒体にも急所はある。アルプスがシンボルとなっている大手製薬会社は、年間数億円の広告費を落としてくれる上客だ。新時代は他誌に比べスクープの数は多いが、常に完売となるわけではない。売り上げが芳《かんば》しくない時期でも、酒井らが潤沢《じゅんたく》な取材費を使うことができるのは、こうしたスポンサーが安定的に資金を投じてくれるからだ。

「うまくことを収めなきゃ、三〇年来の関係を断つそうだ。世間をアッと言わせた分だけ、新時代に跳ね返ってくるブーメランは巨大だぞ。胆《きも》に銘《めい》じておけ!」

常務は乱暴に最新号を応接テーブルに叩きつけると、大股《おおまた》で編集部を出て行った。

「なんてこった……」

大畑が肩を落とした。

「ひとまず、今まで通り取材を続けるんだ。後任のデスクには俺から事情を話す。おまえは今まで通りに仕事をしろ」

酒井は大畑の肩を叩いた。だが、反応は乏しい。大畑を見ると、手元のスマホの画面を凝視している。

「まずいなあ」

大畑が小声で言った。

「なんかあるのか?」

「いえ、なんでもありません」

大畑は我に返ったように、早足で自席に戻った。酒井は大畑の後ろ姿を目で追った。依然として肩が落ちたままだ。立て続けに起こったトラブル、そして後輩の異変に、酒井の両腕が粟立《あわだ》った。

〈お台場の泉に関してお話をうかがいたかったのです〉

〈おっしゃっている意味がよくわかりません〉

荒木町の裏小路で阪に質問をぶつけた。こめかみがわずかに動いた阪の顔を思い出したとたん、もう一度両腕に鳥肌が現れ、これが全身に広がるような感覚に襲われた。

新時代の編集部にトラブルはつきものだ。スキャンダルを暴かれたタレントがマル暴系の友人と殴り込みをかけてきたこともある。殴り込みならばまだ可愛《かわい》い。ある政治家は、金銭問題の不備を報じられ、虚偽報道で名誉を傷つけられたとして訴訟を起こした。主要メディアが取り上げないネタを扱えば扱うほど、抗議の内容証明が山と届き、現在も三つほど訴訟を抱えている。だが、この波状攻撃はおかしい。

あのとき、阪は平静を装っていた。しかし、内心は相当に動揺した。そして水面下で圧力をかけるべく動いていたとしたらどうか。松岡には阪が一番狡猾《こうかつ》な政治家だと警戒を呼びかけた。だが、新時代という媒体はノーガードだった。日頃、スキャンダルを報じ続けているだけに、常務が言ったように反動のブーメランはきつくなる。

「まずいよ……」

酒井は大畑の手にあるスマホを覗き込んだ。画面にはメールが表示されている。送信主の小さな顔写真が目に入った。

「誰だ？」

「元カレですけど」

大畑の声が消え入りそうになった。

「ここじゃ話しにくいなら、外の喫茶店に行こう」

酒井は強引に大畑の腕をつかみ、編集部を抜け出した。混乱の極みにある編集部にいたのでは、騒動に巻き込まれてしまう。自分の企画より、まずは新時代という雑誌を守る。

大畑を引き連れ、エレベーターで一階に降り、早足でロビーを抜けた。

言論構想社は目白通りと靖国《やすくに》通りの交差点近くにある。本社ビルからほんの二〇メートルのところに二四時間営業のコーヒー店がある。通りに出て、店の様子をうかがうと、大きなガラス窓越しに店内が空《す》いているのがわかった。

「あそこで事情を聞くから。気になることがあったら全部話せ」

酒井が大畑の腕をつかみ直し、一歩踏み出したときだった。

「死ねや」

唐突に背後から低い声が響いたと同時に、鈍い痛みが背中に走った。振り返ると、エラの張った中年男がいた。

「なにするん……」

自分の声が次第に弱々しくなっていくのがわかる。酒井の脇にいた大畑が跳びのき、大きく口を開けている。大畑は金切り声をあげているはずだが、自分の耳にはなにも聞こえない。同時に体中の力が抜け、強烈な眠気を感じた。

11

「久しぶりね、こんなにゆっくり朝ごはん食べられるなんて」

土曜日の午前七時すぎ、藍子が味噌汁《みそしる》の入った椀《わん》を松岡の前に置いた。椀の横には、浅漬けとアジの干物《の》、だし巻き卵が載った丸皿がある。

「阪さんは今日から三日間、遅《おそ》めの夏休みで完全休業だ。朝駆けも夜回りも裏懇談も全面禁止って言われている。番記者も休めってさ」

昨夜遅く、阪から直接松岡のスマホに電話が入った。突発的な事件事故が発生し、官邸で緊急対策会議が開かれるような事態がない限り、取材は厳禁だと阪は弾んだ声で言った。

「私も大きな企画が校了されたばかりなの。ねえ、久しぶりに家族三人で出かけない?」

「俺も沙希《さき》とゆっくりしたかった。水族館か遊園地はどう?」

藍子との会話を聞いていたのだろう。沙希が即座に反応した。

「遊園地!」

「わかった。朝ごはんを全部綺麗《きれい》に食べたら連れていくからな」

松岡が言うと、沙希が満面の笑みを見せた。

主要な新聞の政治面はチェックしたが、紙面に目立ったニュースはなかった。

「ちょっとだけテレビのニュース観《み》るよ」

松岡はリモコンに手を伸ばし、電源を入れた。官房長官番の習慣で、休日でも政治以外のニュースもチェックする自分がうらめしい。

〈昨夜のセ・リーグのナイトゲームは……〉

画面にＮＨＲの若い女性アナウンサーの顔が映った。

「遊園地!」

「どんな乗り物がいい?」

松岡がそう答えたとき、画面が男性アナウンサーに変わった。

〈それでは、一般のニュースです〉

松岡は口の前で人差指を立てた。沙希も素直に応じ、藍子にほぐしてもらったアジの干物を口に入れ始めた。

〈昨夜、東京都千代田区の路上で起きた殺人未遂事件の続報です……〉

アサリの佃煮《つくだに》を白米に載せたあと、松岡は耳でニュースを追った。典型的な社会部ネタだ。著名人や政治家が絡んだ話ならば、昨夜の段階で松岡のスマホが鋭く反応したはずだ。遊園地でどんな乗り物に乗ろうか。沙希が喜びそうなアトラクションはなにか。最近ほとんど使っていなかったデジカメの電池は大丈夫か。

〈言論構想社記者、酒井祐治《ゆうじ》さんは会社から出ていきなり刺され、意識不明の重体で……〉

「なんだって」

松岡は反射的にテレビ画面に目をやった。大通りに面した古めかしいビルが映ったあと、酒井の顔写真が画面に出た。

「酒井が？」

松岡の声に驚き、キッチンで沙希のために野菜ジュースを作っていた藍子も口を開いた。

「あの酒井さんなの？」

慌てて席を立ち、松岡はキッチンカウンターに置いたノートパソコンを開いた。急ぎ主要メディアの社会面をチェックすると、いずれも一五行ほどの短い記事があった。

〈一方、酒井さんを刺した無職の男は動機について「仕事がなく、むしゃくしゃしてやった。誰でもよかった」などと供述していることが捜査関係者への取材で……〉

テレビのアナウンサーの声を聞きながら、松岡はもう一度各社の社会面に目を凝らした。アナウンサーが言った通り、加害者の男は無職と記されていた。

〈芦原内閣は倒れている。俺が倒すからだ〉

「なにか危ない取材でもしていたのかしら」

沙希にジュースを手渡しながら、藍子が不安げに言った。

酒井は十日前、内閣を倒すと強い口調で言った。松岡以外は知らない話だ。すると、今まで主要各社が警察発表をそのまま掲載した〈誰でもよかった〉という犯行動機に疑問符がついた。

「悪い、病院に行く」

松岡が言うと、藍子が頷いた。

12

「ご親族か会社関係の方でなければ面会はできません」

「かつての同僚です。なんとかなりませんか？」

「規則ですので」

ニュースに接してから一時間後、松岡は社宅のある曙橋《あけぼのばし》からほど近い若松町《わかまつちょう》の巨大な病院の受付にたどり着いた。

週刊新時代に在籍していたフリーライターから言論構想社の人間に頼み込み、酒井の入院先を聞き出した。酒井が搬送《はんそう》されたのは、救急医療の態勢が都内でも抜きん出て優れていると評判の独立行政法人の医療機関だ。

松岡が頼み込んでも、病院の受付担当の中年女性は首を縦に振らない。

「あの……」

背後から女の声が聞こえた。振り返ると、顔立ちのはっきりした女が立っていた。

「大和の松岡さんですか？」

女は大きな革のトートバッグからカード入れを出し、松岡に名刺を差し出した。新時代記者で大畑と刷られていた。

松岡は顔を上げた。化粧気はなく、セミロングの髪も乱れている。よく見ると、生成《きな》りのジャケットに血痕《けっこん》がいくつも付着している。松岡の視線を感じた大畑が口を開いた。

「昨夜、私と一緒にいたときに……」

大畑が嗚咽《おえつ》を漏らし始めた。外来診療に集まっていた通院患者たちの視線が一斉に集まるのを感じた。

「奥に喫茶店があります」

沙希が夜間に発熱したとき、この病院は何度も訪れたことがある。松岡が言うと、大畑が頷いた。病院の中央棟と他の研究棟を結ぶ通路横に、自販機コーナーやコンビニがあり、その横にチェーンのコーヒーショップがある。洟《はな》をすする大畑を伴い、松岡はアイスコーヒーを二つオーダーすると店の奥の座席に着いた。

「酒井の状態はどうですか？」

丸い椅子に座ると、松岡は尋ねた。

「背中を文化包丁でめった刺しにされて……そのうちの一撃が肝臓を深く傷つけてしまったそうです」

「命は？」

松岡が身を乗り出して訊くと、大畑は首を振った。

「緊急手術でなんとか一命は取り留めましたが、一進一退の状態が続いています。駆けつけたお兄様によれば、人工呼吸器を付けっぱなしだとか」

「事件後は会っていない？」

「警察の事情聴取やらがあったので」

大畑の両肩が震えている。

「すみません、まだショックが大きい状態なのに」

大畑が毅然《きぜん》として顔を上げた。両目が真っ赤に充血している。昨晩からずっと泣いていたのだろう、瞼《まぶた》が腫《は》れている。

「本当に大丈夫ですか？」

「ええ。それに酒井さんの言伝《ことづて》もありますから」

「言伝とは？」

松岡が問い返すと、大畑が唇を噛《か》んだのち、言葉を継いだ。

「救急車の中で、朦朧《もうろう》としている酒井さんが言いました。〈俺に万が一のことがあったら、ネタは松岡に託せ〉……たしかにそう言いました」

大畑の言葉を聞き、今度は松岡が肩を強張らせた。

「犯人に心当たりは？　警察発表では通り魔的な犯行と各社伝えていましたが」

酒井の言葉に、一瞬にして大畑の目つきが険しくなった。

「通り魔なんてとんでもない！」

突然、大畑が叫んだ。こめかみに何本も血管が浮き上がっている。大畑の様子を見ながら、自宅で感じた違和感、嫌な予感が的中しつつあると松岡は感じた。

「もしや犯人に心当たりが？」

「警察発表は無職とありましたが実行犯は元ヤクザで、取材でかすった組織です」

営業開始直後のためコーヒーショップに他の客はいない。だが、カウンターでコーヒーを淹《い》れている二、三人のスタッフがこちらを見ている。

「それでは、警察発表は嘘《うそ》だと？」

「警察がどんなレクをしたのかはわかりませんし、意図的に嘘を伝えたのかも確認していません」

大畑が一気にまくしたてた。通り魔を装うとはどういうことか。

「少し落ち着きましょう」

店のスタッフがおそるおそる二人の前にラージサイズのアイスコーヒーを置いた。松岡はその一つを大畑の前に差し出した。

「なぜマル暴に狙われたのですか？」

「我々が民政党の裏側に食い込んだからだと思います」

唾棄《だき》するような言いぶりだった。政権をひっくり返すようなネタが集まり、民政党によって殺されかけた……そんな考えが頭をよぎったとき、大畑の〝言伝〟という言葉がめまぐるしく点灯した。

「それで、酒井は私にどんなネタを？」

大畑は持ち手に返り血が着いた革のトートバッグを膝の上に引き寄せ、中から小さなメモリーカードを取り出した。

13

グラスの横に、黒いメモリーカードが置かれた。32GBと容量が印刷されたありふれたものだ。松岡が顔を上げると、大畑が思いつめた表情で口を開いた。

「この中に全て詰まっています」

「しかし、御社の取材データです。私がもらえるものではありません」

松岡が言うと、大畑が強く首を振った。

「酒井さんは、薄れゆく意識の中で、たしかに松岡さんに託せと言っていました」

そう言うと、大畑が洟をすすった。切れ切れになりそうな声で、大畑が言った。

「〈松岡がいなかったら、おれはずっとずるい記者のままだった〉……酒井さんはお酒に酔うと、いつもそんなことを言っていました」

「俺が？」

「詳しい話は知りません。ただ、社会部研修のとき、中野の病院で松岡さんが警察の要求を突っぱねたとか」

〈警察の都合で、亡くなった婆ちゃんの尊厳を傷つけるわけにはいかない〉

大畑の一言で、遠い昔の記憶が蘇《よみがえ》った。あのとき、警察におもねることを断固拒否した。郷里の祖母と被害者がダブって見え、自分でも意固地になっていた。しかし、その点を酒井が覚えていたとは、思いもしなかった。

松岡が黙っていると、大畑が口を開いた。

「新時代は当面、立ち直れません」

「立ち直れないとは？」

「発刊以来の大逆風です。酒井さんと、新時代は政権に狙われているかも、と言っていましたが、会社を出たその直後、まさかあんなことになるなんて」

大畑はトートバッグからクリアファイルを取り出した。細く長い指がその中からいくつかの印刷物を引き出す。

「これは女性ライフという週刊誌のゲラです」

ゲラに目をやると、有名なマルチ作家と女性が直撃取材されていた。

「この女性、新時代の筆頭デスクの奥さんです」

大畑の説明に松岡は納得した。マスコミの人間が不祥事を起こした際、他社は一斉に叩きにくる。それがスキャンダル報道で名を売ってきた週刊誌ならなおさらだ。

大畑が別の紙をファイルから取り出した。今度は新時代と同じく老舗の週刊平安の記事だった。新時代が扱ってきた薬品関係の企画記事を全面否定していた。

「競合誌が鋭く対立するのはよくあることじゃないですか？」

「今回は事態がより深刻です」

大畑は、大手製薬会社が新時代の最大の広告主だと告げた。その上で、優良クライアントが今回の騒動にひどく腹を立て、付き合いをやめると言い出したのだという。

「好評だった薬品関係の企画記事は当面掲載停止となりました。その上で、弊社社長がクライアントの説得に行っています。こんなことは初めてです」

「製薬会社ですか……」

自分で言葉を反復したとき、不意に阪の顔が浮かんだ。

〈講演会で二〇分間のゲストスピーチをやり、その後は民政党の有力な支持者である製薬業界のお偉方と会食です〉

官房長官の執務室で阪と会った際、帰り際に阪は会食に行くと言った。あのときの穏やかな阪の顔を思い出した途端、背中に冷水を浴びせられたような寒気を感じた。

「まさか……」

思わずそう口にしたとき、大畑が口を開いた。

「なにか心当たりでも？」

「なんでもありません」

政権中枢にいる人物が、邪魔な週刊誌を追い詰めるためにマル暴の手を借りることなど考えられない。そんな話は、古い映画だけだ。松岡が黙り込んでいると大畑が口を開いた。

「私もやられました」

大畑がスマホを手に取り、素早く画面をタップした。眼前に差し出されたスマホ画面には、大和新聞の社会面記事があった。

〈麻布台《あざぶだい》テレビの社会部記者、暴力団関係者に便宜《べんぎ》〉

警視庁記者クラブ詰めの四〇代のサブキャップが、暴力団関係者と会食を繰り返し、挙句《あげく》自家用車の購入に便宜を図ったという内容だ。長らく暴力団取材を担当したこの記者は、取材相手に懐柔され、自分の名義で車を購入し、これを暴力団に貸与していた。

取材相手の懐に飛び込むというのはどんな取材フィールドでも大切なことだ。しかし、法律で禁じられている相手に便宜をというのはまったく別の次元の話だ。しかし、このネタがどう大畑と関係するのか。

「元カレです。この人、私のマンションの駐車場でマル暴の車の車庫証明を取ったんです」

「それは、たしかにアウトですね」

「昨日そのことがわかった直後にあの事件が……」

松岡は大畑の表情に見入った。嘘をついている様子はない。いや、これほどの嘘を作る方に無理がある。大畑が言った通り、新時代は追い込まれ、とても新規で大きなネタをしかける余裕などない。

松岡が氷の溶けかけたアイスコーヒーをすると、大畑がもう一枚、紙をクリアファイルから取り出した。

「メモリーカードからプリントアウトしたものです。酒井さんが必死に追いかけてきた企画記事の書き出しです」

大畑は思い切り声のトーンを落としていた。いや、酒井の熱意が憑依《ひょうい》しているのかもしれない。差し出された記事のコピーを受け取り、松岡は見出しを一瞥《いちべつ》した。

〈戦後最大のパンドラの箱　いま、開いた＝クラスター事件　筒美ルートは今も健在〉

クラスター事件……松岡や酒井が生まれる前、昭和の政財界の屋台骨を揺るがした一大疑獄だ。酒井はなぜこの事件に目をつけたのか。

〈クラスター事件をご記憶の本誌読者は多いはずだ。今回から始める検証企画では、四〇年以上前に司法的にも政治的にも一応の決着をみたクラスター問題を再検証する。結論から言うと、唯一司直の手が入らなかった昭和のフィクサー、筒美ルートの裏金は現在も日本の政界の奥深く、永田町を闇《やみ》で支配している〉

酒井が記したリードを読み、松岡は顔を上げた。

「酒井さんと手分けして筒美ルートの裏金をあぶり出しました。結論から言うと、未《いま》だに与党の主要な派閥、そして野党の一部にも連綿と裏金が流れ続けています」

「証拠は？」

「膨大な写真、音声、書類のコピー等々です」

「酒井は、先週私に物騒なことを言いました」

松岡は阪の裏懇談のあと、唐突に酒井が姿を現し、内閣を倒すと言い放ったのだと大畑に伝えた。

「記事が日の目をみたら、間違いなく芦原内閣は倒れます」

「酒井はどんなきっかけでこんなデカいネタを？」

松岡が訊くと、大畑がもう一枚の紙をテーブルに載せた。

〈闇の筒美ルートの行方を追い始めたのは、一つの不可解なニュースがきっかけだった。二カ月前、東京五輪関連施設の建設予定地で古い金庫と一億五〇〇〇万円が見つかった〉

ここまで読み、松岡は顔を上げた。テーブルの対面では、大畑が醒めた目付きで先を読むよう促した。

〈発見された当初、自分が金庫の持ち主であると名乗り出た人物は実に五〇人。だが、誰一人本物ではなかった。捜査関係者によれば、「金庫の中身を正確に言い当てた人間は誰もいなかった」。それもそのはずである。実は金庫の中には、聖徳太子の古い一万円札が入っていた。しかも昭和の時代に〝政界の財布〟と呼ばれた日本不動産信用銀行の帯封が……〉

「金庫がきっかけで……」

金庫という言葉が出たとき、松岡は背骨を剝《は》ぎ取られるような鋭い痛みを感じた。

〈答えはおまえが出た最初の定例会見の中にある〉

「俺が阪番に抜擢《ばってき》されたのには、こんなカラクリがあったのか……」

松岡が自問すると、大畑が再度スマホを手に取った。大畑の長く細い指が画面をタップした直後、松岡はある声を耳にした。

〈東京のベイエリアで金庫が発見されましたが、官房長官はどう感じられましたか？〉

自分の声を聞きながら、強い酒を飲み続ける酒井の顔が浮かんだ。酒井はずっと警告を発していたのだ。知らず知らずのうちに取り込まれていく自分をなんとか正常な状態に引き戻そうと、酒井は必死にサインを出していた。それに気づかなかった自分は、記者失格だ。

14

「酒井の容体は？」

松岡が尋ねると、大畑が力なく首を振った。

「まだ一度も意識が戻りません」

松岡は手元のノートパソコンに目をやり、ため息を吐いた。

酒井が刺されてから一週間経った。衝動的に刺したという犯人は逮捕後速やかに送検され、事件そのものが世間から忘れさられた。

大畑と病院で会った日、松岡は自宅へ帰り、沙希とともに遊園地から戻った藍子と話し合った。

〈絶対に引《ひ》き継《つ》ぐべきネタよ〉

大畑から聞いた話を伝えると、藍子が強い口調で言い切った。

〈私がしばらく仕事を休んでも、家計はビクともしない。ずっと沙希の面倒をみてもいいわ。今、そのネタを諦《あきら》めたら、一生後悔するわよ〉

新時代のネタを果たして大和新聞で引き継げるのか。酒井の後任として取材を裏付けるには膨大な時間とコストがかかると告げると、藍子が顔を真っ赤にして松岡に詰め寄った。

〈いつから聞き分けの良い記者になったの？　スクープ取るっていつも張り切っていた人はどこに行ったの？〉

藍子の言葉は存外に重かった。だが、もう一つ大きな問題があった。酒井が刺されたという重大な事実が目の前に横たわっている。仮にネタを引き継いだとして、藍子、そして沙希に危害が及ぶリスクを払拭《ふっしょく》できないのだ。

〈パパが記事を書き上げるまで、一カ月だろうが半年だろうが、私は沙希と身を隠してもいいのよ。それほどのネタなんじゃないの〉

藍子の言葉で松岡は覚悟を決めた。引き継ぐと告げると、藍子は早速自分の仕事をセーブし始めた。

その日のうちに、松岡は自費で東新宿にあるビジネスホテルを借りた。以降、日中は記者クラブで割り振られた仕事をこなしつつ、その後はホテルに缶詰となって酒井の記事を再検証した。酒井を狙った連中はすでに松岡の住所や家族構成を把握しているだろうが、自分が二人から一時的に離れることで、リスクはかなり減らせるはずだ。

大畑は一カ月間の休職処分を受け、謹慎《きんしん》の身の上になった。ホテルと永田町を行き来する松岡のために、大畑はデータの見直し作業や裏付け取材の補助を買って出てくれた。深夜から朝にかけてホテルに来ると、松岡を待ち受けていた大畑が作業の進捗《しんちょく》を報告する。松岡は自分の取材成果を大畑に告げ、さらに記事の執筆に活かすという生活パターンが出来上がっていた。

「永田町の様子はどうでしたか？」

ホテルの一〇階の窓から職安通りを見下ろしながら、大畑が言った。ベッド脇のデジタル時計に目をやると、時刻は午後一一時半を過ぎていた。キーボードを打つ手を止め、松岡も窓から外を見た。歌舞伎町《かぶきちょう》から吐き出された酔客たちが、タクシーをつかまえようと街の北側にある幹線道路まで達している。

「再来週から始まる臨時国会にどの法案がかけられるのか、もしかすると内閣改造があるかもしれない、そんな噂話ばかりです」

「阪の様子は?」

「普段と一緒です。通常の定例会見も裏懇談も平常通りです」

「なんとかなりそうですか?」

大畑が小さな机に歩み寄り、ノートパソコンを指した。

「企画の一回から五回までは書き終えました。あとはデータ資料の読み返しです」

「いつ掲載を?」

「キャップにも報告していませんから未定です。しかしネタの重要度を考えれば、いつでも一面トップは可能です」

酒井が残した週刊誌スタイルをそのまま新聞記事に転用するわけにはいかない。松岡は酒井が掘り起こしたファクトを自分の足で再検証しつつ、記事を書き換えた。

まずは、発見された金庫の件だ。松岡が金沢支局にいた当時、石川県警で警務部長を務めていたキャリア警官が現在は警察庁の高官になっていた。永田町で大きな疑獄の種がある旨《むね》の話を振ると、警察庁高官は興味を示した。随時《ずいじ》ネタを提供するといって餌《えさ》を撒《ま》くと、金庫の中身を調べ上げ、酒井が持っていたものとは別の写真まで提供してくれた。

以降、松岡は永田町を度々抜け出し、裏付けに走った。他の秘書たちは筒美ルートから連綿と続く裏金の存在を渋々認めた。あとは新時代のデータの再検証作業が残っている。今までの酒井と大畑の仕事の緻密《ちみつ》さを勘案《かんあん》すれば再チェックは必要ないかもしれないが、取材を引き継ぎ、世の中に疑惑の存在をぶつけるからには最後まで手を抜くことはできない。

「松岡さんの独自取材ですから、好きなように書けばいいじゃないですか」

「そんなわけにはいきません。昭和から続く裏金問題は、政権をひっくり返します。嘘を書くことはできません。新時代のネタを引き継いだことは必ず触れます」

「しかし、それでは松岡さんの面子《メンツ》が……」

「関係ありません。このネタを埋もれさせるわけにはいきません。すべて正確に書きます」

「写真は？」

「御社のものを使うわけにはいきません。ただ、強力な代替案はあります」

「どういう意味ですか？」

「番記者の立場をフルに活用します」

「まさか、阪本人に当てるんですか？」

「そのつもりです。というか、酒井が残したメモに気になる点が出てきましたからね。これは絶対に本人の口から確認を取らねばなりません」

酒井が倒れて以降、松岡はずっと一つの事を考え続けてきた。なぜ阪があのとき〈金庫〉という言葉に鋭く反応し、様々なネタを使ってまで自分を番記者に引き上げたのか、その理由、阪の本音を知りたいのだ。そう考えるきっかけになったのが、酒井の残したファイルにあったメモだ。

〈阪義家：森山泰造事務所の私設秘書　日不銀の帯封に記された年月と阪の秘書時代のキャリアがほぼ一致する〉

酒井がクラスター事件の筒美ルートに着目するきっかけとなった遺棄された古い金庫と聖徳太子の

一億五〇〇〇万円……。

酒井と大畑が手分けして調べあげ、松岡自身も再確認したのは、民政党の裏金庫番とも言える秘書たちの存在だ。政界になんのツテもなかった阪は、森山泰造という大物議員に仕え、頭角を現した。その間、綺麗ごとでは済まない仕事も手がけた。

松岡が初めて定例会見に出たとき、阪が新顔の記者に反応したのは、ズケズケと物を言う松岡という男ではなく、金庫という一点だったのだ。

酒井は荒木町の暗がりで〈泉〉という言葉をぶつけ、阪の反応を探った。あの当時はなんのことか酒井の真意が読めなかった。だが、今こうしてつぶさにデータを見直し、自らの足で取材を重ねると、あのときの阪の反応の意味がわかった。能面のように表情を変えない阪が、一瞬だけこめかみを動かした。直接ネタを当てて、記事の一番の確証とする。いや、それしか手立てはないのだ。

「あと二、三日で全部の記事をまとめます」

「ずっとフォローします」

小さなノートパソコンを前に、松岡は大畑に頭を下げた。

15

「もうすぐ十月だってのに、なんて暑さだ」

額に浮き出た汗をハンドタオルで拭いながら、キャップの野水が昼食から国会記者会館に戻ってきた。松岡は同僚記者が夕刊の早刷りや週刊誌を眺めていることを確かめ、野水の傍らに立った。

「キャップ、相談があります」

「なんだ、スクープか?」

松岡が無言で頷くと、野水の表情が変わった。

「中身は?」

「まずは読んでいただけませんか?」

そう言うと、松岡は部屋の隅にある古びた応接セットに野水を誘導した。

「ずっと根を詰めていたのはそのネタのためか?」

所々布地が破れたソファに座ると、野水が言った。松岡は周囲を見回した。他の同僚たちがこちらを注目している様子はない。夕刊向けの記事を送り終え、昼食直後の他の記者たちは弛緩《しかん》していた。

松岡はノートパソコンの画面を開き、野水に手渡した。野水はワイシャツの胸ポケットからメガネを取り出し、画面に視線を向けた。

「なんだこりゃ」

見出しとリードを一瞥した野水が唸《うな》った。と同時に、顔を上げた。

「これは本当なのか?」

「いいから先を」

松岡は強い調子で言った。野水は再び画面に視線を落とした。

「一点を除き、裏取りは完璧《かんぺき》です」

「ちょっと待ってくれ。おまえ、いつのまにこんな取材を?」

「実は少しだけ理由があります」

「なんだ?」

「元同期の酒井が刺されたことをご存知ですよね?」

「ああ、まだ意識が戻らないそうだな。まさか……」

野水の顔がみるみる険しくなった。

「もちろん、完璧に裏取り作業をやりました。酒井の強い意志を引き継ぎたいのです」

「しかし、週刊新時代の……」

野水の言葉を、松岡は右手で制した。

「大丈夫です。そちらも手はずは済んでいます」

大畑の働きで休職中の茂森と会った。茂森は休職明け後に他の部門、おそらく広告か営業へ回されると明かし、新時代への復帰は絶望的だと告げた。製薬会社の一件が尾を引いていることも明かしてくれた。一大スポンサーの態度硬化は変わらず、当面スクープやスキャンダルを載せる余地がないのだという。

松岡が酒井のネタを引き継ぎ、その上で確度を高めて大和新聞で報ずるつもりだと明かすと、茂森は複雑な表情ながらも応じてくれた。

〈酒井の分まで、頼みます〉

涙を浮かべながら茂森は言った。茂森によれば、酒井らが追っていたネタは編集長にもその存在を明かしておらず、カメラマンやバイク担当の要員たちにも箝口令《かんこうれい》を敷いてくれるという。その上、言論構想社として抗議をするつもりが一切ないとの確証も得た。

「そこまでやってくれたのは嬉《うれ》しいが、俺の一存で掲載できるネタじゃない」

「部長の裁断《さいだん》を仰いでくださいませんか？」

「当たり前だ。こんな記事がそのまま掲載されたら……」

「芦原内閣は吹っ飛びます」

松岡が言うと、野水はメガネを外し、煤《すす》けた記者会館の天井を仰ぎ見た。

「中身が不正確だったら俺もおまえも記者人生はなくなる。それ以上に社長の首も飛ぶ」

「間違いはありません」

松岡は自分でも驚くほど強い口調で言った。今まで夕刊や週刊誌を眺めていた他の記者たちの視線が集まるのを感じた。

「これから部長に報告を入れにいく。それまでは絶対にこのネタのことは誰にも言うな」

「もちろんです。ただ……」

「ただ、なんだ？」

「一人だけ、ネタを直に当てたい人物がいます」

「誰のことだ？」

野水が身を乗り出した。

「そこはキャップにも明かせません。しかし、必ず結果を出します」

「ただし、部長には報告する。阿久津さんがその人物の名を明かせと言ったらどうする？」

「そのときはそのときです。彼も記者です、私の気持ちは理解してもらえるはずです」

松岡は一気に告げた。自分の意思のほかに、背中を誰かが押しているような気がした。

「呉々《くれぐれ》も軽率なことはするな」

松岡が頭を下げると、野水はすでに背広のポケットからスマホを取り出していた。

16

「ほかに質問はありませんか」

午後四時二一分、阪が壇上から周囲を見渡した。松岡は背後にある時計を見た。会見開始からの時間はわずかに一七分だ。世間にこれといった事件・事故の類いは発生せず、定例会見でも差し障りのない質問が五つ出ただけだ。

「それではこれで会見を終了します」

大ぶりな革製のバインダーを閉じた阪は、会見用の段をゆっくりと歩き、日の丸に一礼してから会場を後にした。

「さて、淡々と記事にしますか」

周囲から他社の記者の声が漏れ聞こえたときだった。背広のポケットの中で、松岡のスマホが震えた。取り出してみると、小さな液晶画面に宮崎の名前があった。すぐさま通話ボタンを押す。

〈宮崎です。今、お話しできますか?〉

「ええ、ちょうど定例会見が終わったところですから」

宮崎は阪の影とも言える存在だ。会見が終わり、舞台の袖《そで》に主人が戻ってきたタイミングをとらえ、松岡に電話を入れたのだ。

〈お問い合わせいただいていた件ですが〉

宮崎の声のトーンがいつもより硬いような気がした。

「受けていただけるのですか?」

〈もちろんです〉

キャップの野水が本社に上がり、阿久津に記事に関する事情を説明しているころ、松岡は最後の仕上げに取り掛かった。

酒井が最後まで残していた阪への直当たりという作業が残っていた。民政党の主要派閥の裏金庫番とも言うべき秘書たちに対し、酒井と大畑は直当たりして筒美ルートから続く裏金の存在を炙《あぶ》りだした。この中で、かつて森山泰造という大物政治家の見習い秘書を務めていた阪の存在が浮かび上がった。

今、自分の手元には鉄壁の裏付け取材を終えたデータと記事がある。これを裏金庫番だった阪に当て、政府としてのコメントを引き出せば企画記事の第一弾は完成する。大和新聞朝刊の最終一四版に記事が載った直後から、永田町は激震に見舞われる。いや永田町だけでなく、暑さで緩み切っていた日本という国が身震いする。

　記事が出たあと、他社はしばらく追随不可能だろう。しかし、優秀な社会部記者らが動き出せば、裏金問題は腰の重い各社政治部も動かし、政権、いや民政党と野党の進歩党への攻撃も増す。そのタイミングを見極めた上で、次の手を打つ。松岡は再取材に動く間、各派閥の元秘書たちの証言を克明に記録した。生の証言は、プライバシー保護のため音声を特殊加工して大和のネット版に載せる。文字や写真だけでなく、生々しい証言が加われば、永田町の要人たちは言い逃れできなくなる。いや、いかがわしい資金を使って長年仕事を続けてきた日本の政治家たちの信用は地に堕《お》ちる。

　電話口で宮崎の声が響いた。

〈時間をなんとか確保しました。午後五時半から三〇分ですが、よろしいでしょうか？〉

「もちろんです。急なお願いなのに助かります」

　あと一時間後、松岡は記事の最後のピースとなる阪の証言、コメントをもらう。〈知らない〉、〈まったく関知していない〉、〈ノーコメント〉……。阪が発する言葉はある程度想像がつく。だが、そのときの阪の表情や言いぶりを伝えることで、読者は連綿と続いてきた筒美ルートの裏金の存在を確信する。

「ご指定の時刻、どちらにうかがえばよろしいでしょうか？」

　松岡はほんの二週間前に訪れた官邸五階の官房長官執務室、書架に多数の書籍や白書が詰まった部屋を思い起こし、言った。

〈午後五時二〇分、内閣府の地下一階エレベーター前にお越しください〉

「内閣府ですか？」

〈地下一階奥、ガードマンが立っている関係者専用の通路があります。そこに行っていただければあとは係の者がご案内します〉

宮崎は早口で言った。なぜ内閣府なのか。

「わかりました」

松岡が答えると、宮崎が電話を切った。内閣府は、国会記者会館の隣、溜池《ためいけ》側に立つ古い政府の庁舎だ。なぜ思いもよらぬ場所に呼び出されたのか。松岡は通話を終えたばかりのスマホ画面を見つめ続けた。

17

「内閣府の地下だって？」

「行ってきます」

定例会見を終えて首相官邸を出ると、松岡は国会記者会館で待機していた野水に言った。

「なぜ内閣府なんだ？」

「有無を言わせず、といった指示でしたので。ところで部長の反応はいかがでしたか？」

周囲に聞こえぬよう、松岡は声を潜めた。すると野水が無言で右手の親指を突き立てた。

「ゴーサインということですね？」

「あのニヒルな部長が顔を真っ赤にして記事を読み込んでいた。編集局長や社長、社主にも話を通しておくそうだ」

松岡は頭を下げた。自然と自分の拳に力がこもり、精一杯の力で握りしめていた。腕時計に目をやると、午後五時二〇分近くになっていた。

「それでは、最後に仁義切ってきます」

「しっかりやれ」

椅子の背にかけていた背広を取り上げると、松岡は記者会館の大和専用部屋を後にした。

夜回り用のハイヤーが国会記者会館の駐車場に集まり始めていた。大和の社旗を立てた車両の横をすり抜けると、松岡は通りの歩道を早足で歩いた。国会を右手に見ながら、歩道を少し歩くと、正面に首相官邸が見える。角を左に折れ、緩《ゆる》やかな坂道を進むと、通り沿いに灰色の古いビルが見える。窓枠は濃い灰色で、霞が関や永田町一帯ではどこにでもある無味乾燥の建物だ。

一階の正面入り口に進むと、民間警備会社のガードマンが松岡に歩み寄る。胸元の国会バッジと胸から下げた国会帯用証を提示すると、ガードマンが敬礼した。

正面ロビーに入ると、松岡は奥にあるエレベーターに向かった。退庁する内閣府職員が増える中、自然と足が速まるのがわかる。なぜ内閣府なのか依然わからないが、指示通りに動けば阪と一対一《サシ》になれる。

下りのボタンを押すと、タイミングよく上階から降りてきたエレベーターの扉が開いた。二、三人の背広姿の内閣府職員が降りたあと、松岡は乗り込んだ。

ほんの四、五秒でエレベーターは地下一階に着いた。扉が開くと、薄暗いエレベーターホールに出た。するとホールの隅、非常用扉の前から人影が近づいてくる。紺色の制服だ。

「大和新聞の松岡さんですね？」

近づいてきたのは、警視庁の若い警官だった。

「こちらに来るよう指示されました」

警官は間合いを詰め、国会帯用証に貼られている写真と松岡の顔を見比べた。

「どうぞ、こちらへ」

確認を終えると、警官は非常扉に歩み寄った。松岡も付いていく。白い防火扉の前に着くと、警官はドア脇にある小さなボックスを開け、暗証番号を打ち込んだ。すると、ドアのロックが無機質な機械音を立てながら開錠された。

重そうな扉を手前に引くと、警官は薄暗い通路のようなスペースに松岡を導いた。

「特別通路です」

そう言ったきり、警官は口を閉ざした。

薄暗い通路は、コンクリート打ちっ放しの壁に覆われていた。所々に照明が設置されているが、先は見通しにくい。冷房が効いていないため、蒸し暑さがこもっている。

「ここはなんですか?」

地下空間に入り、方向感覚が麻痺《まひ》し始めていた。内閣府のエレベーターの位置、そしていきなり通された通路。それにも増して、いきなり現れた無愛想な警官だ。

「お答えできません。本職はご案内を言付かっただけですので」

まっすぐに前を見据え、警官が答えた。

通路は一度右に曲がり、その後二、三〇メートルほど直進し、再度右に曲がった。完全に方向感覚が麻痺したと思い、松岡は腕時計に目を落とした。通路に通されてまだ二分ほどしか経っていない。

周囲の壁はコンクリートで、歩く先の見通しは悪い。

政治部に配属された当初、永田町の地下空間が複雑に入り組んでいることを皮膚感覚で知った。議員会館の下や両院の事務棟、あるいは地下鉄などの通路が幾重にも折り重なっているのだ。野水や城後はあちこちの通路から巧《たく》みに地下通路を通っていた。

永田町や霞が関では、国会記章と帯用証を携帯していれば大概の場所に行けるが、議事堂や議員会館の地下スペースではしばしば警官や民間のガードマンが立ち入りを拒んでいる場所があった。戦前に作られた防空壕《ぼうくうごう》、あるいは冷戦時代の核シェルター説と話は色々とあるが、今歩いている場所もそのうちの一つなのかもしれない。

先を行く警官が今度は左に曲がった。ようやく照明が明るさを増し始めた。と同時に、冷気が松岡の頰《ほお》を撫《な》でた。目的の場所が近づいたのかもしれない。

「それでは、本職はこれで失礼します」

先導してくれた警官が敬礼し、踵《きびす》を返した。と同時に、目の前に強い灯りを感じた。一瞬目元を覆ったが、目を凝らすと別の警官が目の前に立っていた。

「松岡記者、こちらへ」

先ほどの若い警官より幾分キャリアを積んだ三〇代半ば、松岡と同世代の警官だった。警官は大きく分厚い白い鉄製のドアの取っ手を握り、松岡に内側へ入るよう促した。

一歩足を踏み入れると、先ほどの無機質なコンクリートの壁とは対照的な白い壁が周囲にあった。

「ご案内いたします」

ぶっきら棒に言うと、警官は白い壁に囲まれたスペースを大股で横切った。松岡が早足で付いていくと、部屋の隅にまた別のエレベーターが現れた。

「お乗りください」

警官がボタンを押し、先にエレベーターに乗り込んだ。言われるまま、松岡も入る。すると警官が腰に紐《ひも》で繫《つな》がれていたキーを二つ、階数表示の書かれたボード下の鍵穴に挿し込み、同時に右方向へ回転させた。

次いで警官は「5」のボタンを押す。するとピッという機械音がエレベーターの中で響き、扉が音もなく閉まった。無表情な警官の顔を見上げながら、松岡は考えを巡らせた。

ほんの三分前、松岡は国会記者会館の隣にある内閣府に赴き、指示された通り地下一階へと向かった。そこから複雑な地下通路を通り、今度はいきなり白い壁だ。さほど遠くへ来たという感じはしないが、方向感覚がなくなっているだけに気味悪さが募る。

「着きました」

警官が言うと同時に、扉が開いた。

「こちらへ」

警官は手慣れた様子で松岡をエレベーターの外に導いた。今までの白い世界とは打って変わり、西陽に照らされた温《ぬる》い空気を頬に感じた。目の焦点がぼやける。目元を擦《こす》ると、松岡は周囲を見回した。明るい木目の壁、白い床板がある。右方向に目をやると、巨大なガラス越しに手入れの行き届いた庭が見える。左は部屋がいくつか並んでいる。どこかで見たような景色だと思ったとき、通路左側のドアが開き、男が現れた。

「松岡さん、お待ちしていました」

柔和な笑みを浮かべた阪だった。

「あ、あの……」

「面倒なところから来てもらって申し訳ない。あれに映っては都合が悪いので」

阪が廊下の先を指した。ごつごつした人差指の先を見ると、廊下の突き当たりがあった。その天井からは、小型のカメラが吊るされている。

「もしや、ここは官邸五階ですか？」

松岡が思わずそう口にすると、阪が歩みを止め、振り返った。

「大きな声はご遠慮ください。階下の総理番の記者たちに聞こえますから」

阪の口元は笑っていたが、両目は醒《さ》めていた。

「内閣府の地下は、このフロアに通じる秘密経路なのですか？」

松岡が訊くと、阪がゆっくりと頷いた。

「古い官邸の欠点は、総理や官房長官の出入りや、官邸の主だった人物が誰と会ったのか、全て記者に知られてしまうことでした。セキュリティ以前の問題でしたので、新官邸は作りを一から変えたのです」

「しかし、それでは正確な首相動静が……」

「国民が知ってもいい情報、そうでない話は我々に取捨選択の権利があります」

阪の口元から笑みが完全に消え去っていた。

「それでは官邸クラブとの取り決めが……」

「何代前の幹事社かは知りませんが、カメラを設置することで、官邸の申し出を丸飲みしたのはマスコミの側です。我々サイドの真意を知っていたかは存じませんが。一度決めたことを覆すのは難しいと思います」

そう言うと、阪は二、三歩進み、近くのドアノブに手をかけた。

「ここでお話をうかがいます。どうぞ、中へ」

阪はノックもせずにドアを開けた。

18

阪の後に続いて部屋に入る。

先日訪れた官房長官の執務室よりもずっと広い。壁紙は明るめの薄茶色で、絨毯《じゅうたん》は緑や黄色の絵の具を水に垂らしたような複雑な模様が施されている。詳しい価値は知り得ないが、上品な佇《たたず》まいの織りは一眼《ひとめ》で高級な品だとわかる。

「この部屋の主をご紹介しましょう」

阪はさらに部屋の奥に進んだ。日章旗が掲げられた横に、重厚な焦げ茶色の執務《しつむ》机がある。その上には固定電話、隣に写真立てがある。写真は黒髪をオールバックにまとめ上げたかつての政治家だ。

「まさか、ここは……」

写真立ての人物を見た瞬間、松岡は唸った。

「内閣総理大臣の執務室です。さあ、こちらへ」

阪が感情を押し殺した声で言う。執務机の上、写真立ての横には〈KOZO ASHIHARA〉と書かれたネームプレートがある。

松岡は強く頭を振った。事態が飲み込めない。内閣府と首相官邸は通りを挟んで斜向《はす》かいにある。だが、あの複雑な地下通路を通ることで、二〇人以上待機する総理番の記者たちに一切気づかれず、首相の執務室にたどり着くことができるとは。内閣府の地下と言ったとき、野水は首を傾げていた。長年永田町に張り付いたキャップでさえこの通路の存在を知らない。この秘密通路を通って五階に入る人物が一日に何人もいるのか。階下でひたすら官邸の出入りをチェックする総理番の意味は全くない。

執務机の前に立ち尽くしていると、松岡に近づく人の気配《けはい》があった。

「いつぞや、元気よく声をかけてくれた記者さんですね」

声の方向を見て松岡は仰天した。仕立ての良い薄青色のサマースーツに身を包んだ男が右手を差し出していた。

「芦原恒三《こうぞう》です。よく来てくれました」

松岡は恐る恐る右手を差し出し、芦原の手を握った。ふっくらとした柔らかい手だ。

「官房長官から元気のいい記者さんがいると聞いていました。あのとき声をかけてくれた人だと顔が一致しました」

芦原は快活に笑い、松岡の肩に腕を回した。

「あまり時間はないのですが、官房長官も交えて話をうかがおうと思います」

芦原は部屋の奥にある応接に松岡を促した。壁紙と同系色の革張りのソファが見える。阪は応接セットの脇に立ち、松岡を待ち構えている。

芦原に促されるまま、松岡は応接に歩み寄った。すると、芦原、阪のほかに先客がいることに気づいた。高級そうなソファの背もたれに男の後ろ頭が見えた。阪の誘導で、松岡が応接セットの内側に入ったときだった。

「ようこそ、トップリーグへ」

聞き覚えのある掠《かす》れ声が響いた。応接のそばに行くと口元を歪め、笑みを浮かべた政治部長の阿久津がソファに深く腰を埋《うず》めていた。

「部長」

松岡が突っ立っていると、芦原が肩を叩き、言った。

「どうぞ、座ってください」

戸惑いながらも、松岡は阿久津の横に腰を下ろした。たった今、阿久津はようこそトップリーグへと言った。どんな意味かわからない。なぜ阿久津が首相の執務室にいるのか。阿久津は本社の政治部長席で松岡の最後の連絡を待っているはずではないのか。いや、松岡と同じく、あの地下通路を通ってきたから、この場所に平然と座っているのだ。

「松岡さんの取材は、徹頭徹尾《てっとうてつび》素晴らしいものだったと官房長官から聞きました」

ソファに腰を下ろし、芦原がスーツの前ボタンを外した。

「経済部から引き抜いた猟犬《りょうけん》は、想定以上の働きをしてくれました」

芦原の言葉に阿久津が反応した。松岡は阿久津と芦原、そして阪の顔を交互に見比べた。阿久津は頰を緩《ゆる》めているが、官邸の要人二人は目が笑っていない。

「松岡さん、私も知らなかった話なんですよ」

松岡が戸惑っていると、芦原が切り出した。

この瞬間、松岡は全てを悟った。阪は自分を飛び越え、芦原にネタを当てろと言っているのだ。酒井が掘り起こしたネタは、確実にこの国の中枢を揺さぶっている。慌てふためいている場合ではない。膝の上に置いた拳を強く握りしめ、松岡は口を開いた。

「クラスター事件筒美ルートの裏金のことですね」

松岡の言葉に芦原が頷いた。

「現役の国会議員で裏金のことを知っている人はほとんどいません。それにその泉とかいう得体の知れない資金源についても、もうほとんど底をついているようです」

芦原が言うと、阪が素早く立ち上がり、背広から紙を取り出した。

「これが現在の泉の残高です」

目の前に、表計算ソフトで記された数字が並んでいた。細かい出入金の記録が並び、末尾に金額が載っている。ざっと末尾の残高をチェックすると一五億円ほどだ。

「これ、いただいてもよろしいですか？」

松岡が紙に手を伸ばすと、芦原と阪が同時に頷いた。だが、二人の表情は硬い。

「なあ、松岡」

隣にいた阿久津が口を開いた。

「俺がさっきなんて言ったか覚えているか？」

阿久津の顔は、初めて会ったときと変わらない。瞬《まばた》きをせず、首相執務室の天井を睨んでいる。

「ようこそトップリーグへとおっしゃいました」

「なぜ俺がこの部屋にいるか、その意味をわかっているか？」

阿久津が天井から視線を下ろし、まっすぐ自分を見据えた。依然《いぜん》として瞬きをしない。爬虫類《はちゅうるい》のように、一切の熱を感じさせない視線だ。

トップリーグとは、総理大臣や官房長官、与党幹部に食い込んだごくごく一部の記者を指す永田町の隠語だ。松岡自身、異例の速さで阪のトップリーグに食い込んだ。しかし、その経緯には巧妙な仕掛けがあった。

阪は定例会見で飛び出した〝金庫〟というキーワードに反応し、松岡を手元に置き、監視を続けてきた。だが、その場所になぜか上司である阿久津が同席している。捉《とら》えどころのない阿久津の表情を見たとき、松岡は鈍い痛みを首筋に感じた。

「部長ご自身が芦原番という意味ですか？」

松岡の言葉に芦原と阿久津が頷いた。

「阿久津さんとは、親父《おやじ》の議員時代、私が秘書をしていたころからのおつきあいです」

芦原が淡々と告げたとき、松岡は拳を握りしめた。

川谷前幹事長の動向について、合同新聞が誤報を出したとき、阿久津は与党担当の星田《ほしだ》、官邸の野水と二人のキャップを面罵《めんば》した。その直後から猛烈に巻き返しを始め、新幹事長人事を抜いた。あのとき、政治部のシマから離れ阿久津はなんども電話を繰り返していた。その相手が芦原だったとしたら辻褄《つじつま》はあう。

「おまえの考えていることは当たっている」

松岡の顔を見据えたまま、阿久津が言った。

「普段は星田や野水のような無能な連中に任せているが、いざとなれば俺が動くしかない。正しい情報を読者に届けるのが記者の使命、新聞の仕事だからな」

総理大臣に直接連絡を取ることが可能ならば、政局だけでなく政官の人事、外交などほぼ全ての記事をカバーすることが可能だ。以前野水が言った言葉が頭を駆《か》け巡《めぐ》る。

〈あの人は永田町全体のトップリーグで、常に首位打者だ〉

野水の声を振り払うように、松岡は強く頭を振った。初めて政治部に顔を出したとき、松岡は田所から授かった心得、トップリーグの話を阿久津に言った。あのとき、阿久津は鼻で笑った。芦原は田所や他社の編集幹部と頻繁《ひんぱん》に会っていることが世間に知られているが、阿久津がトップリーグの中枢メンバーだったとは、同じ会社の松岡でさえ知らなかった。野水クラスなら知っているかもしれないが、こうして五階の執務室に出入りしていることは絶対に知らないだろう。

「田所のおっさんなんかと一緒にするなよ。奴らはトップリーグなんかじゃない」

またも松岡の心の内を見透かしたように阿久津が言った。

「田所さんたちは、ある意味で内閣のオフィシャルな広報担当ですから」

阿久津の言葉を受け、芦原が淡々と言った。オフィシャルという芦原の言葉が松岡の胸に突き刺さった。田所ら各社の大ベテラン、あるいは編集幹部たちは頻繁に芦原と会食している。世間では癒着《ゆちゃく》だのと批判が根強いが、官邸詰めの記者になってみると田所らはある意味で番記者機能の一部なのだ。

阿久津の他に芦原担当でトップリーグ記者が何人いるかは知らないが、世間の目に一切触れることなくこうして会っている記者がいる以上、田所らはオフィシャルな存在、つまり、トップリーグ組の存在感を限りなく薄める役割を果たしていたのだ。

松岡は応接セットのメンバーを改めて見回した。芦原は悠然《ゆうぜん》と構え、阪は己の存在感を消すかのように黙りこくっている。阿久津は再び天井を見上げている。

いま自分がやるべきことは、筒美ルートの存在を阪がどのように思っているか、その反応を得ることと、その一点に尽きるのだ。阿久津が芦原のトップリーグの一員であることはこの際考えてはならない。

「筒美ルートに関して、総理は全く知らなかったとおっしゃいました。阪さんはいかがですか？」

松岡は意を決し、尋ねた。

「そのような怪しげな資金がある、そんな噂は秘書時代に聞いたことがあります」

「官房長官としてどのようにお考えでしょうか？」

松岡が畳み掛けると、阪がため息を吐いた。

「先ほど資金の残高を提示した通りです。政府としては関知していませんが、党のしかるべき人間に正確な数字を出させました」

「政府首脳が民政党の裏金の存在を認めた、そのように捉えてよろしいのですね」

松岡の言葉に阪が頷いたとき、松岡は隣の阿久津に体の向きを変えた。

「野水キャップに預けた予定稿の件です。企画第一弾の本記末尾の空白部分、今のご発言を追加して正式に政治部の記事にしてください」

松岡が言うと、阿久津が頷いた。

「それはいつでも可能だ」

「どういう意味です？」

「ネタは大和しか握っていない。新時代がおかしくなって、当分立ち直れないなら尚更《なおさら》だ」

阿久津は淡々と語る。たしかに今回のネタは新時代経由という異例のルートをたどったかもしれないが、現状では大和だけがつかんでいる。阿久津の本音はどこにあるのか。

「おまえ、この部屋に呼び出された意味がわかっていないな。察しがよくなければ永田町の記者として大成しない」

「ネタを握り潰せという意味ですか？」

これが政治部の正体だ。芦原のトップリーグに長年属してきた阿久津は、最後のさいごで記者の持ってきたネタを潰そうというのだ。

「勘違いするな。こんなデカいネタは一〇年に一度、あるいは二〇年に一度かもしれん。一面トップと政治面に載せたら新聞協会賞間違いなしだ」

「それなら、すぐに手配を」

松岡が詰め寄ると、阿久津が口元に笑いを浮かべた。

「身内で議論するなら、お忙しいお二方に申し訳ない」

阿久津が芦原、そして阪に目をやった。どういう意味だ。政治部長がネタを潰すのでなければ、なにが待ち受けているのか。

「週刊誌やネットで面白おかしく書かれることが多いのですが、官邸が記事に圧力をかけるなんてことは絶対にありませんよ」

早口で芦原が言った。

「それでは、弊社は記事を淡々と掲載するまでです」

松岡が言うと、芦原が肩をすくめ、隣の阪を見た。

「松岡さん、慌てないでください。一つご提案があります」

「どういうことでしょう？」

「臨時国会では、これを目玉にします」

阪はそう言うと背広のポケットから一枚の紙を取り出し、松岡に差し出した。

「拝見してもよろしいですか」

「もちろん。このテーマは是非とも大和さんに先鞭《せんべん》をつけていただきたいと考えています」

従来の裏懇談のときと同じ調子で阪が告げると、松岡は手渡された紙をすぐさま開いた。

〈育児支援、抜本改革　官民の保育士の所得五割増、病児保育園拡充に一〇〇億円の特別予算編成〉

紙を持つ手が小刻みに震え始めたのがわかった。

「どうです？　有効な手立てだと思いませんか？」

阪の隣で、芦原が言った。

「私と妻の間には子供がありません。育児支援に関してどこか他人事《ひとごと》のような感覚があったのは認めます。しかし、官房長官が熱心にこれらの施策についてあちこちでのっぴきならぬ事情を調べ、そのたびに厚労省、それに内閣府のスタッフを動員していたのです」

芦原が生真面目な顔で言った。松岡はすかさず阪の顔を見た。

「しばらく裏懇談を開催できない時期があったのは、この施策を詰めていたからです。厚労省と話をしても最終的には財務省から財源を引き出さねばなりませんから、時間が予想以上にかかってしまいました」

阪が淡々と告げたとき、松岡は腹の底から怒りが湧《わ》き上がってくるのを感じた。

「嘘だ！　新時代を一斉に攻撃した。挙句《あげく》、魂心会系かなんか知りませんが、マル暴を使ってまで酒井を排除しようとしたんじゃないですか！」

松岡が叫ぶと、阪が芦原と顔を見合わせた。

「映画の世界ならそんなことが可能でしょう。しかし、リアルな政治の世界ではそれほど簡単に陰謀めいたことはできません」

芦原が口元を歪ませ、言った。阪も同調するようになんども頷いた。

「松岡、おまえはよくやった。とんでもない取材力があるのは俺だけでなく、総理も官房長官も痛感されたはずだ」

政府要人の二人だけでなく、阿久津も気味の悪い笑いを口元に浮かべた。

「圧力をかける、そういう意味でしょうか？」

松岡が言い返すと、芦原が首を振った。

「この国では報道の自由が保障されています。私は総理大臣に就任して以来、一度も報道に蓋《ふた》をするようなことをしていません」

「その通りです」

芦原に続き、阪が言った。

「こんな場所まで呼んでおいて、しかも直属の上司まで集めて、これが圧力でなかったらなんですか！」

松岡が叫ぶと、阿久津が肩に手を置いた。

「大きな声を出すな。永田町は長年、バランスをとって物事が動いてきた。今回も同様だ」

「ですから、それが圧力じゃないですか！」

「落ち着けよ。よく考えてみろ。たかだか残高一五億円の萎《しぼ》み切った裏金と、予算規模一〇〇億円の育児支援だ。どちらにニュースバリューがある？」

口元は笑っているが、阿久津の目も笑っていない。

「おまえも育児では苦労しているうちの一人だろう？　全国で一〇万人単位の人たちが待ちわびていた政策が本格的に動き出す」

阿久津はそう言うと、口を閉ざした。

不意に沙希と藍子の顔が浮かぶ。こんな取引に乗ってはいけない。そもそも話の次元が違うのだ。酒井の熱意を引き継ぎ、必死に取材を進めた。阪に勘付かれないよう、隠密行動に徹して裏を取った。

育児支援については、タイミングを改めて取材すればいい。すでに政府内で根回しが済んだ法案であり、これが一気に秋口から動き出す。仮に大和がネタを抜かれたとしても、すでに政府は動き出す心構えなのだ。じっくりと腰を据えて取材を進めるまでだ。

「ちょっと失礼します」

松岡が考えていると、阪が口を開いた。顔を上げると、阪が背広からスマホを取り出し、画面を凝視していた。

「メールが入りました。酒井記者の意識が戻ったそうです」

「本当ですか？」

阪の言葉に、松岡は即座に反応した。

「酒井記者に万が一のことがあれば、寝覚めが悪くなります」

阪は感情を押し殺し、言った。

「新時代はいずれ巻き返しにくるのでしょう。お手柔らかに願いたいですな」

阪のメールを覗《のぞ》き込んでいた芦原が鷹揚《おうよう》に笑った。

「これで敵討《かたきう》ちとか、つまらん考えを挟まなくてもいいじゃないか」

阿久津が耳元で言った。

「しかし……」

「誤解がないように言っておくが、俺は今日おまえにプレッシャーをかけるためにこの部屋に来たんじゃない」

「どういう意味です？」

「異動のあいさつにきただけだ」

「異動とは？」

「来月末の人事異動で俺は編集局長になる。そろそろ後進に道を譲るタイミングだ」

「そうです。元々この会合は阿久津さんのためにセットされていました」

芦原が笑顔で言った。

「だから、トップリーグの担当交代をと思って、おまえを呼んでもらった」

阿久津の言葉に、松岡は首を傾げた。

「俺の後任、芦原恒三番はおまえなんだよ」

そう言うと、阿久津がいきなり立ち上がった。

「俺はこれで失礼する。よく考えて、おまえの腹が決まったら携帯を鳴らせ」

阿久津は芦原と阪に会釈すると、大股で部屋から出て行った。

「わけがわかりません」

松岡は思わず下を向いた。

「ゆっくり考えてください、と言いたいところですが、そうもいきません」

阪が定例会見のときのように淡々と言った。顔を上げると、芦原の表情が変わっていた。阿久津がいたときは選挙応援時のような笑顔だったが、今は国会で野党の追及にあっているような引き締まった顔になっている。

「私はこれから非公式な政府与党の会合に出席せねばなりません」

芦原が言うと、阪が頷き、言葉を継いだ。

「臨時国会でどの法案を目玉にするか、党本部で侃々諤々《かんかんがくがく》の議論が控えています」

阪はそう言うと、腕時計に目をやった。

「つまり、私がどちらを選ぶかによって、育児支援法案の行方が左右される、そういう意味の脅しなのでしょうか?」

松岡が尋ねると、芦原と阪が顔を見合わせ、笑った。

「どういう風にとっても結構です。しかし、永田町は常に駆《か》け足《あし》で動いています」

阪が答えたとき、唐突に背広の中でスマホが震えた。阿久津が答えを急《せ》かしているのか。だが、総理大臣と官房長官を目の前にして、スマホを取り出すわけにはいかない。

「私が筒美ルートの記事を出したら、どうなりますか？」

松岡が言うと、芦原が口を開いた。

「我が政権は直接関係ありませんが、長年の民政党の金権体質に批判が集中するのは必至です。野党についても、進歩党の一部は強烈な非難を浴びるでしょう。いずれにせよ、国会運営はがたがたになり、重要法案の審議どころではなくなります。もちろん、育児支援法案など吹き飛んでしまいます」

「やはり、脅しですね」

「私は見通しを説明しただけです」

芦原が答えたとき、途絶えていたスマホの振動が再開した。薄い背広のポケット越しに、不快な振動音がソファに伝わった。

「急ぎの連絡かもしれません。我々に構わず電話を取ってください」

阪が言った。芦原も頷く。

「すみません、少しだけ失礼します」

急ぎポケットからスマホを取り出す。画面に不在着信の表示があった。しかし、映っていたのは阿久津の名前ではなかった。

「どうした……」

画面に残っていたのは藍子の名前だった。慌てて画面をタップし、リダイヤルする。ここ一週間、ほとんど家に帰っていなかっただけに、急な連絡に不安が膨らむ。

「もしもし、俺だけど」

〈忙しいときにごめんね。沙希が……〉

電話口で藍子の上ずった声が響いた。沙希が保育園の運動場で転び、足首を骨折する大怪我《おおけが》を負ったのでこれから病院に行くという。

「わかった、すぐに帰る」

そう言って松岡は電話を切った。

「どうされました？」

阪が鷹揚な口調で言った。松岡は素直にすべての事情を話した。

「すぐに帰られた方がいい。娘さんにとって、あなたはたった一人の父親です」

「私もそう思います」

阪に続き、芦原も優しい声音で言った。

「それでは、お言葉に甘えて……」

スマホを背広のポケットに突っ込むと、松岡は立ち上がった。芦原、阪の順に頭を下げ、出口に向かおうと姿勢を変えたときだった。

「お待ちください」

背中で阪の声が聞こえた。

「なんでしょうか？」

「筒美ルートの記事を取るか、育児支援法案を選ぶのか。速《すみ》やかに検討してください」

阪の声はいつものように穏やかな響きだったが、たちまち松岡の全身を硬直させた。

「先ほど申し上げた通り、これから総理と私は政府与党合同の重要会議に出席します。あなたがどちらにするかで、我々の対応も変わってきます」

「しかし……」

「なるべく早期のご決断を」

阪の口調は今までと変わらない。だが有無を言わさぬ力がこもっていた。

「阪さん、あとは頼みます。私は先に行っています」

そう言うと、芦原が足早に執務室を後にした。

「総理をお待たせするわけにはいきませんので、私も」

阪が顎《あご》をしゃくった。執務室を出ろということだ。

「それでは、失礼します」

芦原に続き、松岡は執務室を出た。背後から阪の声が響く。

「永田町はスピード重視です。あなたがスキャンダルを載せるのであれば、全力で対応策を練る。一方、育児支援を取るというのであれば、全身全霊で会議の主導権を握り、育児法案を最重要課題として次の国会で通します」

いつの間にか、阪が松岡の目の前に歩み寄っていた。

「政府は圧力などかけていません。あくまでもあなたの選択なのです」

阪の笑わない顔が松岡の眼前に迫っていた。押し潰されそうな圧を全身に受けながら、松岡はなんとか地下通路へと続くエレベーターへと足を蹴《け》り出した。左方向では、三階行きのエレベーターへ向かう芦原と阪の後ろ姿が遠ざかっていった。

19

官邸で芦原、そして阪と直に会ってから三日後、松岡は有給休暇を取得し、若松町の国際医療センターを訪れた。

「パパ」

「今日はずっと一緒だ」

沙希が車椅子で振り返り、松岡を見上げていた。

「大丈夫なの？　ずっと考えこんでいたみたいだけど」

傍で藍子が不安げに言った。保育園で段差に躓《つまず》き転倒した沙希は、足首を骨折し、全治二カ月と診断された。保育園に通うことができなくなり、社宅で藍子が付きっきりになっている。藍子はやりかけの仕事を後輩ライターに託し、育児と看護に専念してくれているが、傍目《はため》にも疲労が溜《た》まっているのがわかる。

今日は自家用車で通院することができたが、運転免許を持たない藍子は今後車椅子の沙希とともにタクシーで病院に通うことになる。リハビリを経て沙希が普通に保育園に復帰するのは、早くてもあと半年先になるとほんの五分前に主治医に告げられた。

「平気だ」

ゆっくりと子供用の車椅子を押しながら、松岡は答えた。平気と言ったものの、松岡の内面はずっと揺れ続けた。

心の中にある天秤《てんびん》は、行きつ戻りつを繰り返していた。沙希の怪我《けが》と疲れの度合いを増す藍子に接するたび、阪の顔がなんども頭の中に現れる。

三日前、芦原の執務室で顔を合わせて以降、阪とは一対一《サシ》になっていない。だが、明らかに裏懇談が発信源と思われる〈政府首脳〉の発言が中央新報や日本橋テレビのトップリーグ記者からもたらされていた。

〈次期国会、法案目白押しで与党と官邸が駆け引き〉

昨日の中央新報政治面は、深見が独自の分析を展開し、官邸と与党記者クラブに静かな波紋を広げた。ここ数年官邸のゴリ押しに業を煮やした与党サイドが反転攻勢をかけ始めている、という主旨だ。

日本橋テレビは、与党幹部のクレジットで官邸一辺倒の政策論議を改めるべきという内容の記事を林が伝えた。官邸に頭の上がらぬ与党が好き勝手にこんな発言をするはずがない。すべては阪が書いたシナリオに思えた。

芦原の執務室を出る際、阪は早く決断せよと迫った。裏懇談の招集にも応じず、一対一《サシ》の面会も断ってきた松岡に対し、阪がトップリーグの二人を使って揺さぶりをかけているのは明白だった。

「パパ、明日は？」

再度、沙希が言った。

「ごめん、明日は会社に行くよ」

「そうなの？」

娘の顔がたちまち曇った。

松岡は傍らの藍子を改めて見た。目の下のクマが濃くなっている。酒井の記事を引き継いで以降、二週間近く育児をこなしながら、仕事の残務を片付けてきたのだ。支えると言ってくれてはいるが、体力と気力が限界に近づいているのは明らかだ。

「会社の人に聞いてみる。大丈夫そうだったら、休むよ」

そう告げると、沙希が満面の笑みを浮かべた。

「無理しなくていいのよ。大事な記事があるんでしょう？」

板挟みになっていることは、藍子には明かしていない。

「少し考える」

松岡が答えたとき、視界に背の高い女の姿が入った。

「悪い、ちょっと話してくる」

車椅子を藍子に預けると、松岡はロビーの隅にいた大畑の元へ向かった。サマージャケットにコットンパンツと大畑はラフな出で立ちだが、相変わらずノーメイクだ。藍子と同様に目の下にどす黒いクマが見える。

「酒井の様子は？」

ひっきりなしに外来患者が行き交うロビーの隅で、松岡は訊いた。

「意識は戻りましたが、依然《いぜん》として面会謝絶です」

肩を落としながら、大畑が言った。

「容体は安定しているのですか？」

「お兄さんによれば、予断《よだん》を許さない状況だそうです。辛《かろ》うじて話ができるだけで」

湊をすすった大畑が、サマージャケットのポケットからメモを取り出した。

「お兄さんから託されました」

「なんですか？」

「酒井さんからの伝言だそうです」

大畑が折りたたまれた紙を広げた。ボールペンで書かれた短い言葉が松岡の目に入った。

〈原稿はどうなった？〉

手書きの文字を見た瞬間、松岡は心臓を鷲掴《わしづか》みにされたような痛みを感じた。

「私も気になっています。御社の中でなにか問題でも？」

大畑が沈痛な面持ちで言った。

「いえ、粛々《しゆくしゆく》と調整をしています」

「それでは、病室に行ってお兄さんにその旨を伝えてもかまいませんか？」

一瞬だが、大畑の顔に笑みが浮かんだ。

「今、酒井さんにはなによりも前向きな話が必要だそうです。気力を奮い立たせて、弱った体をなんとかしないといけないと」

大畑がじっと見ているのがわかった。

「まだ局長と社主の調整が済んでいないと聞いています」

松岡はとっさにそう返した。

「そうですか……できるだけ早く掲載日を教えてください」

「わかりました。酒井のご家族にもよろしく」

そう言うと、松岡は踵《きびす》を返した。すると、車椅子に乗った沙希、そして傍らの藍子が自分を見つめていた。

松岡はジーンズのポケットからスマホを取り出し、二人に電話が入ったとジェスチャーを残し、ロビーを駆け抜けた。

沙希と藍子、そして大畑。それぞれの視線が背中に突き刺さるのがわかった。だが、あの場に居続けるのは限界だった。

育児支援関連の総合対策法案を取るか、クラスター事件筒美ルートの全容を明かすか。ロビーから車止めを抜け、大久保通りに出るまでの間、松岡の心のメーターは双方に激しく揺れ動いた。

育児法案を選べば、藍子だけでなく、全国の子育て世帯が多大なる恩恵を受けることが可能だ。クラスター事件の全容というカードを松岡が持っている以上、芦原と阪は全力を尽くして法案を国会通過させるだろう。

だが、一方で記事が日の目をみることなく潰されたと知ったら、果たして酒井は命を保つことができるのか。それにも増して、自分は記事に蓋をしたという足かせをつけたまま記者の仕事を続けていくことになる。

政治部に居続ければ、芦原の番記者としてずっとトップリーグの立場は維持できる。仕事のできるジャーナリストとして、長く活動することが保証される。だが、その行為は自分の気持ちを裏切り続けることになる。

どちらが正しい道なのか。表通り沿いの植え込みの傍らで、松岡は考えこんだ。もうこれ以上のプレッシャーには耐えられない。どちらを選んだにせよ、自分はこの先ずっと苦しみ続けるのだ。

松岡は、左手で握ったスマホに目をやった。ここで決める。震える指でスマホの通話履歴をたどった。阿久津の名前をタップする。

「もしもし、松岡です」

〈阿久津だ。どちらに決めた？〉

いつものようにぶっきら棒な声が耳元に響いた。

「これから、私の結論を伝えます」

松岡は自分の心に湧き出した感情に従い、導き出した結論を阿久津に短く伝えた。正確な時間はわからない。ほんの二、三秒だ。しかし、阿久津の返答が聞こえるまで、一晩かかるような長い時間が経過したように感じた。

〈わかった〉

たった一言だけ告げ、阿久津が電話を切った。自分の選択に間違いはない。そう松岡は確信した。

エピローグ

「……以上が法案の具体的な中身です」

法務省の局長がファイルを閉じ、深々と頭を下げた。

「わかりました。関係各方面と漸次《ぜんじ》調整を進めたいと思います」

私が答えると、局長が顔を上げた。

「他の法案の具合はどうでしょうか？」

何が何でも自分の法案を真っ先に審議にかけてほしい……局長の顔にはそうはっきりと書いてあった。

「優先順位は総理がご決断されます。私は事前の交通整理をするだけです」

「そこをなんとか」

局長が哀願《あいがん》口調で言った。

「国益を最優先させるだけです。ご足労いただいてありがとうございました」

私はソファから立ち上がった。なおも食い下がろうとする局長の脇に、官邸事務局の女性スタッフがにじり寄った。

「次の予定は？」

私が官邸スタッフに言うと、局長は渋々立ち上がり、出口の方向に歩き始めた。

「二〇分後に、政府与党の連絡会議が始まります」

「わかりました」

出口でなんどもお辞儀する局長を見送ると、私は再びソファに腰を下ろした。局長が置いていったファイルを畳み、テーブルの隅に追いやる。

一日になんど同じような面会があるのだろう。この執務室の住人になって五年以上経《た》つが、毎日めまぐるしく来客が訪れ、皆、下げたくもない頭を下げて去っていく。

「コーヒーでよろしいですか？」

官邸スタッフがドアの辺りで言った。

「少し濃い目でお願いします」

「承知しました、長官。昨夜も遅かったようですからね」

「まあ、そうでしたね」

秘書の宮崎《みやざき》から報告が入っていたのだろう。昨夜は荒木町《あらきちょう》から赤坂の宿舎に戻ったのが午前二時を過ぎていた。主要紙最終版のチェックを済ませた官邸スタッフから大過なしとの連絡を受けて床に就いたのが午前三時だった。

「どうされました？」

天井を仰ぎ見ていると、大きめのマグカップをテーブルに置いた女性スタッフが言った。

「いや、別になにも」

「先ほどからずっと右手をさすっておられたので」

視線を自分の手元に落とす。女性スタッフが言った通り、私は左の親指の腹で、右手の古傷を触っていた。

「昔、慣れない力仕事で怪我《けが》をしましてね。いつも天気が崩れそうになるとしくしくと鈍い痛みが走るのです」

慌てて左手を外しながら、私は言った。

「形成外科でしたら、優秀な医師をご紹介できます」

女性スタッフが生真面目《きまじめ》な口調で告げた。

「年寄りですから、軽い神経痛のようなものです。お気遣いありがとう」

私が答えると、女性スタッフが一礼して応接スペースから離れた。

古傷を見つめたあと、私は左手でマグカップを取り上げた。深煎《ふかい》りのコーヒーの香りが鼻腔《びこう》を刺激する。あと二〇分、わずかに残された自分の時間を堪能《たんのう》する。

コーヒーを飲むときは、誰も部屋に入れないでほしいという要望はここ五年徹底していた。私は一口、コーヒーを口に含んだ。わずかな渋みと酸味が舌の上に広がる。

応接のソファから執務机に目をやった。固定電話の横には、親父《おやじ》の写真立てがある。不器用だが、絶対に嘘《うそ》をつかない人だった。面倒見がよく、欲のない政治家でもあった。

写真立てにある親父の顔は、どこかはにかんだ笑みを浮かべている。毎朝、濃い目のコーヒーを淹《い》れるのが五〇年前の日課で、いつしかコーヒーの好みも親父と一緒になった。

〈政治家は絶対に親分を裏切るな。なにがあってもだ〉

写真を見つめていると、親父がいつもの言葉を投げかけてきた。

頑固、清貧《せいひん》、愚直……親父に付けられた言葉はいくつもある。果たして自分は親父に近づけたのか。

私が二口目を飲んだ直後だった。

執務机に置いたスマホが振動した。慌ててソファから立ち上がり、スマホを手に取る。液晶画面には、親父の言う親分の名前が表示された。

「総理、どうされました？」

〈たった今、阿久津《あくつ》さんから連絡が入りました〉

「わかりました。すぐお部屋にうかがいます」

通話を切ると、私は執務室を後にした。

大切な話は主人から直接聞くのが私の流儀だ。阿久津がもたらした結論がどちらになっているにせよ、また当分忙しい日々が続く。

執務室を出る直前、私は机の写真立てに一礼した。

参考文献

『スクープ！』　中村竜太郎著（文藝春秋）
『田中角栄100の言葉』　別冊宝島編集部編（宝島社）
『官房長官　側近の政治学』　星浩著（朝日新聞出版）
『メディア裏支配』　田中良紹著（講談社）
『新聞はこれでいいのか　政治部記者の堕落』　伊勢暁史著（日新報道）
『メディアと自民党』　西田亮介著（角川新書）
『ニュースキャスター』　大越健介著（文春新書）
『田中角栄を葬ったのは誰だ』　平野貞夫著（K&Kプレス）
『日本の政治はどう動いているのか』　後藤謙次著（共同通信社）
『国会議員裏物語』　朝倉秀雄著（彩図社）

＊本書は「ランティエ」二〇一七年一月号から七月号まで連載した作品に、大幅に加筆・訂正しました。第三章の〈十二〉以降は書き下ろしです。

著者略歴

相場英雄〈あいば・ひでお〉
1967年新潟県生まれ。89年に時事通信社に入社。2005年『デフォルト 債務不履行』で第2回ダイヤモンド経済小説大賞を受賞しデビュー。12年BSE問題を題材にした『震える牛』が話題となりベストセラーに。13年『血の轍』で第26回山本周五郎賞候補、および第16回大藪春彦賞候補。16年『ガラパゴス』が、17年『不発弾』が山本周五郎賞候補となる。

Kadokawa Haruki Corporation

相場 英雄

トップリーグ

*

2017年10月 8 日第一刷発行

発行者 角川春樹
発行所 株式会社 角川春樹事務所
〒102-0074 東京都千代田区九段南2-1-30 イタリア文化会館ビル
電話03-3263-5881(営業) 03-3263-5247(編集)
印刷・製本 中央精版印刷株式会社

ISBN978-4-7584-1309-1 C0093
http://www.kadokawaharuki.co.jp/